山岸外史から小林勇への手紙

山岸リアリズムと「リアリズム文学研究会」

小林 勇 編著

《目次》

山岸外史から小林 勇への手紙

「リアリズム文学研究会」のメンバー。
前列左から三人目が山岸外史。中央列左から四人目が小林 勇。

はじめに

昭和五十二（一九七七）年五月七日、前立腺がんのため、午後十時五十五分、雷鳴が轟く中でわが師山岸外史先生は永眠された。

初めてお目にかかってから五十九年、先生没後三十九年が過ぎた。いまから六年前、平成二十二（二〇一〇）年十二月、我が家を建て替えたとき、三分の二の蔵書を廃棄したにもかかわらず、手文庫の中に先生から戴いた葉書（日本文学学校事務局長山岸先生からのチューター会議の事務連絡通知等を含む）七十六通と封書手紙十四通が出てきた。昭和三十一（一九五六）年当時、私は二十九歳で日本文学学校の八期生を卒業し、そのまま研究科に進んでいた。研究科には藤原審爾の短編小説研究会、校長代理山田清三郎の長編小説研究会、菅原克己の現代詩研究会があったが、この時、山岸外史のリアリズム研究会と教務主任針生一郎のシュールリアリズム研究会が新たに発足した。

私は山岸外史から指名されリアリズム研究会に誘われ、本科九期、東横線沿線居住生の山岸外史指導グループのチューターも兼務した。翌々昭和三十三（一九五八）年一月、山岸外史夫妻仲人で私は結婚した。

リアリズム研究会では約十年間同人誌「リアル」を発行した。山岸外史は「リアリズム文学論」を断片的に「リアル」に書いていたが、完成には至らなかった。その後、同人の多くは「民主主義文学同盟」「未踏支部」に加盟したため、山岸外史と私以外は同盟支部に移行し、リアリズム文学研究会の「リアル」は廃刊になった。

この期間の私は本職の自然科学者として、公衆衛生学分野で細菌性食中毒の多発と合成洗剤による水質汚染防止の専門家としての活動が忙しく、文学離れの傾向が強かった。その私に対する山岸外史の苛立ちと戒めと時には激励が葉書と手紙の文面に多く出ているのはそのためであった。

私はその周辺を描きながら、既成の哲学・倫理・道徳・慣習の眼を通して見、表現して、それを当たり前の真実とする文学の現状に対して、現実の人間社会を実証的に認識し反映し、既成概念で歪んだ真実を明らかにする山岸リアリズム文学研究会に加わっていた。リアリズムは自然科学的認識論でもあり、古くも新しくもない、真理探究の認識論の大道である。文学、芸術の多様化といっても、根幹は真実追及で枝葉も花も実もその表現で根幹は、現実である。根幹の現実を離れた枝葉末節の表現の多様化はモダニズムである。

モダニズムが咲き誇っても、根幹のリアリズムが現実の栄養源である限り、文学の真実は不変である。山岸外史の一貫したリアリズム文学論が五十年以上過ぎた今も、葉書と手紙の中から、そして地獄の底から私に呼びかけてくる。

平成二十八（二〇一六）年初夏　編著者

一、「バカヤロウ」　はがき第一号「沼倉君の自殺未遂」

川崎市新丸子町丸子七六五―丸子アパート23号室
　小林　勇様
東京都渋谷区千駄ヶ谷三ノ五二
日ソ図書館内日本文学学校事務局から
　山岸外史
消印　昭和三十一（一九五六）年十月三日

ただいまお葉書読みました。みんな「海の風」のなかにいるのに、バカヤローだと思います。同時に責任を感じています。なぜかというと、もっと話をしておくべきだったからです。手をぬいたのではありません。魂は知っていたのに学校は多忙だったし、僕もいつか疲れぬき、あいつの顔をみ、眼をみていながら言葉にならなかったのです。いったん希望を与えることができたのに、それだけ絶望を与えたのではなかろうかと、その〈部分〉についてひどく胸を痛めています。いちど殴る必要があったのでした。思いきり。（それに僕もまだ学校のことで成熟しきれない問題を持っていたので、いっそう、言葉にならなかったのだと思います）

太宰の江ノ島なら助かるのですが。アイツは、きっと、果てしなく沖をめがけて泳いでゆくような男だったのにちがいありません残念に思いますヒドク。「海暮れて鴎の声ほのかに白し」と芭蕉は詠いましたネ。

後便を待ちます。

日本文学学校本科も同期、研究科もリアリズム研究会も一緒だった親友沼倉信悦君が突然自殺未遂事件を起こした事を、私が山岸外史先生に連絡した返信はがきが年代順で第一号はがきで冒頭になった偶然に驚いている。

私も身長一七三cmで大男の部類であったが、沼倉信悦君は。縦横私より一回り大きかった。事のついでに山岸先生にも触れておくが、干支は私と同じ辰年で、歳は一周り年上であった。その歳にしては身長は高く私とあまり変らなかったから、大男の部類であった。顔は細面で、眉毛は濃く長く、鼻は鷲鼻で高く大きく、彫りが深く陰影があり貴公子的美男子であった。好みにもよるが、太宰 治より美男子だったと思う。時代的には山岸外史が面長の弥生形貴公子とすれば、私も沼倉も縄文形丸顔である。沼倉は宮城県出身で縄文丸出しだが、私も料理屋の軟派的息子のようだが、実は陸軍士官学校出身の硬派であった。私の父親は新潟出身で縄文形の筈だが隔世遺伝か毛深くない。

沼倉君が自殺未遂した直後の葉書であるから、何故このはがきが山岸外史からのはがき第一号になったかという偶然、必然かも知れないが先生と私と沼倉の三人の出会いとリアリズムには重大な偶然必然の因縁が絡み合っているのかも知れないと感じている。沼倉は宮城県鳴子の出身で、鍛冶屋の長男であった。私より五歳年下で、父親は太平洋戦争末期、陸軍に召集されフィリピンで戦死していた。戦後共産党に入り、東北大学学生と活動をしていた。活動の事情でダム工事などの飯場を転々としたあと、都内大井町の鉄工場の臨時工員になっていた。普通の工員が両腕で振り上げるハンマーを彼は片手で振り上げる腕力の持ち主で、柔道で鍛えた通常の男の太腿ほどある私の右腕も彼の前では子供の腕程にしか感じられないほどであった。その彼が書く文章表現は、彼の体格からのイメージとは想像もできないほど繊細で、無骨な文章しか書けない私とは対照的であった。彼ももう十年近く前亡くなった。

私は、平成二十五（二〇一三）年夏、「奥の細道」独り歩きの途中、宮城県の岩出山から鳴子まで歩いているとき、『ああ、この辺りが沼倉君の故郷だな』と意識して歩いたが、街道筋の鳴子温泉は驚くほど寂れて、華やかな温泉街の面影を失っていた。鳴子峡谷に来て、「熊の出没に注意」の立看板や峡谷の清流を見て、なるほどと感じた。彼と夏の真夜中、多摩川で泳いだとき、私は太平洋相模湾の海育ちで、海水の泳ぎは馴れているが、川の真水の泳ぎは苦手であった。そのとき彼が川の真水泳ぎに馴れているのに驚いたことがあった。鳴子峡谷を見て、私は、沼倉君が渓谷で泳ぎ、魚を手掴みしたその幼少時代を想像することができた。

その時、夜遅くというより、もう夜明けが近い朝方、沼倉君が私の安アパートの部屋のドアをノックして、私の布団の上に倒れ込んできた。

「あ、鳩が鳴いている」

彼が懐かしそうに言った。それは近所の鳩時計の時報であったが彼には故郷の山鳩の鳴声に聞こえたらしい。彼の異常に張りつめた神経の錯覚による空耳であったに違いない。

「どうしても駄目だった。沖へ沖へと入って行ったのだが、駄目だった。泳いでしまって、溺れることができなかった」

「えっ。お前何したのだ」

「死にたくなって、小林さんの故郷の大磯まで行って、海に入ったが、死ねなかった」

私は小さいときから庭のようにして遊び泳いだ大磯の海を思った。

「馬鹿だな。大磯の海でなんて死ねやしないよ。じっとしていても体が浮いてしまう」

それは私の大磯の海である。私は、飯を炊き味噌汁を作って朝食の支度をし、沼倉と食べた。店が開いたら焼酎を買ってきて二人で呑むより仕様がないと思った。私はそのことについて、それ以上彼に話を聞く事をしなかった。俺には自殺を考える余裕もない。それを沼倉に話してもどうなることでもない。入水自殺の女々しい話など聞きたくもないし、彼も話したくもないだろう。黙って呑むしかないと思っていた。

「黙って呑もう」

「あっ。また鳩が啼いている」

それも鳩時計であった。二人は焼酎をコップ二、三杯飲んでいた。

「おい。いろいろ死にたくなることもあるだろうけれども、簡単に死ぬなよ」

「そうだな。けれども、生きるのも辛いんですよ。小林さん」

「呑んで〈浮世の憂さの捨て所〉さ。俺たち呑兵衛には呑む以外にないだろう沼倉君」

二人はそれで分かり合ったような気になって、それ以上なにかを言えば、お互い気恥ずかしくなるような、逃げ場がない二人の呑兵衛は、たがいに妥協の傷口を嘗めあうような、曖昧なそして明らかに、自殺未遂したくせに「死」からは逃げ腰で、コップの焼酎を開けた。その顛末を私から山岸外史に手紙に書いて送った返事であった。

山岸外史著筑摩書房『人間太宰治』昭和三十七（一九六七）年十月二十日刊、で山岸先生は自殺について、こう書いている。


『人間太宰治』の〈死の話〉（四十、四十一頁より抜粋）

「太宰が、彼一流の自殺方法論を述べ立てた。その調子には、ひどく、実感があって、また、実際的であった。太宰がロマンチックに死を賛美しているのではなく、もっと真剣に〈死〉について論じていることが次第にぼくに解ってきた。この男の自殺論は、決して抽象的なものではないのだナという感覚があった。ぼくは、むしろ、生まれてはじめて真剣に〈死〉を論じている人間をみたような気がしたものである。異様な気配さえ感じた。『死は卑怯なものではない』とか『あきらかに処世術だと思いますがね』

とか、『動物は自殺しない。つまり人間的な特権なのだ』まるで、太宰の独壇場のような喋り方をした。〈死は隣室まできている〉ぼくはふと、そんなフラグメントを考えたほど、それは実感のあるものだった。

『山岸君は、どう思う』

否定する理屈ができていなかった。（これは妙な言い方のようだが、人間が、なぜ、自殺をしてはいけないのかを説明できる理屈がぼくにはできていなかった。）だからいつか、ぼくの方に質問のおはちがまわってきた。しかし、当時のぼくには、死、『ひとつ、山岸君のお説を拝聴してみよう』などと、太宰から開きなおられてみると、感想の程度では、ぜったいに間にあわないことをぼくは感じて、内心すこしく当惑したものである。しかし、ぼくはそのままに答えてみた。

『自殺はいけないに決まっているさ。理屈は完全にないのだがネ。理屈がないから絶対にいかんのだ』

そのぜったいという言葉が、妙に、太宰の心をゆさぶったらしいのである。

『ぜったいいか。ばかに割りきっているじゃないかしら』

『ぜったいにいかんネ』

ぼくは繰りかえした。なにか、それに続いて自分の胸に言葉が出てくるだろうと考えていた。

『やはり殺人罪だからいけないね』

『殺人罪ですか』

　太宰は意表をつかれたらしかった。

『自分だって一個の他人だものね。殺人に特権はないと思いますよ』

　太宰は譲らなかった。

『しかし、死を欲情するってことだってある』

『すこし淫猥だね』

　淫猥という言葉は、太宰にとっても厭な言葉らしかった。

『処世術とは考えられないかな』

『君は臆病者なんじゃないか』

　太宰はちょっと言葉をきってからいった。

『山岸君は、ほんとうに怖いものが世の中にあることを、まだ知らないのじゃないか』

　そうかも知れないとぼくも思った。

『しかし、ぼくは、自然死が好きなのだね。老醜となって、陋屋で死ぬなんて、君、安堵の出来ることなのじゃないか。罪がなくていい。ぼくは、動物的本能を愛したいね。肉体って、そんなもんじゃないのかネ』

『汝、獣の眠りを眠れ、か』

　太宰は、ボードレイルの句をあげた。

『そうだ。人間の意識は、いっさいを表現しながらそういうように使いたいものだね』

『でも、ヒドイ空虚がおしよせてくることがある。こいつが敵わん』

『しかし、そこで我慢していると、また、生命の清水が湧いてくる』

　はてしがなかった。


　先生の葉書には太宰の江ノ島自殺未遂事件と沼倉君の自殺未遂を比較している。沼倉君も先生から太宰に比較されて、文学史的自殺未遂事件に残ったことになる。太宰は多額納税貴族院議員の御曹司である。沼倉君は田舎の鍛冶屋の戦死した一兵卒の親父の遺児長男である。階級が違い、育ちが違う。山岸外史は太宰に近い東大文学部卒のお坊ちゃんである。

「アイツは、きっと、果てしなく夜の沖をめがけて泳いでゆくような男だったにちがいありません」

　と格差を表現している。太宰もしたたかにお坊ちゃんの「処世術」と言っているように、沼倉も泳いでしまって死ねない野獣的本能か、自己保存本能で自殺をさせなかった、したたかさが働いたのであろうと私は思う。私の自殺説は山岸外史の「絶対殺人罪だからいけない」ではない。小さいときに父を亡くし八人姉弟妹を養う長男として、死んで逃げることができない宿命を背負っていた。泥水を吸っても、生きて生き抜いて一家を食わせる義務感を負っていた。自殺など考える隙もなかった。飢えや貧困からは、

「自殺などは『甘え』である」

以外に、考える余裕すらなかった。その後、山岸外史、小林 勇、沼倉信悦三人の山岸

黄門に〈すけさん〉〈かくさん〉のような不良呑兵衛師弟の新宿西口呑み歩き放浪記だけが自殺未遂後始末物語になっていった。西口の沖縄泡盛の〈志田伯〉の常連には、日本文学学校の講師陣、研究会の流れの先生学生が屯していた。「泡盛はコップ三杯まで」。私も三杯飲むと腰から下が砕けて歩けなくなった。次のはしごどころか、家にも帰れなくなったことがあった。

太宰の『死の話』も第一番目のはがきの「沼倉自殺未遂」も山岸リアリズム文学論そのものである。山岸リアリズム文学論は完成させなかったが、『人間太宰治』こそ山岸リアリズム文学論的遺作であると思っている。山岸外史のリアリズム文学論は正統派文学論である。『人間太宰治』はリアリズム文学で表現されたリアリズム作品である。しかし、きらきらした高等なアカデミック文学の香りが高すぎる。私や沼倉君は土の香りが強い泥臭いリアリズムを作品化したかったその出身差、身分差、階級差を動物的本能で感じ、先生は階段の上の人と敬遠し「三尺下がって師の影踏まず」を守っていた嫌いがあった。

二、「沼倉信悦から」はがき第二号

川崎市新丸子町丸子七六五—丸子アパート23号室
小林　勇様
目黒区原町一三六二二

沼倉信悦
消印　昭和三十二（一九五六）年十月二十三日

先日は、早朝から大変失礼いたしました。おかげで助かりました。午後になってから「醜魁」（しゅうかい）の例会を開いたわけですが、増田さんは来ませんでした。それからあなたのハガキ読みました。八時半頃で珍しく、酒にならずに終りました。いろいろ話題は豊富だったのですが「醜魁」を今のままでやっていくのかどうかが中心に話されました。

今度三十一日夜に、もう一度、そのことで、ということで、というよりは、作品を持ちよることにして、こちらで話し合うことになっておりますが、その前に、あなたと、増田さんとに、お話ししたいことがありますので、此の間、お借りしたものをお返し、かたがた新丸子を訪ねしたいのですが、土、日、月（26、27、28）あたり、都合のよい日—夜ですが—お知らせくだされば、幸とおもいます。

先ずはおねがいのみ。

山岸先生からのハガキに紛れて、一通だけ沼倉信悦のはがきが出てきた。日時は前後するが沼倉君自殺未遂の丁度一年後である。この自殺未遂男は同人誌「醜魁」発刊に奔走して、参加をしない私と同じ「デルタ」の増田正康を説得しているのだからまさに「『君子豹変』

す」である。これがリアリズムである。

三、「秋桜（コスモス）」はがき第三号

川崎市新丸子町丸子七六五—丸子アパート23号室
　小林　勇様
世田谷区世田谷二ノ一九五五
　山岸外史
消印　昭和三十二（一九五六）年十月十五日

酔うと、千山万嶽を踏破したくなる癖があっていけません
お母さんにもご挨拶できず（お父さんのお墓へ一直線という純粋情熱。）汽車の窓
はひどくよかったのですが、なにか、ブレーキが不足してしまいました
　白いコスモス（秋桜）を
　君の父親の墓標にささげ
　（最もまだ　墓標はなかったのですが）
　深夜の墓地で海の気を吸い
　静まった人々をなつかしみ

このはがき第三号の、「秋桜（コスモス）」は、私の「小説山岸外史」に相当する作品である。以下「秋桜」を紹介する。

「秋　桜」

小林　勇

留守の日が一ヶ月も続いたあと、やっと山岸外史夫人の声を電話で聞いた。昨年の暮であった。

「また入院しましたの、だけど、お見舞いにこないで戴きたいの。みなさんにもおことわりしているの」

山岸先生は、五、六年前から禁酒されていた。呑み始めると「果てしなく」、往生際の悪かっただけに先生の禁酒は見事であった。それ以前、何回か「絶対禁酒」の貼紙が書斎の壁に掲げられているのをお見受けしたが、「絶対」に守られたことは無かったし、あるときには玄関のガラス戸の上部の素通しの部分から中を覗くと、

「君か、入れよ！　いいのだよ」

とやはり酒になってしまっていただけに、ここ数年の禁酒の決意は見事であった。禁酒をしてから間もなく、若い頃罹った腎臓炎で代々木病院から都立大久保病院へ数ヶ月転院され、退院したが、その後も入退院を繰り返されていた。

私は、強いて病名を深く聞かなかったが、保健医療に働く職業柄、悪い予感を持っ

ていた。病名を口にする友人もいたが、私は強く否定した。その病名を口にすることを、先生に限って強制的に避けていたといった方がよかった。

『人間太宰治』以後、心血を傾けておられた「北国の記録」「リアリズム文学論」「ある党員の告白」などが問われるのを、先生が確認するまでは、生き抜くべきだ、生きていて欲しいという願いが、その病名を予測することを強制的に避けていたのかも知れなかった。

先生の奥さんから、お見舞いを拒絶されたことは、相当に「悪い」に決まっている。しかし、もっと「悪い」のだったら、お見舞いを拒絶されるはずは無いのだからとも思っていた。

年も明け、正月が過ぎ、二月に入っても先生の留守が続いていた。長い入院であった。

二月に入って間もなく、夜遅く、先生の長女で、日本文学学校の先輩でもある佐野晶《あきら》さんから、突然電話があった。長い電話であった。

「父は、相当悪いの！　このままだと、もう小林さんにもお逢いできないことになるかも知れませんのよ！　母は、お見舞いをおことわりしているのですけれど、母は母の考えでそうされているのは、よくわかるんですが、母には悪いけれど、是非、小林さんにはお見舞いにいってやって欲しいの！

父はそれを望んでいると思うの！……」

私は、晶さんの電話を、ほとんど危篤と同義語に聞き違えて、夜十一時過ぎ家をとび出し、小田急生田駅前でタクシーを捕まえ、都立大久保病院へ直行した。

山岸外史夫人がお見舞いを拒絶するわけを私は知っていた。禁酒を破って先生を連れ出す「悪い弟子」の心配はなくなっていたのであるが、先生が私を捕まえると、政治、宗教、文学、自然科学など「一寸のお見舞い」が二時間を平気で過ぎ、先生が相当に興奮されることが、何時ものことであったからである。私も先生の心身に刺激が強すぎることは解っていた。夫人は、このことを警戒されていたのだと思っている。

危篤と思い込んでいた私は、夫人の拒絶など考える余裕もなく、夜勤の看護師に先生の病室を教えてもらうと、なんのためらいもなく、静かに病室のドアをノックした。もう休まれていた様子だったが、すぐドアが細目に開けられ、私を見て驚かれた夫人と眼が合った。以心伝心で私の気持ちをわかったのか、静かに笑みを戻して、ドアを大きく開け、拒否をされずに私を病室に招じ入れた。

「あなた、小林さんよ」

ベッドの先生は、頬が大きくこけて衰弱していたが、すぐ右手を伸ばして、握手を求めてきた。私は両手で、思わず先生の手を強く握った。先生の握力が思いのほか強かったからである。私は、危篤の錯覚をすぐ悟った。

「小林君、白いコスモス（秋桜）が一杯咲いていた。いいなあ、今、その夢を見ていた。不思議だなあ！

あの夜、君と君のお父さんの墓参りをしたときの、夜空に咲き乱れる真っ白なコスモス、むせるような芳香！

やっぱり、君が来てくれたのだ」

先生と一夜、コスモスを見たのは、昭和三十二（一九五七）年十月十二日土曜日、私の父の十八回忌の夜であった。

先生は日本文学学校の事務局長、私は、その本科五期生のチューターを仰せつかっていた。先生は、文学学校の研究会に「日本リアリズム文学研究会」を先生の主導で設立した。先生の自宅には我々研究科学生を集めて意欲的にリアリズム文学論に取組んでおられた。私は、職場文学同人やかわさき文学賞運営、それに労働運動のリーダーの経験などが買われ、研究会の助手的役割を仰せつかっていた。当時、文学学校内には野間広、花田清輝、安部公房などを中心とする反リアリズムの潮流が強く、教務主任の針生一郎の「シュールリアリズム研究会」が学校の大多数のチューターを集めていた。先生は、これらの様々なモダニズムの人々から「古い！」と嘲笑を浴びながら、正統派リアリズムを発展させる場を作り、異常な情熱を燃やしておられた。

『その意味で、リアリズムは、まず、この社会的現実を素手で直知することからはじめなければならないと思っている。それは、一切のアイデアリズム（観念主義、理想主義）に対立する。また、一切のフォーマリズム（形式主義、図式主義、官僚主義）に対立する。しかし、また、それは、一切の架空なる（かかる社会現象に超然としている）シュール・レアリズムにも、直情のみを仮空に表現しているアンフォルマリズムにも、感覚のみに終始しているアブストラクトにも対立する。私は芸術的意識以前の生々しい存在である社会的現実の、最も具体的な本質的写実を、文学の永遠につきない課題だと思っているからである』—リアリズム文学研究会機関誌「りある」5号「リアリズム文学の一原則」山岸外史より—

端的に、日本文学学校内にはびこる様々なモダニズムの潮流に対する先生が主張されたリアリズム本流の闘争宣言であった。

コスモスに出会うことになったその日、「土用会」という東京周辺の保健師の研究会が、文学について勉強したいと私に講師の推薦を頼まれ、私は山岸先生を紹介し、先生にお願いした。先生は私が同行することを条件に、講師を引き受けて下さった。私と先生が渋谷駅で待ち合わせ、会場の結核予防会へ出かけていった。

会場には二十数人の保健師が集っていた。私の同僚である川﨑市の保健師の顔も見えていた。私は、

「山岸外史先生をご紹介します。先生は、昭和十五年に『人間キリスト記』で北村透谷賞を受賞され、作家太宰治を現実的に育てられた評論家です。著書には『煉獄の表情』『希望の表情』『芥川龍之介論』『夏目漱石論』『ロダン論』などがあります。現在、日本文学学校の事務局長をおやりになっていて、私ども、後進の文学教育にたずさわっておられま

す」

私は口下手のうえ人間嫌いで、赤面恐怖症的なところがあったが、数年前から労働運動の活動に足を突っ込み、人前で話をせざるを得なくなって、なんとか口を利けるようになっていた。この日の私の先生紹介について、

「君、中々上手かったじゃないですか」

というのが先生の講演を終ったあとの飲み屋での評価であった。

この日の先生の講演の内容は、今でも鮮明に覚えている。私は、先生を講演にお願いして、いろいろ歩いたが、この日の講演内容ほど論理的で整然として、私の記憶に鮮明な印象を残している話は他にない。

「ぼくはね、同じ事を二度以上しゃべることを恥だと思っているのでね」

マンネリズムを最も軽べつしていたと思う。

この日の話の内容は、日本文学のヒューマニズムの二つの系列についてであった。明治以後の代表的インテリゲンチャとして、北村透谷、有島武郎、芥川龍之介、太宰 治の系列を上げ、西欧的キリスト教的ヒューマニズムによって、自らを救い、そして日本のヒューマニズムの発展を考えた人々である。この系列の全員が自殺の系列であることの意味について、日本におけるキリスト教的ヒューマニズム、観念的ヒューマニズムの限界と行詰まりを指摘した。

一方、小林多喜二に代表される科学的ヒューマニズムの発展が保守的支配階級をおびや

かし、自殺でなく、特高警察による虐殺を受けたことの重要な意義について強調された。青森の国有鉄道十駅分の地主で多額納税者貴族議員の御曹司だった太宰 治が、共産主義革命でプロレタリアートに処刑されることに恐れおののいていたにもかかわらず、日本の革命運動を特高に捕まり拷問を受けながら終始援助していた太宰 治のエピソードにも触れながら、最後はキリスト教的ヒューマニストとして自殺してしまう。日本のインテリゲンチャを見ても科学的ヒューマニズムこそ発展性があると結んだ。

保健師という職業は、病気と生活という科学的医療と社会制度の矛盾が直接浮き彫りにされる場にいるだけに、抽象的ではあっても、山岸先生のヒューマニズムの意味は、よく理解されたのではないかと私は思っている。

講師謝礼を、山岸外史は一瞬照れたように受取り、次の瞬間、ブルジョアジーになったような表情で、

「君、すこしやりましょうか、今日は僕のおごりだからね」

と渋谷の駅の方向へ二人連れ立った。

まだ、暗くなるには時間があったが、山手線のガード脇の「呑兵衛横丁」へ足を踏み入れた。ほとんどの店はまだ開いていなかったが、一軒だけ店を開く支度をしていたので二人はそこへ入った。

新宿西口の琉球泡盛の店「志田伯」で豚の耳をつまんで、泡盛を飲むのとは違って、この店には年増の女将が一人で、日本酒を徳利で燗をつけ、おでんなども小ぎれいな皿に出

されると「一寸高いな」と感じた。私も、この日の懐は寂しかったし、「土用会」の講師謝礼だって、こんなところで二人が好い気になって飲める金額など考えられなかった。

「君、もう一本いいだろう」

先生と私の間には、何時の間にか徳利が五、六本並んでいる。私は自分の懐具合から、

「先生、そろそろここは出ましょう」

「きみ、心配するな、此処は野間（宏）君の家が近いのだ」

私の育った環境から築かれた処世術と、先生のそれとは距離がありすぎた。私は十二歳で父を亡くし、母と姉弟妹八人の長男で、家族を叱咤激励して、他人に迷惑をかけぬよう、節約に節約をして弟妹を育ててきた意地っ張りなものがある。その上、陸軍士官学校で鍛えられた武士道精神も抜け切れていない。金が無くなったら、一食や二食は抜いても泣き言は言わぬ。借金もしない。人に迷惑をかけない生き方を大事に生き抜いてきた。先生と私のこの違いは、平行線を描いてきたようである。私は、その姿勢を今でも頑固に押し通している。

先生は、その私を崩すことが、私が文学をする姿勢の「自由」を理解させる道として、私を妥協なく矯正し続けたようである。私は、その先生の「リベラリズム」が許せなかった。何度も絶縁状を先生に出し、結局は絶縁出来なかった。

私は、文学的交友が多いが、その交友の多くが、

「小林さんは、猥談の出来ない人というより、小林さんの雰囲気には猥談が無い。猥談を

医学か、恋愛論に変えてしまう名人だ」

との評価が専らであった。

先生から、太宰 治や檀 一雄との交友の仲での女遊びの話は何度も聞いたが、どうも私の顔を見ると、その話がスムーズさを失うようであった。話を性行為感染症の淋病の話をし、当時の特効薬プロントジールの方へ方向転換したりすることが多かった。

「淋しいという字はねえ君、湖があって林がある。とても感じが出ていますよねえ。あれに感染したときの感じは、まさにそれだねえ」

先生は、この私を、なんとか崩したかったようである。飲み屋に行って若い女性がいると、

「すみませんが、この男と握手をしてやってくれませんか」

と、私に最大の嫌がらせをする。私が戸惑えば戸惑うほど、先生のマゾヒズムは昂揚するようであった。酔っ払っている勢いで私も女が何だという気持ちになって、

「ハイ、握手」

と柔道で鍛えた太い右腕を突き出す。

「それで、いい！」

と期待はずれに先生は苦笑する。若い女性の掌はなんど握っても悪い感じはしなかったのも事実であった。

事務局長の先生が、文学学校のチューター連中を引き連れて、飲み歩くうちに金がなくなると先生は、いきなりタクシーを止める。

「梅ヶ丘」

と命じる。梅ヶ丘は先生の自宅である。先生はタクシーに右、左と指示する。梅ヶ丘の先生の自宅とは小田急線の反対方向に向っている。

「君、一寸待っていたまえ」

とタクシーの中に人質として残される。しばらくして戻ってきて、タクシー代を払って、

「君、下りたまえ！」

という。

「どなたのお宅ですか」

「校長の阿部知二だよ！　さて、もう少し呑もう」

野間宏、檀一雄、藤原審爾、針生一郎、亀井勝一郎、戸石泰一等々、先生に寝込みを襲われた講師、作家は十指を超える。

四、「絶対禁酒宣言」はがき第四号

川崎市新丸子町丸子七六五―丸子アパート23号室
小林　勇様
世田谷区世田谷二ノ一九五五

山岸外史
消印　昭和三十二（一九五六）年六月十日

　またしても酔って失敗したのだと思います。まる一日寝ていました。すでになにも言うことはなく、絶対禁酒・完全禁酒をやらなければ、もうどうにもならないことを自覚しました。一本だけ、という方法もやめることにしましょう。イケナイことでした。これからは今後まったく冷たい機械のように帰ることにします。

　それでないと仕ごとができません。経済についても同じだと思います。もうこの辺が、ぼくの最後の時間なのですから。あなたも時間を愛してください。


　このような、先生のハガキは極端に言えば、先生と飲み別れて、私が家に着くより前に「絶対禁酒」自己批判のハガキが先に着いているような感じであった。それがまた何十回と繰り返し破られ、何十回となく「絶対禁酒」自己批判を自覚されたようであった。もっと端的に自己批判を先にして、あとから禁酒を破っていたと言ってもよかった。

「先生、今日はもう止めましょう」

　私は、先生の「もう一本」に先制攻撃をした。

「実は、今日は親父の命日なのです。僕は、これから湘南の平塚まで、墓参りに行きます。

僕は親父の命日の墓参りだけは、欠かしたことがないのです。もう向こうへ着くと暗くなりますが……」

「そうかあ、君のお父さんの命日の墓参りですか、そうだったのですか。僕も、君と一緒に墓参りに行きましょう」

先生の非常識には多分に慣れているが、やはり、私はためらわずにはいられなかった。正直な私の表情に、すぐそれは現われた。

「君、この純粋情熱、解らないのかねえ。君、こういう純粋情熱を士官学校的、労働組合組織的形式や論理で考えるからいけないのですよ。文学者同志、もっと純粋生理感覚で反応しなければ、駄目なのですよ。さあ、行きましょう」

私は、こうなってしまった先生を押しとどめることが出来なかった。

「ようし、先生、じゃあ、親父の墓をお参りして下さるのですね」

「わからんのかねえ、くどいよ！」

私は、渋谷駅から東海道線「平塚駅」まで二枚の切符を買った。

先生は、この一寸した小旅行が楽しそうであった。渋谷駅のホームの売店で、壜詰の日本酒を買って、山手線の中から、ちびり、ちびりとやっていた。目は遠くを見ているようであった。日本文学学校内の派閥、潮流との文学論争の煩わしさから、寸時の逃避の気分も、先生にはあったと思っていた。

当時、日本文学学校は、初代校長阿部知二、校長代理山田清三郎、事務局長山岸外史、教務主任針生一郎、笠啓一事務局員であった。本科と研究科があり、本科は火曜日と木曜日の夜六時半から九時半まで講義があり、六ヶ月で卒業。研究科は木曜日に講義があった。事務局、講堂とも代々木の日ソ図書館を借りていた。

私は本科五期生を卒業し、研究科に進んだ。研究科には藤原審爾の「短編小説研究会」、山田清三郎の「長編小説研究会」、菅原克己の「現代詩研究会」があったが、私が研究科へ進んだとき、山岸先生から、

「君、僕は『リアリズム』いや『日本リアリズム文学研究会』を作りたいと思うのだ。君もやってくれないか」

と誘われた。

当時の文学学校には「針生組」と称して、口の利き方も乱暴だし、何で生活しているのかもよくわからないルンペン風のチューターが、学校の中を我が物顔に肩で風を切り、大手をふって歩いていた。その文学ゴロ風のチューターが日本文学学校の表看板のように見えるのは、彼等が「針生先生、針生先生」と取り巻く、その崩れた全体を私は快く思わなかった。同人誌でコツコツと小説書きを修練してきた私には、感覚的に馴染めなかった。それらの連中を中心に『日本リアリズム文学研究会』に対抗する形で、針生一郎が『シュールリアリズム研究会』を立ち上げた。この研究会から生まれるのがあのような文学ゴロになるのかと思うと、それは私が志す文学とは全く異なる文学だと感じていた。

針生一郎は、講義のなかで「概念破壊」という言葉を意識的に乱用した。文学学校以前に持っていた文学を含めた「既成概念」は、この学校でぶち壊し、純粋感覚で「ものそのもの」「真の物の本質」である「オヴジェ」をつかむことが、真の文学の本質をつかむことであると、繰り返し主張していた。この「概念破壊」という、針生一郎は、当時すでに新進美術評論家としてもてはやされ、この頃からカストロ風の顎髭を生やしはじめて、この「概念破壊」とともに、若い学生に人気があった。「概念破壊」は、文学学校内の流語のようにもてはやされ蔓延していた。「概念破壊こそ文学である」風潮がはびこっていた。その「概念破壊」に血祭りに揚げられたのが、これも決まり文句の「糞リアリズム」であった。

「糞リアリズムが、何故いけないのですか」

と受けて反論したのが山岸外史であった。山岸先生は、

「文学が、芸術として尊重されるのば、そして美術が芸術作品となるのは、こうした社会現実のなかにおいて、そうした諸人物が交錯しながら対決したり矛盾しあったりしているこの〈社会の実相〉を、ヒューマンな目で見ている作家精神が表現しているからである。〈私の言うリアリズム文学とは、こういう観点に立って、作家自らがヒューマンな意識をもって、人間的事象や社会的事象をあくまでも現実として定着し、表現していくことである〉」

「それが私小説になることとも差し支えないことである。まだ、それが藝術の域までたかまらなくとも、人間生活とその現実が、真実の形をもって表現されていく以上、それは、今

日の階級文学として、十分に、新しい要素をもっているからである。私は、むしろそういう素朴な写実主義を　愛してさえいる」（「新世代」創刊号・山岸外史）

と、きわめてオーソドックスにリアリズム論を展開していた。

「君、事務局会議なんて、ひどいものですよ！　事前に針生君と笠君が根回ししてあって、まるで事務局長吊るし上げ会議か、棚上げ会議ですよ。私が発言すると、『古い』『時代が違う』の一点張りですからね、私には彼等が落ち込む落とし穴は解っているのですよね。解るときはあると思うのだが、今はどうにもなりませんよ。何とかしなければならない、とは思っていますが。君にはその点でいつか力になってもらうときが、必ずあると思うのだ」

と、しんみり酒を飲む時間もあった。しかし、私には、自分白身の文学的評価も解らず、学校内での存在価値などないに等しいと思っていたので、先生に頼られる力など、考えも及ばなかった。

《ここで、昭和三十二、三十三（一九五七・八）年の日本文学学校連絡事務局からチューター宛ハガキを纏めて紹介する》

五、「事務局（チューター）会議招集状、その1」はがき第五号

川﨑市新丸子町丸子七六五―丸子アパート23号室

小林　勇様
東京都渋谷区千駄ヶ谷三ノ五二
日ソ図書館内日本文学学校事務局
消印　昭和三十二（一九五七）年十月三十日

秋も深まってまいりました。お変わりありませんか。

さて、この十二月で文学学校も創立四周年を迎えますが、これを記念し、さらにあらたな発展を基礎づけるためのさまざまな企画をもっています。むろんこれらは学校の主体である学生・卒業生の参加なしには実現しません。

そこで左記の議題によってみなさんのお集まりをお願いし、今後の方針をご相談したいと存じます。お忙しいことと思いますがぜひご出席下さい。

議題　一、四周年記念カンパニアについて
二、機関紙の発行と「作品コンクール」について
三、同窓会について
日時　十一月二日（土）午後六時　ところ　日ソ図書館

六、「事務局（チューター）会議招集状、その2」はがき第六号

川崎市新丸子町丸子七六五―丸子アパート23号室
　小林　勇様
東京都渋谷区千駄ヶ谷三ノ五二
　日ソ図書館内日本文学学校事務局
消印　昭和三十二（一九五七）年十一月二十二日

前略
左記により会合を開きますから、ぜひご出席下さい。
日時　十一月二十七日（水曜日午後六時半）
所　針生一郎宅
議題　四周年記念カンパニア（二回目）
中野区江古田四ノ一、七一九
西武線「沼袋駅」からの略図

「針生シュールリアリズムは消え山岸リアリズムは勝つ」

五十七年前の昭和三十二（一九五七）年十一月二十七日（水）前後の日本文学学校の四周年記念カンパニアやその他のことは、ほとんど忘れてしまったが、江古田の針生一郎先生の家の会議に参加した記憶がかすかに残っている。私はそこで針生一郎夫妻を初めて見た。文学学校の先生でなく、侘しい借家住まいの若夫婦を見た。私も窓のない四畳半一間の安パート住まいだったが、文学学校の教壇に立ってカストロ髭で「概念破壊」と「シュールリアリズム」を振りかざす美術評論家には似合わなかった。奥さんに何か言われ、なにかを「はいく」と聞く姿はまさに「糞リアリズム」そのものであった。この瞬間、私は「概念破壊」と「シュールリアリズム」は幻想で「リアリズム」が実存である事を発見した。

七、「事務局（チューター）会議招集状、その3」はがき第七号

川﨑市新丸子町丸子七六五—丸子アパート23号室
小林　勇様
東京都渋谷区千駄ヶ谷三ノ五二
日ソ図書館内日本文学学校事務局
消印　昭和三十三（一九五八）年二月十四日

前略　四周年記念カンパニアの日もあと数日に迫りましたが、十八日夜、さいごの宣伝会議を開いて、切符の配布状況の分析、対策、当日の会場準備（珍プラン歓迎）等をご相談致したいと思います。お忙しいところ恐縮ですが何卒御出席下さい。

なお、なるべく多数の参画が望ましいので連絡のつく卒業生諸君をお誘い下さい、回収できた分をお持ちくださるようお願いします。

二月十八日（火）午後六時半より　日ソ内小教室にて

八、「事務局（チューター）会議招集状、その4」はがき第八号

川崎市新丸子町丸子七六五—丸子アパート23号室
　小林　勇様
東京都渋谷区千駄ヶ谷三ノ五二
　日ソ図書館内日本文学学校事務局
消印　昭和三十三（一九五八）年三月五日

この間はカンパニアでたいへん御苦労様でした。

ついては、その総括としてお骨折りいただいたみなさまに集っていただき、いろいろ話し合いをしたいと思います。

なお、そのあと一コン差し上げたいと存じますのでぜひ御出席下さい。

日時　　三月八日（土）午後六時～九時

ところ　日ソ図書館　日本文学学校事務局

九、「事務局（チューター）会議招集状、その5」はがき第九号

川崎市新丸子町丸子七六五―丸子アパート23号室
小林　勇様
東京都渋谷区千駄ヶ谷三ノ五二
日ソ図書館内日本文学学校事務局
消印　昭和三十三（一九五八）年三月二十一日

招待状

やっと春らしくなりました。お変わりなくご活躍のことと存じます。さて、日本文学学校もおかげさまで順調に進み、木科第九期生を迎えることになりました。つきましては、左記のとおり入学式を行いますので、御出席下さって、励ましの御言葉をいただければ大へん幸です。お忙しいところ恐縮ですがよろしくお願い申し上げます。

日時　三月二十五日（火）

日本文学学校事務局

十、「事務局（チューター）会議招集状、その6」はがき第十号

川崎市新丸子町丸子七六五―丸子アパート23号室
　小林　勇様
東京都渋谷区千駄ヶ谷三ノ五二
　日ソ図書館内日本文学学校事務局
消印　昭和三十三（一九五八）年四月十六日

いい時候になりました。お元気でご活躍のことと存じます。お陰さまで日本文学学校も第九期生を迎え着実に前進しております。さて、このたび左記の議題で講師・チューター・事務局の合同会議を行いたいと存じます、
○日時四月十九日（土）午後六時より　○日ソ図書館
一、　飯塚書店から講義録出版の件
一、九期時間割の内容検討
一、九期組会指導の件
一、笠　啓一の辞任による事務局の再確立および後任問題
お忙しいと存じますが、相当重要な問題がありますので、ぜひ御出席下さるようお願い申し上げます。

日本文学学校事務局

十一、「事務局（チューター）会議招集状、その7」はがき第十一号

川崎市新丸子町丸子七六五―丸子アパート23号室
小林　勇様
東京都渋谷区千駄ヶ谷三ノ五二
日ソ図書館内日本文学学校事務局
消印　昭和三十三（一九五八）年六月二十日

来る六月二十五日六時半より
チューター会議を行います。是非出席してください。
場所　堀田武夫宅
議題　予算原案
その他

十二、「事務局宣伝会議招集状、その8」はがき第十二号

川崎市新丸子町丸子七六五―丸子アパート23号室

小林　勇様
東京都渋谷区千駄ヶ谷三ノ五二
日ソ図書館内日本文学学校事務局
消印　昭和三十三（一九五八）年八月二十日

第二回宣伝会議御通知
いよいよ十期生募集活況期にはいりました。具体的に仕事をおしすすめるために、皆様の力添えをえたいと思います。宜しく御出席下さいませ。
日時、八月二十六日（火）七時
文学学校ロビーにて。

『秋桜』でははがき第十一号「事務局（チューター）会議招集状、その7」の出席したチューター会議の状況を描いています。

何回目かのチューター会議が、チューターのボス的存在で、勿論「針生組」の堀田武夫の家であった。山岸先生からは、この日については必ず出席するよう何回も念を押されていた私は、別の用事を途中で抜け出し遅れて出席した。酒焼けのした「針生組」のチューターたちの顔の横に女性のチューターが四人顔を見せていた。この日の

出席率は最高であった。事務局からは針生さんも笠さんも欠席で、山岸事務局長だけであった。議長も堀田武夫がやり、すでに会議は進行が進んで終りかけていた。私の顔を見ると、

「ああ、来た来た」

という声が上がり、前後の事情がわからぬ私は、一瞬とまどった。

「では、小林さんが来て、丁度奇数になったし、投票を始めますか」

と議長が発言したので、何の投票かと私は、また戸惑った。顔ぶれは「針生組」ばかりであったし、「リアリズム研究会」のチューターは私以外誰も出席していない。山岸外史の顔を見るとかなり冷静のようであった。このような様子から、私はあまり重要な投票ではないなと思った。

「では、これからチューター会議の議長を選出する選挙を行います。投票は無記名で、投票用紙に一名だけ書いて投票して下さい」

堀田議長の発言を聞いて、えっと驚いた。こんなチューター会議に何故事務局指名でなく、チューター選挙による議長など必要なのかと疑問に思った。どうせ「針生組」が絶対的に多数を占めてるのだから、古株で「針生組」の堀田さんが多数になることはわかりきっているのではないかと思っていた。改めて、チューター会議議長をチューター会議で選出するのは何だろうと思った。その説明を私は聞いていなかった。山岸先生からも事前に何も聞いていなかったし、何の根回しもなかった。

投票用紙は配られ、他のチューターたちは迷わず投票用紙にペンを走らせていた。この投票がリアリズム対反リアリズム、すなわち「山岸組」対「針生組」の対決とするならば、私は、私に投票する以外になかった。しかし、この顔ぶれでは、小林一票対堀田十票になるだろうと考えた。だが、「小林」一票では見え透いているし、単なる嫌がらせだけじゃないかと思った。そこまで考える必要はないのではないか、古株で先輩の堀田さんに順当に、深く考えずに「堀田」に投票すれば、チューター会議の団結にも好いのではないか、どうせ学校運営に権限の無いチューター会議なのだから、私は、「堀田武夫」と書いて投票した、すぐ開票され、暫くのざわめきが収まると、

「開票の結果を報告します。堀田君六票、小林君五票です。この結果で堀田君が選出されました」

私はしまったと思った。私は私の投票で私白身が落選したという意外な実態に愕然とした。山岸事務局長の顔をそっと見た。先ほどから冷静をよそおっていた表情が、一瞬、頬の筋肉の動くのを見た。山岸事務局長が私の当選の根回しをしていたのに気が付いた。知らなかったのは私だけであった。

「おかしいのだなあ。君は勿論、自分に投票したのだろう」帰路誘われて、飲み屋で、一杯飲むと山岸先生がつぶやいた。

「いや、先生、僕は、古株だからと堀田さんに入れたんです」

「なんだって、君は馬鹿だねえ！　こんなところに大きな落とし穴があるなんて、君

だけは信頼していたのだが」

山岸先生の反リアリズム闘争は、理論闘争だけでなく、学校内の組織改革まで考え、極めて政治的であったことに私は気が付いた。私は文学学校のチューターも、リアリズム研究会もボランテア活動かお手伝いと考え、自分白身の文学的姿勢信条として、それほど真剣に考えていなかったことに気が付いた。山岸先生がチューター会議議長までリアリズム派で獲得する発想までは、私の文学の姿勢にはなかった。先生にとってリアリズムは文学流派の理論闘争であり、文学学校の主流闘争であった。

職場の労働組合の主導権闘争の組合役員選挙は何度も経験したが、文学学校内の主導権闘争があり、チューター会議議長獲得闘争に自分白身が巻き込まれていたことも知らなかった。しかし、リアリズム研究会の私をチューター会議議長にチューター会議選挙で選出する、それも一票差の票読みまで、根回し、演出をした山岸外史の人間臭い政治性に、私は舌を巻いた。

それを見事に裏切ったのが私自身である事の間抜けさと、片手落ちは、今でも申し訳なく思う。極めて皮肉な話だが、それが事実でリアリズムであった。このチューター会議の失敗について、山岸先生は、二度と口にしなかった。そのことが私の失敗の重さを感じさせ、私白身も名誉挽回の機会を窺うようになっていたようであった。

新大久保にあった新日本文学学校の木造の二階というより屋根裏の会議室で、たしか講師とチューターの合同会議か、事務局とチューターの会議があって、校長代理の山田清三郎が議長になって会議を進行させた。その席上で、私と針生一郎が正面衝突して、大激論になり、お互いに一歩も引かずにだんだん声を張り上げていったのは憶えているが、何を言い争ったのかは憶えていない。

山岸先生が学校運営に関して出した意見書問題だったか、校則作成の際の学生の対象を「国民」か「勤労者」か、「労働者」か、「中間層」にした問題か、「中間層」という言葉はそんな層は社会科学的に存在しないと、あまり重要な問題ではなかったとかすかにうろ覚えしているが、明確ではない。参加したチューターも講師も山岸外史さえ発言せず、私と針生の言い合いをただじっと見守っていた。二人だけの討論はだんだん激しくなり、立ち上がり、テーブルを叩くようになっていった。過去のチューター会議では、前例の無いことであった。仕方なく山田校長代理が、二人の言い分を整理し、お互いの言い分を一面評価し、結論を急がずに、尚、次の機会に討論を発展させるよう申し出た。針生一郎は、山田清三郎の仲介に一任を了承したが、私は、

「そういう曖昧な、折衷的見解は、ごまかしに通じます。はっきりすべきですよ」

と山田清三郎に食い下がっていった。この辺は私が労働組合の対立役員に食い下がる何時もの討論のくせが出すぎたようであった。山岸外史は笑みさえ浮かべて何も言わなかった。

山田清三郎は、さらに私を説得した。私は引かなかったが、先生以外の参加者が、山田仲介を支持し、ほぼ全員が私を制止したため、止むなく討論中止を了承した。

学校では、この針生・小林論争が尾ひれを付けて誇大に広がったようである。

「針生さんも柔道三段、小林さんも柔道三段、討論より柔道の試合で決着をつけた方が面白い。公開柔道試合が好い！」

学生たちが「針生組」チューターと一杯機嫌で、酒の肴にもてはやされたそうである。これが「概念破壊」か。これが「オヴジェ」か、リアリズム研究会は酒の肴にしたようであった。

学校内のあれこれから、ほんの一瞬でも離れ、品川駅から東海道線へ、旅人の気分になれた心境は、先生にとっても貴重な一瞬ではなかったかと思う。

「先生、僕は、いつも汽車に乗ると、朔太郎の詩を想うのですよ」丁度通勤時間で座席が無く、立つ余地もないほどの「下り」の湘南電車の中で、二合瓶を右手に、小さなグラスを左手に持ってちびりちびりやっている先生に、薄暮の窓外へ焦点のさだかでない視線をやりながら私は話しかけた。

私は薬学生生活三年間、この湘南電車で通勤していた頃、何時も一緒の電車で通う、薬学の専門書より詩集や哲学書を愛読していた同級の友人を、思い出していた。丁度今日のような帰校の電車の中で、

「小林さん、僕は何時も湘南電車に乗ると、萩原朔太郎の詩をおもいだすのですよ」

「へえ、君も」

というと、二人で異口同音に、

「フランスに行きたしと思えども
フランスはあまりにとおし
せめては新しき背広着て
気儘なる旅に出でてみん
汽車が山道を行くとき
水色の窓辺によりかかりて
われ一人嬉しきことを想わん
五月の朝のしののめ
うら若草のもえいずる心まかせに」

朔太郎の「旅情」を暗誦した。私が暗誦している朔太郎の詩を彼も暗誦していることで、友情が深くなっていった。その頃、私には女の友人は勿論恋人など考える余裕もなかったが、彼にはリーベ（恋人）がいて、よく彼からリーベの事を聞かされたが、私には遠い夢のようなことであった。

先生も酒がまわり小旅行の開放感もあって、気持ち良さそうな顔をほてらせていた。

「ヨウコ、しっかりしろ！」

と呟いた。

「ヨウコ？」

と私は反問した。

「萩原葉子さ。朔太郎の娘だ。伊藤信吉が連れてきて『山岸君、よろしく頼む』というから『青い花』で親父の朔太郎の事を書かせ、面倒を見るようなことになってね。家も近くだから……。

だんだんよくなる。いい娘だ。娘という年齢でもないが……」

「青い花」とは、山岸外史が太宰 治の発案で昭和九（一九三四）年に、岩田九一、伊馬春部、小野正文、檀 一雄、津村信夫、中原中也、太田克己、久保隆一郎、山岸外史、安原喜弘、小山祐士、今官一、北村健次郎、木山捷平、雪山俊之、宮川義逸、森 敦等を集めて発行した雑誌である。誌名は、ドイツ初期ロマン派の代表的詩人ノヴァーリスの小説「青い花」に由来した。ノヴァーリス等の華々しい文学運動に習って、文学史に残る歴史的文学運動を志向した太宰の情熱があった。

しかし、「青い花」は一号で休刊になり、太宰、山岸、檀ら同人の半数が、「日本浪漫派」へ第三号（昭和十（一九三五）年五月号）から合流してしまった。

山岸外史は「青い花」第二号が出なかった事情について『人間太宰治』の中で、

「内部の紛糾があったことと、これは、ぼくの責任である。第二号はぼくが編集することになっていたのだが、どうも、その前後の状況から気にくわなくなってにぎり潰したという訳である。急激な寄り合い世帯であったことと、集ってくる原稿に熱意のあるものを感じなかったから、休刊をつづけたといってもいい」

と、書いているが、「青い花」に対する情熱が無かったわけではなく、太宰とともに「新しい主張による文学運動に純粋な気概を傾けていたのであった。「日本浪漫派」の昭和十二（一九三七）年五月号に山岸外史は『『青い花』文学運動史第一頁」で、「けれども、青い花文学運動は、三年以前、一巻を上梓したのみで敗れた文学運動であったが、とにかくこの一巻の発生するまでの情熱に就いては、私の生涯での最もよい記憶のひとつとして脳中にも、また、胸中にも残っているのである。

誰が、私のあの時、胸に燃えあがっていた情熱を知っているだろうか。あの時、私の胸中に燃え上がった情熱は、全く、純粋に世界的なものであった。私は、いま、こうして、朝、机に向って書いているのだが、あの時の記憶位、純粋な芸術運動が全身に燃えあがったことはなかった」と書いている。

この山岸外史が参加した「日本浪漫派」とは、昭和九（一九三四）年、プロレタリア文学運動壊滅後の思想的混乱と不安の中で日本文学を「コギト」との合同によって、反俗と純粋を旗印にした浪漫主義の方向で立て直そう、という積極的な意図で、「コギト」の保田与重郎、『現実』同人の亀井勝一郎、「世紀」同人の中谷孝雄を中心に計画され、保田が中島栄次郎、亀井が神保光太郎、中谷が緒方隆士を誘い、昭和十（一九三五）年武蔵野書院から創刊した。「青い花」同人、その他伊東静雄、伊藤佐喜雄、芳賀檀、淀野隆三、坂本越郎、林 房雄、萩原朔太郎、佐藤春夫、中河与一、三好達治、外村 繁らも加わり、昭

和十三（一九三八）年八月の第四巻第三号（通巻二九号）まで発行され、最後には同人が五十名を超えた。

しかし、保田と亀井の意識の葛藤、思想的軋轢、経済的破綻で廃刊となった。山岸外史は正直なところ、この時代の「日本浪漫派」の日本には内々閉口していたのである。

「当時の日本は、国粋主義＝日本だったからだが、『我々はじつは西洋浪漫派ではないのかな』太宰にそんな冗談を言ったこともある。だから日本古典美学に基礎をおいていた保田君がこの冊子にはよく書いたのに、私はこの同人誌には働くことができなくなっていった。私の実存心理はあきらかに『観念的左翼』であったし、なかなか複雑な内攻心理ももっていたからである。つまり自我の決定も容易にできなかった。むしろ保田君が主宰していた『コギト』の方に余計に書いた記憶がある。この同人誌の方はその題名『コギト』のように、西洋風の心理の開放ができたからである。」（「日本浪漫派への回想」）

戦争末期昭和十二（一九三七）～十八（一九四三）年の第二次「青い花」刊行を、山岸外史、太宰 治を中心に、新宿のモナミに林 富士馬も集まり、戦後第二次「青い花」を刊行する中心になった桜岡孝治も集っていたが、実現しなかった。

戦後の第二次「青い花」は、太宰、山岸が敗れた「青い花」文学運動、その名をとった同人誌を、山岸外史が戦後、戦前の日本浪漫派の今官一、北村健次郎、阿部合成、緑川貢、伊藤左喜雄、川添一郎、北野甘吉、桜岡孝治、高木檀、萩原葉子らと、第二次「青い花」を六号まで発行、山岸は「鼻の大きな男―巨人モーゼの記録―」を連載した。萩原葉子は

「父の思い出」を書いていた。先生と太宰の共通の友人の画家で、太宰と青森中学で一緒だった阿部合成がメキシコから帰ってきたとき、目黒の雅叙園隣「太鼓饅」の歓迎会へ、私は山岸先生に強引に連れられて同席した。萩原葉子には、その席でもまた、先生の家でも紹介されたことがある。それ以上深い関わりはなく、何故、ここまで山岸外史の文学交友録に触れたかというと、キリストを神ではなく人間として、女たらしの非行少年として描いた芸術的非凡さ、天才といってもよい山岸文学が、太平洋戦争敗戦末期の軍国主義者による言論統制の厳しい中で生まれ、そして軍国主義政府の弾圧によって筆を折り、山形へ疎開して農民生活に没頭し、戦後山形での民主化運動、文化運動から、共産党に入党し、また筆を起すまでの、政治と文学の苦闘を通して後、「鼻の大きな男—巨人モーゼの記録」に挑み、「青い花」第六巻で中断するまで三百枚を書いたが、予定した千枚が完成を見なかったのは『人間太宰治』完成以上に残念でならない。「鼻の大きな男（四）」で山岸外史は、「私は、通俗的神学と通俗的唯物論ではとらえ得ない〈神〉の発想が凝縮していった古代イスラエル人の、ことに、後年モーゼ精神の人間的苦悩とその良心の実体を語り、その本質を語ろうと考えているだけのことである。そして、同時に、このモーゼ精神の背景をなしている古代エジプトの近代文化と、その神々の様相を語ればこと足りるのである」としている。

ここで「通俗的神学と通俗的唯物論」と通俗的キリスト教だけでなく通俗的宗教的信仰と左翼的政党政治へのアンチテーゼとしての山岸リアリズムの「政治と文学」への批判的

展開があったのではないかと、私は窺っている。「芥川龍之介」の中でも山岸外史は、「キリスト教を語る人間は、必ず、自らを語るばかりでなく必ずその苦しみを語るという事を、人は知っていなければならぬ」

と語り、『人間キリスト記』では（女たらしの非行少年として）自らを語り、モーゼでも、山岸外史は、自らの苦しみを語っている。

「好きで飲む酒ではなかったが、近頃のモーゼは、夜になると、人知れず、王宮を抜け出しては、下町の酒場に出かけていったりした、そこで、諸国の商人や民衆といっしょに酒を飲むことだけが楽しいような気がした。時として、節度をなくして、ひどく酩酊した夜もあった。──中略──目分も、確かに、誰もいない暗い室を幾つも探して歩いたのだ。本当の自分をさがして。〈おまえは誰か〉おまえは誰か。それとも、おれは、解決のつかない問題のために旅人となって旅人の心を飲んでいたのか。……」

いったい、私は、誰なのだ。……私は、毎晩、眠れませんでした。いったい、どうしたことなのだろうか。どうすればいいのか。私は、どうしても、私を誤魔化すことができなかったのです。心の暗闇のなかから、じっと、私をみつめている別の目があるのですね。冷たく冴えている目が、穴のあくほど私をみつめているのです。

私は、山岸外史の未完成遺稿「リアリズム論」を故恭子夫人から預かっているが、三遺稿とも序論で終っている。「テーマ」は全て「政治と文学」の血涙を搾るような、共産党の政治活動と党員としての文学活動の葛藤である。政治優先と文学創作の自由との活動上の矛盾であった。

山岸外史は戦前の軍国主義時代のプロレタリア文学に対しては、軍国主義の文学史上の暗黒時代、面従腹背で支持しつつ、軍国政治に自らの文学で抵抗してきた筆も限界に達し、その政治弾圧により執筆停止に追い込まれた戦中時代、戦後の党員文学者として満身創痍、換骨奪胎の悪戦苦闘記である。

本論に至らぬうちに、序論の悪戦苦闘だけで、力尽きた先生の思いが、先生と酔い痴れて歩いた泥酔の苦悩が、深々と伝わってくるのであった。問題に妥協を許さず、あくまでも追求する姿勢、その山岸外史を芳賀 檀は「不可能の探求者」と評した。その追求は避けずに究め続けねばならない「政治と文学」の、重要なテーマである。不可能を可能にする発見に挑む姿勢が山岸外史の泥酔であったと見ても良いというのは、私の山岸贔屓であろうか。

私と「青い花」の連中とは、画家阿部合成がメキシコから帰ったとき、目黒の雅叙園隣の「太鼓饅」という料理屋で「青い花」の帰国歓迎会へ、先生から強引に連れて行かれて同席したことがある。故阿部合成画伯は先生と太宰の共通の友人で、太宰とは青森中学時代からの仲間で画家の父は青森市長。萩原葉子とはその席でも、また、別の機会に先生の家でも紹介されたことがあるが、それ以上の深い係わり合いは無い。

山岸先生は太宰 治とはじめた創刊号で、廃刊になった第一次「青い花」を継ぐ川添一郎、桜岡孝治、北野甘吉などが中心の第二次「青い花」の面倒も見ておられた。「リアリズム研究会」の機関誌「リアル」には「リアリズム論」を書き、第二次「青い花」には「鼻の大きな男―巨人モーゼの記録」を書いていた。事実、実物の山岸外史も「大きな鷲鼻」の持ち主だった。私は、モーゼと山岸外史自身を重ねた記録に近い作品であると穿った見方をしていたが、未完に終ったのは残念であった。

「青い花」四号には「鼻の大きな男（四）」とともに、萩原葉子の「父の思い出（四）」も載っている。

山岸外史の「編集後記」には、桜岡孝治からの手紙『革新町長を担ぎ出し、開票の中間報告発表を請願し、地元町議選の会計責任者になるなど、この半月あまり、毎日、家を六時に出て十二時に帰り、新聞も読めぬ生活でした。頭がガサガサになって、文学どころの騒ぎではありませんでした』を紹介し、長年、その政治と文学を繰り返してきた先生の苦闘に照らし、その事を理解し、

「〈私の行動は、山岸さんをニヤリとさせるでしょう〉こういう一行から始まっている文章だから、じつを言って党員の僕はニヤリとするどころか周章狼狽した。困惑と感動と心配とが同時におこったようなあわて方であった。〈文学も忘れるな〉と打電した。諸般の事情に通じていない政治素人の桜岡孝治が、電撃的、直線的方法で政治道を歩いたのでは、見ている方が危なっかしくてたまらない。おい、そこは崖だ！　おいそこは沼だ！　と、メガホンを持って僕が、彼の後から注意して歩かなければならない感じである。政治と社会のことに情熱を出してくれることは、とても嬉しいし、これからの文学は、ここを通過

しなければならないと確信しているが〈中略〉なんとも知れず、ハンカチで冷や汗をふく思いであった」

「しかし、ややあって考えてみると、桜岡孝治のこの電撃は〈青い花〉にとっては吉報なのである。だいたいから言って、小市民インテリゲンチャの集合体であるこの社会からも政治からも文学をきりはなして考え個人主義的生活のなかに、文学の方向を持っている人の方が多いのである。つまり藝術至上主義的である。政治に恐怖し、社会に怠慢で、社会の存在を知らず、社会的現実を知らない。自分こそ宇宙の中心だと思っている人が多いと言ってもいいのである。〈中略〉諸君、桜岡孝治のように、たまには、政治に熱中して、〈頭をガサガサにして〉見ませんか。あとが綺麗になってサッパリするのです。そして、そこから新しい文学がはじまるのです〈山岸〉」

と明快に書いている。先生と「青い花」の関係、先生の「政治と文学」の関係が浮彫りにされていて面白い。「青い花」の藝術至上主義と先生自身の「政治と文学」の矛盾が映し出され、苦悩しているリアルな姿が映し出されていて、その苦衷がよく見えている「あとがき」に見える。先生が期待した「リアリズム研究会」からは政治活動が主体で文学活動は副次的な矛盾児が育ち、それが先生自身の抱える「政治と文学」の矛盾の反映であった。民主主義文学同盟の茂木文子だけが同盟作家として育った以外、作家が育っていなかった。私自身、政治以外の公害の自然科学者の専門活動に専念し、「政治と文学」「政治と自然科学」の二重苦の矛盾に追い込まれ、「リアリズム研究会」から離れ、洗剤汚染の科学者活動に埋没せざるを得なかった時期であった。先生にとってもそうであったように、私にとっても生涯のテーマとなった。

「君、朔太郎はいいですよ、さくたろうは！」

こう呟きながら、右手のグラスの酒を、ぐっと口の中にあける先生の目が赤く涙の光るのをみた。

もちろん、その正確な意味が、私に解る筈もなかったが、私も思わず文学学校内の論争、そして「政治と文学」その論理ではなく、実生活と文学への様々な桎梏のなかで、文壇から疎外され、清貧を貫く先生の泥酔のポーズではなく、湘南電車で流した涙の真実をひしひしと感じた。

二人は横浜で座ることができた。

「君も一杯やりたまえ」

残り少ない冷酒を、ふたりで交互に味わった。

電車が平塚駅に着くと、外はすっかり暗くなっていた。

「先生、もう晩いですから、家に寄らずに、直接、お墓へ行ってしまいたいのですが、よろしいでしょうか」

「そうしましょう、そうしましょう」

駅から墓までは十五分ぐらいであった。

私は生まれ育った平塚の街の様子などを話しながら歩いた。まだ、十二歳のとき亡くなったヴァイオリンを弾く板前で料理屋の主人であった父の事を話した。

「へえ、ヴァイオリンねえ、君、それはいいお父さんですよ。君の文学は、そのお父さんのヴァイオリンですよ。君、そのヴァイオリンの音を出さなくては駄目ですよ！　ヴァイオリンね、君もドイツ語だから、フイオリーネだよね！　トルストイの『クロイツツエルソナタ』ですよ。僕の中には、まだ、アイツがあるのですよ」

右手の二本指をこめかみに当てると、

「ズドーンだ」

と先生は、引き締まった顔をみせた。私は、私自身の過剰な意識の処理法にホトホト困り抜いていたが……。『人間太宰治』で主張された「自殺罪悪論」「自殺否定論」の大先生が、自分自身が自殺に追い込まれた過剰の深さは、比較するのはおこがましいが、計り知れないものがあった。私は自殺に追い込まれるほどの意識過剰には陥っていなかった。先生自身、整理と処理を指向しながら、過剰の大きさの大部分は、死ぬまで苦悩の渦中で終ったのではないかと思う。亡くなる一年ほど前のこと、ご自宅の都営住宅から、新しい都営アパートへ移られたとき、

「君、引越しで家内が整理したら、書き溜めたというか、書きっぱなしの原稿が、何万枚なんだろう。ともかく五十㎝ほどの束でなくて、山が僕の寝室に一杯なのだからねえ。この歳で、五十年近く文学をやってきて、もちろん、僕は、哲学出身でしょう。宗教もあるでしょう。キリスト教があって、臨済（禅）でしょう。唯物弁証法があって、実存を持っ

ているでしょう。どうも、僕は『完全』を書こうとしていたのだね。馬鹿だよね。この歳になって『馬鹿』に気付いたのだよ。マルクスだって、レーニンだって、キリストさえ、『完全』や『完成』なんて書いてないものねえ。すべては、時代々々の経過なのだよ。『経過』を書く中で弁証しているのだねえ。

それに気付いたときは、君、もう晩いのだねえ。

僕は、初めて自殺を考えましたよ。

君だから、安心して話すけれど、三日間、夜、外を歩きましたよ。

『リアリズム論』もそう。『北国の記録』『政治と文学』、『天才論』なんてテーマもある。『ある党員の告白』、これは党と自分の思想との関係で悩み抜いたというより、すり減らされたものねえ」

一日一枚原稿を書くと、一日寝ないと続けられない状態になってからの先生の述懐であった。

私は、私が小学校時代、中学校進学組と八年制義務教育の、高等科進学組との極端な差別教育への反発と勉強嫌いから、中学校進学は止め、高等小学校へ進学した話。その高等小学校の前に父の菩提寺と墓がある話などしながら歩いていた。

「勉強嫌い？　今の君には考えられないなあ。面白い話だねえ」

と不思議な話を聞くように私の顔を先生は見直していた。

私は、その墓地には思い出があった。高等小学校の柔道部、剣道部の選手だけで、県下の対校試合を前に、父の墓地と焼き場で、試胆会、解りやすくいえば、「度胸試し」をやらされた話もした。

「ふむ、ふむ」と先生は面白そうに聞いていたが、

「君、お墓の途中、一寸、一本だけ呑ましてくれませんかねえ。今晩は、何かこう本当にいい。もう一本、呑んでから、君のお父さんのお墓に行きたい。そんな感じだね」

何時も、この「感じ」で、「今日は一本だけ」からはじまって、「もう一本」が重なっていくのが常道だったが、

「先生、ともかく墓参りを済ましてからにしましょう」

「そう、だけどね、君の、その試胆会の話なども聞きたいしねえ。とてもいい話ですよ。やはり、そこで一本無いともったいない感じだなあ」と先生はねばる。

「じゃあ、一本ですよ。厳格に一本だけですよ！」

「君、僕は、そんなに信用ありませんかね！」

結局は、飲み屋へ一軒寄ることになる。

十二歳で親父の死に顔を見、焼き場で灰になった父を知った私にとって、試胆会などは私の度胸試しにはならなかった。墓場の中で私を脅かした横切る剣道部教師を見破って、「先生ご苦労様です」と言ったために、試胆会で最高に「度胸のよい男」にされてしまったが、柔道の試合度胸はあまりよくなかった。例の意識過剰のために、試合度胸は無く、何時も

相手に脅えていた。

「俺より柔道の強い奴は何処にでもいる。俺は強くない」

意識が何時も度胸を上回った。初段の黒帯を取るまで、三年もかかってしまった。そんな話を肴にされながら、一本の約束は三本にさせられた。何時もの「呑兵衛外史」の軌道に乗っていた。

やっと飲み屋を出ると、墓地へ一直線に、私は、先生の腕を抱えて引っぱっていた。道路を挟んで、右側に晴雲寺があり、左には街中ではかなり大きな墓地があった。この寺の和尚は、八十近い高齢で、父がいない私の陸軍士官学校入校の際の保証人になってもらった人である。和尚はそのことが自慢なのか、迷惑なのか、その事を私の周辺に言って歩いていた。そんな縁で、空襲で焼け出された私一家に、駅前八幡大門の目抜き道路沿いの土地を貸してくれた。そのお陰で商売を続けられた恩義には頭が上がらない。この「保証人」の重荷は、私の方にいつも重くのしかかっていた。そんな話も、

「ふーん」

と酔いの回っていた先生に話していた。

「君、花の香りだねえ。これは強烈だ！　なんの花だろうね」

とずんずん墓地の中に進むと、墓地の周辺一面に、真っ白い秋桜《コスモス》が盛り上がるように咲き乱れていた。そこは、丁度焼き場の裏斜面で、斜面全体が秋桜であった。

「凄いねえ。君、このコスモスは、素晴らしいですねえ。『意表をつかれた』思いですね

え。『コスモス』。君知っているだろうねえ。薬学を出たのだから植物学に詳しいのでしょう。ギリシャ語で『飾り』とか『美しい』という意味なのですよ。まさに『美しい』ですね。墓の『飾り』にふさわしいですねえ。英語の意味は君『宇宙』なんですからね。君、『宇宙』は『美しい』んですよ。『宇宙』は『飾り』だなんて言うのは、観念論への皮肉みたいなものだねえ。『コスモポリタン』なんて言葉も『コスモス』から出た言葉なのですよ。日本名は、『秋桜』なんですよ。いかにも日本人的で、感じが出ていますよねえ」

先生は、コスモスに興奮していた。私の方は、さすが東大哲学科で出《いで》隆《たかし》のギリシャ哲学専攻、亀井勝一郎は一年後輩である。山岸外史の博学ぶり、いや知識の過剰について、驚嘆していた。私自身、雑学の過剰を自負していたが、まさに先生の『宇宙』と私の『宇宙』の大きさの違いを思い知らされた。

「君、批評家というのはね、『武芸百般』というのと同じように『芸術百般』に通じなければならないものなのですよ。少なくとも、一つの作品を『批評』するわけですからね。つねに作家を超えて、作家全体を見抜けなければ、批評家とはいえませんからね」よく先生がおっしゃっていた言葉を思い出していた。

父の墓は、カロートで、黒い小砂利を張りつめた、幅一m、奥行き三mほどの小さな墓である。この父の墓のまわりにも、コスモスが咲いていた。

先生は、コスモスを摘み花束を作り、父の墓の花瓶に入れた。

「君、墓石が無いのですねえ」

「ええ、親父には申し訳ないのですが、ビンボウだったものですから、『親父の墓より、大勢の子供が早く一人前になることの方が先だ。墓石は、一人前になった子供達で作ろう』という、私の家のリアリズムなのですよ」

黒の小砂利のカロートで立派にできている墓に、墓標（シンボル）がないのに、なにか納得のいかないような顔をしながら、

「早く、君、建ててあげなさいよ」私が、思わず驚くほどの優しさで、先生はつぶやいた。

私と先生は、墓参りが住むと、弟が画材や額縁を商っている母のいる家へ寄った。屋号は戦前まで料理屋の「福助」を「フクスケ」と仮名書きにして使い、現在は「フクスケ画廊」などと美術雑誌に大きな広告も出しているが、当時はまだ細々とした店であった。

先生に母を紹介した。母は、長年料理屋の女将をやっていたが、

「わたしゃ、酒飲みは嫌いだよ」

ときっぱり言い切るような、女丈夫な人であった。しかし、酒飲みの扱いは、海千山千である。狭い家で飲むよりもということで、知りあいの飲み屋へ電話をし、「お前、案内しなさい！」

と先生と私は、「タナボタ」のような気持ちで、また、飲み屋に入った。

私と先生は、その夜、平塚の海岸で一夜を明かした。

「君、白馬の大群が一線に並んで突進してくるようだね」

月がなく、海は真っ暗であった。真っ黒い海の中から、白い浪が一線に盛り上がり、波

打ち際の私たちに繰り返し押し寄せていた。砂浜に座って、浪をさかなに、瓶詰めの酒を、なめるように、時間をかけて飲み明かした。

十三、「墓参り行」はがき第十三号

川崎市新丸子町丸子七六五―丸子アパート23号室
小林　勇様
世田谷区世田谷二ノ一九五五
山岸外史
消印　昭和三十二（一九五七）年十月十五日

酔うと、千山万嶽を踏破したくなる癖があっていけません
お母さんにもご挨拶できず（お父さんのお墓へ一直線という純粋情熱。汽車の窓はひどくよかったのですが、なにか、ブレーキが不足してしまいました
白いコスモス（秋桜）を
君の父親の墓標にささげ
（最もまだ墓標はなかったのですが）

深夜の墓地で海の気を吸い
　静まった人々をなつかしみ

この昭和三十二（一九五七）年十月十五日のハガキが来たわけである。

（前略）僕は、じつにあの車中で楽しかった。（中略）その時刻のように、僕は、嬉々としていました。たぶん、僕は、青い海と〈沖のある海と〉漁民の厳しい顔をみたからです。ムロン、海に案内してくれたのは君でした。そして、海はスバラシカッタ！魂の甦生がみごとにはじまったのでしょう。海は、僕にそれを立証して見せたのです。山国に疎開して山に不動の仁者をみてきた僕はもう一度、知者の海で甦生した。〈科学的にいえば、甦生のさいごの仕上げであり、立証でした〉
　だから、嬉々としていた僕は、あたりを構わなかった。

別の手紙では、
実は、翌日の帰りの車中で、先生の野放図な悪戯に我慢できなくなって、私は怒って先生と別れた。「絶交」のつもりであった。

『僕は怒りました』この言葉の紛れもない事を僕はチャンと感得したからです。そして、あとの寂しさなども（中略）君を八つ裂きにして真珠一個を送ろうかと準備しま

した（中略）

僕は、文学者として生きていきそうな君の一切の仕組み（構造）のなかから、君の士官学校をとりさろうと計画をたてていたのです。（中略）《君は、まだ、士官学校を卒業していない》事　を君自ら知っていないのです。君は、まだ、士官学校在学中です。『俺』『僕』のもんだいじゃない。君のモラル、つまり、あのときの怒りをささえている君のプライドの基礎学は士官学校・天皇主義のプライドもつながっている《そんな怒りなんか平チャラだい！》《第一、それで文学ができるかい》それは、戦犯が巣鴨監獄のなかでニコニコしているのとチットモ変わりはしないのです。僕は、この腰抜けの慇懃無礼とは何の関係もないのであります。（後略）

昭和三十二（一九五七）年十二月七日　山岸外史

これは「リアル三号」に発表した「自意識追放」の批評と合わせての手紙である。

その後、私は、リアリズム研究会には、しばらく顔を出さなかったようである。

（前略）新日本文学会、今月号（昭和三十三《一九五八》年一月号）に、（我々とは別に新日本文学会の中に）「リアリズム研究会」というものが生まれここで、プロレタリアリアリズムと社会主義リアリズムへの、新しい綜合的新研究の下に創作技術を求めてゆくという会合のできたせいもあります。その頁を読んで、いよいよ、日本にも何かが出来つつあるという信念を互いに深め合いました。《それは小生がすでに一年半前に、やがて、リアリズムの時代が来ると言っていたとおりであります》

じつは、会合のあとの疲れとあなたが出席していないということなどの不快さのために、スッキリと文章が書けないのですが、とにかく、この《リアリズム研究会》について、小生も、七日前から《新年会から》まったく新しい気構えを持ち始めているので、あなたに対しても、今夜はひどく不満をもちました。この正月以後、真剣に、しごとに取り掛かっている僕の新しい姿勢があるからだと思いますが、どうか《リアリズム研究会》へ、出席して下さい。そう言いたいと思います。

《自分が自分の仕事に真剣になると、こうした会合にも真剣になることは、不思議なことです》《後略》

その後、野間宏、安部公房、針生一郎、笠啓一等の文学学校の反リアリズムの主流の人々は、新日本文学会第十回大会、第十一回大会、安保闘争、日本共産党第七・八回大会を通じて、日本共産党を除名になったが、山岸外史は日本共産党に残った。

「政治と文学」「諸科学と文学」の問題は、先生にとって、死ぬまでの大きなテーマであったと思う。私が尋ねると、必ず話題になった。

「君、みんな除名でしょ。僕が残っている方が、不思議だって言うのだからねえ」

この言葉を何回も聞いた。先生にとっては、単純に割り切れない様々なあれこれの戸惑

いや、苦悩があった事を、何通かの悲痛な手紙で知っている。朝日新聞連載の宮本・池田対談などは、

「君、近来にない快挙ですよ。僕は、宮本さんは文学出身だという事を含めて好きなのですけれどもね。私の『芥川龍之介論』は、宮本さんの『敗北の文学』に反発して書いたのだがね。それは、それとして、宮本さんも立派だし、対談もいいですよ」

ここ、二、三年のことである。

私は、日本文学学校九期生の卒業後、チューターを辞めた。私の受け持った八期生・九期生が、私の住んでいた丸子アパートに集り「新世代」という「三号同人誌」を作った。山岸先生も日本文学学校事務局長をお辞めになった。

私の独身生活最後の時間であった。

昭和三十七（一九六二）年十月、先生は『人間太宰治』を筑摩書房から上梓された。丹羽文雄が呼びかけ人になり新宿で「出版記念会」をやった。先生が太宰と絶交するまでの人間太宰 治との交流のリアリズムである。心中した桜上水で太宰 治と山崎富栄が赤い帯で繋いだ二人の死骸捜索に加わり、太宰が発見され再会してから最後の別れまでの最終章「微笑する死に顔」「葬儀の日の追憶」「慟哭」は圧巻であった。

「ご所望によって

インチキ男

同志小林 勇

山岸外史」

と墨痕鮮やかに署名した一冊を下さった。先生の文学はリアルな自由を土台にした人間の真実追求である。人間の自由と真実を塞いで陸軍士官学校の鎧が脱げず士官学校の亡霊在学中で、卒業していない「インチキ男」を私に見ていたようである。私に対する「インチキ男」の語感には、「怒り」より「怨念」がこもっていたようである。

今年昭和五十二（一九七七）年五月七日、先生が夫人に予言したとおり、季節外れの雷鳴が轟く中で、前立腺がんが全身に転移して、永眠された。

葬儀は、梅ヶ丘教会で行われた。弔辞は三人で読んだ。一人は太宰治と山岸外史とも一番長いお付き合いで、針生一郎の旧制第三高等学校の先輩である民主主義文学同盟の戸石泰一が最初で、二番目は「リアリズム研究会」代表で私。最後が日本文学学校事務局長の針生一郎が読んだ。

（昭和五十二（一九七七）年第三次京浜文学七号掲載　小林勇「秋桜」全文）

十四、「事務局宣伝会議招集状、その9」はがき第十四号

川﨑市新丸子町丸子七六五―丸子アパート23号室
小林　勇様

東京都渋谷区千駄ヶ谷三ノ五二
　日ソ図書館内日本文学学校事務局
消印　昭和三十三（一九五八）年八月二十日

第二回宣伝会議御通知
いよいよ十期生募集活況期にはいりました。具体的に仕事をおしすすめるために、皆様の力添えをえたいと思います。宜しく御出席下さいませ。
日時、八月二十六日（火）七時
文学学校ロビーにて。

十五、「士官学校卒業せよ」封書第一号

川﨑市新丸子町丸子七六五―丸子アパート23号室
　小林　勇様
世田谷区世田谷二ノ一九五五
　山岸外史
消印　昭和三十二（一九五七）年十二月十一日

拝啓
じつにばかげたことだったとおもっています、ここではなにも言わずに謝罪しましょう。

もっと大切なことがあるからです。そして、これは書くまでもなく僕は、あなたを大切にしているからです。

気分をなおして、研究会には、是非、出席して下さい。僕とあなたとは、同志なのですから根本的なものだと思います。そして、独りよがりではなく、討論の世界にもちこんで下さい。

僕も、この時間のなかで、自得するものがありました。対人間の関係について。あなたが、僕を、ずいぶん、大切にしてくれたこともわかっていたのですが、僕も、愛情というものは、抑制した方がいいものだというなにか、普遍的なものを、かなり十分に腑におとしました。これからのことだけではないと思います。

なにか、多くの要素で、僕はできているようですから、ひと言で、ここではいえません。そして、それらは、時々刻々のなかで表現できないことです。

しかし、文学から言えば、士官学校的礼節は破壊しなければなりません。(どうか、この言葉について怒らないで下さい)そして、自由人として、文学して下さい。

あとは、討論のこと。

十二月十一日　山岸外史

金曜日は待っています。いつもの顔で来て下さい。

小林　勇様

どうも、作品「秋桜」と重複して、読み辛くなってしまいましたが、この封書は、父の墓参りのあと、あまりに節度のなさ過ぎる先生の泥酔に、私は弱り果て、怒りを爆発させた絶交状を送り、先生から「君は士官学校を卒業してない」と返信を戴き、そんな経緯から「リアリズム研究会」には顔を出さなかったために、先生から表向き謝罪しながら、実は、怒りを含んだ「士官学校から脱皮し、文学道へ進む弟子」への教育的叱咤激励文をよこされ、「リアリズム研究会」に顔を出すよう促された内容になっている。

その後、いつから「リアリズム研究会」に復帰したかは記憶にない。次便でご推察していただこう。

十六、「リアリズム研究会から」はがき第十五号

川崎市新丸子町丸子七六五―丸子アパート23号室
小林　勇様
世田谷区世田谷二ノ一九五五
山岸外史宅

「リアリズム研究会」編集委員会
消印　昭和三十二（一九五七）年十二月二十四日

ヨッパライの蝦蟇は天の岩戸より匍いいだしたかにみえたが日の光にたえられずすぐ又おかくれになって候

先日、おやじさん（山岸外史先生）にこういう反歌を書きました。研究会の席上でぐでんぐでんぐでんになって寝てしまうという、ああいう不真面目さが、僕たちの心理の内奥に及ぼす影響は「ぐっとショック」などというものではありません。

「先生の芸術だけを愛する」という小林さんの発言は、その意味でまったく同じです。けれども、先生も立派な文学者として立ち直らせるためには、ぼくたちの批判がなければ駄目だという強い自負も、誇張ではなく、ぼくたち、もっています。

今年の研究会はこれで終りました。来年は十一日（土）五時より山岸宅で、新年の初顔合わせを行うことに決まりました。会費は三百円です。四号の原稿も、その時まで延期することになりました。集り具合が、何時ものことながら悪いのです。

なお〝リアル〟に討論のひろばのようなものをもうけたいと思いますので、日頃感じている文学上のいろいろな意見を四枚以上にお寄せ下さい。（加藤）

山岸外史の泥酔行状は、さらに深まり危機感さえ感じるほど、限界に近づいていたと思う。学校運営、運営方針の意見対立、リアリズム対アバンギャルドなど、さらにその根本に自らの創作活動の壁となっている『人間太宰治』執筆と、「政治と文学（自由）」の克服。行き詰まると呑むことの繰り返しだったのではないかと思う。

「岡本太郎逃げ出す」

日本文学学校講師陣は文壇の主要作家を集めて多彩であった。列挙すると五十年以上の記憶に残っている作家、残っていない作家に、私の八十六歳の喪失しつつある記憶がまばらになっていて、失礼になるので止めるが、強烈な印象で山岸外史との関係で記憶に残っている岡本太郎講師とのエピソードを記録しておくことは、日本文学学校の講義風景を残す意味があると考えるので、一言触れたい。

岡本太郎講師の講義は人気があって、講堂は本科生のほか、研究生、卒業生、それに潜り学生まで入り、椅子が足りなくなり、立ち見ならぬ立ち席まで講堂いっぱいになる。例によって、全身でジェスチャーをして行う「爆発講義」が盛り上がってきたとき、山岸事務局長が講堂に現れた。その出で立ちが、酔眼朦朧とした上に、腰のベルトに大根を指していたのである。その姿を見るや、岡本太郎は、急に講義を中断し、

「君、君、紙をくれ」

といって、トイレへとび出して行ったきり戻ってこないのである。

かなりの時間が経って、戻って来たものの、暫く山岸外史事務局長とにらみ合ううち、

諦めて、

「今日の講義は終わり」

と降壇した。丁度「爆発アバンギャルド」の岡本太郎が「リアリズム」山岸外史から逃げていった形であった。岡本太郎が逃げ出した山岸外史事務局長は「爆発の岡本太郎」より強烈であった。

十七、「講師会・チューター会・事務局合同会議のお知らせ」封書第二号

講師会・チューター会・事務局合同会議のお知らせ

新緑の候となり、みなさまにはますます御元気で御活躍のことと存じます。お陰さまで日本文学学校もその後順調に進んでおりますが、四月十九、二十六日に引きつづき、左の通り第二回の講師・チューター・事務局合同会議を開きます。議題については左にややくわしく御報告申し上げます。ぜひとも御出席くださるようお願い申し上げます。

日時　五月十三日（火）午後六時半、場所　日ソ図書館内教室
（日時が右のとおり変わりました。ご承知下さい）
議題と今までの討議の結果
四月十九日に事務局から提出した議題は左記のとおりであります。

一、飯塚書店からの講義録出版の件
一、九期時間割の件
一、九期生組会指道の件
一、笠啓一の辞任による事務局の再確立および後任問題
討議の模様・結果を各議題にわけてかんたんに御報告いたしますと次のようになります。

一、飯塚書店からの講義録出版の件
これは書店側からの要請ですでに四月末から本科の講義と筆記とテープレコーダーで記録も始めていますが、五巻二百頁で六月より隔月一巻出版という急な企画ではあり、生の講義そのままでは印刷にかけにくいのでどうしても編集委員会を作らねばならぬということになりました。これは早急に 決めて仕事にかかる必要があります。
一、九期時間わりの内容検討
別紙の針生案を一応承認、早速各講師に連絡し出講を願う。ただし組会などで学生の意見を聞きそれを加えながら各月のプランを決定する。これに付帯意見として、従来の教務係は針生一郎一人だったが、来期から二人以上にして、教務体制(時間割作製、講義の進行その他)をさらに強化する、という意見が出、これは事務局体制強化の問題と関連させ、具体的に検討することとなりました。
一、九期生組会指導の件

九期の組み分けは四月二十四目（入学後一月）に終ったので、とりあえず、講師、チューター会議を左の通り開くことを決定しました。

小説1　山岸講師、小林、小説2　山岸講師、加藤、桜井、小説3　針生講師、森下、小説4　針生講師、山本（良）、小説5　笠講師、山本（政）詩　菅原、鈴木講師、山本（政）、戯曲シナリオ　笠講師、堀田。

組会指導は授業の重要な一翼を担っていることが確認され、定期的な組指導の講師・チューター会議を持つべきことが確認された。

一、笠啓一の辞任による後任問題および事務局確立の問題

笠啓一の辞任は承認、第一候補として、長谷川龍生に後任を依頼する事を決定しました。

（その後長谷川氏は承認され、一日から事務局に参加）。

事務局確立については、学校体制の確立（講師会、事務局、チューター会議、卒業生の組織、財政問題、学校規約制定等）と関連して、さまざまな意見が出、討議を次の会議（五月十三日）に集中して行うことになりました。なお、意見の提出期限を五月三日とし、それを討議資料とし、プリントする事を決めました。（これは当日お渡しします）

以上で、簡単な報告を終りますが、議題が学校運営の根本の方針にふれてくるので、ぜひとも御出席頂き、討議を深めて下さるよう、重ねてお願い申し上げます。

昭和三十三（一九五八）年五月六日

日本文学学校事務局

講師

チューター　各位

この講師・チューター事務局合同会議の議題、決定事項等を見れば、日本文学学校の全てを丸裸にしたようなものであろう。私も、山岸外史の腰巾着のように名を連ねているが、いったい何をしていたのだろうか、組会あとの飲み屋の付き合いと学生のお守役のようなものであったと思う。

私にとっての文学と山岸外史にとっての文学との違いは、岡本太郎が逃げ出すほどのリアリズム文学の気概を持った山岸外史と、自然科学に主体をおき甘っちょろい「自分を見つめるための文学」に留まっている私の文学の違いであったと思う。この頃山岸外史から次のような封書が届いていた。

十八、「田中英光の『さよなら』から」封書第三号

角川文庫　田中英光著「さよなら」

P44、「その為、彼は淀橋、戸塚と二つの警察を二十九日間のタライ廻しを食い、

毎日のように拷問されたが、自分のルウズさから友人に迷惑をかけまいと、歯を食いしばり、知らぬ、存ぜぬで頑張り、……」

（科学を信ずれば、世界が、平和な共産聯邦になるのと同じ必然性をもって、つまり、確信をもって、そのうち、いつか、太陽も冷却し、地球も滅び、人類も死に絶えると信ぜられる。結局、滅亡する人類の運命の為、ユートピアを作ろうと犠牲になることは無意味である。即ち、生きること自体が無意味と思われるから、自分は死ぬ。）

田中英光　評

君には解らない。生命（いのち）には、悉く、美しい意味があることが!!!

昭和三十二（一九五七）年八月二十三日　外史　実印

（確信をもって、そのうち、いつか、太陽も冷却し、地球も滅び、人類も死に絶えると信ぜられる。結局、滅亡する人類の運命の為、ユートピアを作ろうと犠牲になることは無意味である。即ち、生きること自体が無意味と思われるから、自分は死ぬ。）

代表作「オリンポスの果実」の作家田中英光が、太宰 治の墓前で、大量の催眠薬を焼酎で流し込みながら自殺した、遺書とも言うべき「さよなら」についての、山岸外史評である。このことは、自然科学者である私は、宇宙も万物も無限でなく、有限であることは田中英光同様、認識している。マルクスもレーニンも認識していた筈である。滅亡する社会や宇宙に社会主義革命や共産主義革命を起しても「無意味である」「だから死ぬ」ということは、人類や太陽が滅亡せず、無限に発展するならば、革命に身を投じる「意味がある」という半面を意味している。太陽も、人類も有限であってもマルクスもレーニンも肯定的に『意味がある』と認識した違いである。典型的『虚無主義』ニヒリズムである。

そのことに対して山岸外史の田中英光評は、

「君には解らない。生命（いのち）には、悉く、美しい意味があることが!!!」

客観的には終末的に滅亡する無意味なものとした田中に「有限な生命にも『美しい意味がある』ことを君には解らない」と反論をした。「滅びる無意味」は田中英光の機械的唯物論的解釈と大胆に批判し、精神的観念論的に「生命の美しい意味」を現実宇宙、人類を肯定的に唯物的観念論から評価したものと思う。ヘーゲル観念論の徒であったマルクスが、エンゲルスから唯物論を学んで唯物論に転向したことを批判した、サルトルに通じる機械的唯物論批判かもしれないと思った。

山岸外史はギリシャ哲学専攻の哲学専門家として、我々士官学校未卒者のにわか勉強で、知ったかぶったマルクス主義や俗流唯物論を、どのように見ていたのだろうか、田中英光の『さようなら』批判である「君には解らない。生命（いのち）には、悉く、美しい意味があることが!!!」の「君」は『我々』または『私』なのであったと、改めて感ずるのである。

十九、「おれは信心したのだ」評

次の手紙とハガキは、私が昭和三十二（一九五七）年職場同人誌「でるた」十号に掲載した「俺は信心したんだ」上、（前半）に対する山岸外史先生の批評である。五十二年前の作品であるが、手紙の批評だけ掲載しても、原作がなければ片手落ちになるので、少々長いが掲載する。

小林勇「俺は信心したのだ」上（原文）

五郎は、随分長い時間客のいなくなる時を狙っていた。客のいなくなる時、という理由にかこつけて、錦寿司のおかみさんの前に出る時間をずるずると延ばしては、何度か錦寿司ののれんから足を遠のけた。確かに、五郎の足は店から遠ざかる時だけ喜んだように弾んでいた。

水溜りにうっすらと張り出した氷を五郎が踏み破ったとき、彼は思い出したように寒さを感じた。五郎にはオーバーコートがなかった。だが、五郎は寒さを恐れている訳ではない。寒さが五郎の喘息の発作の原因である事を恐れていたのだ。彼の顔を柔和に刻んでいた皺が横切って、眉間に深い二本の縦皺が刻まれていた。

終電に間近い電車が、レールをきしませ、車掌の鳴らす警笛とドアの開閉の音を高く残して消え去ってゆくと、喘息の発作のむずがゆい喉の奥と重なって、五郎はいらだちあせってきた。電車を降りた客が前へのめるように足早に彼を追い越して行く。その彼を追い越す人間が、五郎には皆しあわせな人間にみえた。どろぼうに入るわけでもない人の家に入ることにも何時間もうろつく自分、その自分が五郎を人より不幸せにしているのだと思えた。

「ああ、四十もこえてみすぼらしい」

思わず声に出してしまった自分に気がつくと、首を縮め前かがみに膝を曲げて腕を組んだ自分のかっこうにも気がつき情けないほど照れくさくなった。（人の前じゃ、口も利けねえくせに）五郎は二時間ほど前白楽軒をとび出してきた。

彼がラーメン屋の白楽軒で働き始めてから一月以上が過ぎていた。彼を白楽軒へ世話をしたのは錦寿司の女将さんだった。人を使うところなどなかなかない今時、四十を過ぎた何処の馬の骨とも解らない、ただの深夜のラーメン一つの客だった五郎が職にありつくことなど、

「まったく運がいい」

とおかみさんはいった。白楽軒の亭主もおかみさんも悪い人間というわけではないが、一個四十円のラーメンが四十個と出る日などほとんどないのだった。朝、店を開けるのも遅いが、食事も日に二度、そのうち、夜は大抵ラーメンを食わされるだけ、焼豚を分厚く二、三枚余分に乗せても、ラーメンの晩飯は五郎をみじめにしてしまう。給料など決まっ

てくれず、暇に任せて亭主がパチンコで稼いでくるタバコを時々くれる外は、客の多い日に百円か二百円、何回か渡されただけであった。五郎の女房も子供もこれで養えるどころか、その大部分はエフェドリン錠になってしまう。それでも白楽軒のおかみさんは、

「男一人食わせるのは大変だ」

誰をつかまえても口癖のように言う。だが、五郎には、亭主は外ばかり出歩き、おかみさんは座ってタバコばかりふかし、働きまわっているのは五郎一人だけのように見えて、彼が白楽軒一家を養っているように思えてならなかった。

五郎は何十回か職を変えた。変わるごとに新しい夢を持った。そして、その回数だけ夢から裏切られた。白楽軒も別ではなかった。又、その回数だけ何処でも同じなのだと彼自身思いながら、やはり次の職に夢を持ってしまうのであった。五郎の今の夢は、世の中を渡り歩いた年数だけ小さくなっていった。屋台でも好いから自分の店をもちたいというだけだった。六畳一間とは名ばかりのバラックにぎっしりつまった女房と子供たち、そうだ子供には皆サッパリしたものを着せてやりたい。畳も敷きたい。その前に生活保護や民生安定所、民生委員、保健所などから自由になりたい。

「長々とお世話になりましたが、どうにかお国のやっかいにならずにすむようになりました」

といってみたい。めんどうくさそうに書類に万年筆で書き込んでいた民生安定所の青年が、驚いてあみだにかむったハンチングを後へ落としそうになる顔、なにか妙な匂いを堪

えながら入ってくる保健婦や助産婦の驚いた顔、恩着せがましくもったいぶった頭の平たい民生委員の驚いた顔。

こんな事を考えていると、五郎は寒さも喘息も忘れて頭のなかは熱くなり顔も火照ってくる。五郎はその屋台を手に入れるにはどうしなければならないかと考えることはしなかった。それは何時も、（若し一万円あったら……）で、（どうして一万円つくろうか）ではなかった。五郎の中では何時でもその気になれば実現できそうに思えるのだった。何となく五郎には自信が湧いてきた。その五郎にはここ二、三日考えていた白楽軒を辞めることが、その夢をかなえさせてくれるように、ますます思えてくるのだった。

思い切り両手をポケットから出すと五郎は首を伸ばして胸を張ってみた。鈍い動作で向きなおって錦寿司ののれんをみつめた。のれんが風にゆれ、前になびいた一枚を、軒灯が紺地に「錦」の白字を浮き出して照らした。そのひらひらゆれるのれんの無抵抗な仕切りが、五郎には、鋼鉄の扉か、鉄筋コンクリートの壁より厚い仕切りのように思えてくるのだった。そののれんの厚さを感じる自分が、五郎を他人より不仕合わせにしているようにも思えた。

五郎は縮みかけた首と胸と腰と膝を伸ばして、のれんに向って足を踏み出した。左手で払ったのれんはほとんど抵抗なく五郎の道を開いてしまった。その抵抗のなさが五郎の心を重くした。その抵抗さえ強ければ、錦寿司のおかみさんに会わずに済む言い訳ができたのにと思った。誰に言い訳するわけでもなく、彼自身に言い訳するいつもの自問自答だけなのであったが。

五郎は、のれんを払ったその先にガラス戸が彼をさえぎっているのに妙な安心をした。のれんの抵抗のなさにさえ厚い壁を感じた彼には、そのガラスの厚さがはかり知れなかった。五郎は首だけが伸びて、又からだ全体が縮こまってきた。伸ばした首は最上段だけそうなっているガラス戸の透かしガラスから店の中をのぞこうとしていた。ガラス戸には、店の中より明るい街灯の下にみすぼらしい五郎の姿が映っていた。（ええ、だらしがねえ）心のなかで叫んで、腰を伸ばした彼は思い切り戸を開けた。そうした時、初めて五郎は自分が足で地に立っていることを感じた。

客は一人だけだった。

その客も形のくずれた名ばかりのオーバーを着ているのが五郎よりましなくらいで、寿司を食べているのではなく、三十五円のラーメンを湯気の中に首を突っ込むようにして食べていた。それより彼を安心させたのは、その客が青年で、彼より年下だということだった。

おかみさんは、やっとあいた店の客席に腰をかけて、煙草の煙をぼんやりながめていた。ちらと五郎の方を見たが、彼の身なりを見ただけで立ち上がろうともせず、

「いらっしゃい」

物憂そうにいった言葉の終わりは煙草をくわえ、眼も五郎から離れていた。

おかみさんの眼は笑った五郎の眼を素通りしてしまった。彼はその眼に頭を下げかけて止めた。おかみさんの眼にはのれんの抵抗ほどのかすかな抵抗さえも感じ取ることが出来

なかった。自分が完全におかみさんから忘れ去られているのではないだろうか、思いがけない障害にぶち当たった。彼はどぎまぎしてラーメンの客に眼を向け、又おかみさんを見なおしてどうも出来ずに、ただその場にすくんだように立っていた。だが、おかみさんが彼を忘れていたとすれば、それも構わないとも考えた。彼がおかみさんに言わなければならない白楽軒への不平や、白楽軒をやめさせてくれという嫌なことも言わずにすむ。「嫌なことを言わずにすむ」ことは、考えてみると今までも五郎の一つの大きな喜びだったではないか、だが、その嫌なことを言えないことが、彼を不幸せにしていることも彼は知っていた。だから、今晩みたいに思い切って嫌な事を言いにきたのではないのか、だが、今までの五郎は思い切って嫌な事を言ってみても、大抵、何がなんだかわからなくなり、頭のなかが混乱してわけもわからずに相手に謝ってしまっていた。そして、きまりきったように、

「嫌なことを言うより貧乏していた方がよっぽどましさ」

そう思うと、本当に嫌な事を言い始めた自分が相手に悪い事をしてしまったように思ってしまうのであった。

おかみさんは顔をしかめて、煙草をくわえたまま横目でうさんくさそうに五郎をみかえした。五郎はおかみさんと目が合うと、揉み手をしていた片手をごまかし、頭へやりながら腰をかがめてこびるように笑顔を作った。

「なんだ、お前さんか」

煙草から顔を大きくはなしたおかみさんは、
「こっちへ座りなさいよ。そんなところにいないで……。どう、お店は」
五郎は先ずおかみさんが彼を思い出してくれたことと、もの静かだったことに安心した。ほっとするとおかみさんの指す椅子へ、歯切れの好いおかみさんの言葉の調子に乗ったようにつかつかと足を進めて腰を下ろした。

店の奥の寿司の盛付台のところだけ蛍光灯が強く明るいためか、店に並んだテーブルの脚の下は、人間の足も椅子も判然とはせず、ただぼんやりと暗かった。その暗闇のなかでソースや胡椒やたばこ盆がテーブルの上に浮かんでいるように見えた。三人の人間もテーブルから上の胴体だけの生きもののように、やはり暗闇の上に浮いていた。客がそばをすする音もおかみさんの煙の中で浮いていた。五郎はおかみさんの問いには答えず、ニヤニヤした目を、店に似ず妙にきれいに洗われたたばこ盆の中に、吸い口に赤い口紅のついたまだ長い吸い殻が、少ない灰の中に落ちているのをもの欲しそうに見つめていた。

確かに、五郎がおかみさんに喋らなければならないことはあったし、挨拶もせねばならないのだと思っていた。だが、五郎の頭のなかでは「お寒いですね」がよいとも思うし、「冷えますねえ、今晩は」の方が好いとも思う。いや、何かもっとよい挨拶がありそうだと考えているうちに、妙に間が空きすぎて今更そんな挨拶も間が抜けていると思えてきてしまった。だが、喋らなければならないと思って焦る。焦り出すと混乱して頭がぼうっとかすんでしまうのだった。ただ、ラーメンの客が早く出てくれればよいと思った。だが客が店から出たからといって、おかみさんに五郎がしゃべられるわけでもないのは、何時もの例ではっきりわかっていた。しかし、ラーメンの客が出ればよいと言う理由があることは、しゃべらない自分に、まだしゃべれるかもしれないという希望を五郎に残していた。ポケットへ入れたり出したり、たばこ一本だって入っているわけではなかったが、

「一本つけなさいよ」

「新生」の包みをおかみさんに出されるが、

「いや、結構です」

反射的に五郎は答えるだけだった。五郎は本当に吸いたくないのかというとそうでもなかった。欲しいか欲しくないかは無関係で、ただ、断ることが彼の習慣だった。

「いいじゃないの」

「いえ、本当に結構です」

彼の習慣に変わりなかったが、二回目を断ると、五郎は急にたばこが吸いたいと思った。だが、三度、おかみさんにすすめられても五郎が断ることに変わりないだろう。おかみさんが「新生」の青い包みをなげだすと、やぶられた口から巻き煙草が二本頭を出した。

汁を飲み干すようにどんぶりを傾けた青年は、何かを探すようにあたりを見回して急に顔を止めた。五郎が暗い電灯の光に真っ黒く窪んだ青年の目の方向をたどると柱時計があった。五郎は、その青年の上目で柱時計を見つけた横顔に惹きつけられた。薄暗い電灯の光でよくは判らないが、骨ばって彫りが深く濃い無精髭の顔の輪郭全体は妙に年寄りじ

みているると思った。青年！　と先ほど五郎が勘違いしたのは、何なのだろうか。急に年齢の近い男を意識して、どきっとした。彼が窪んだ目と五郎の正面に向けている大きな耳をみせたとき、やはり若い男だと思った。耳と目が妙に明るい男だと思った。やはり若い。と五郎が思って、目をおかみさんの方へ戻したが、また、青年の目と耳を見返してしまった。五郎にはその明るい目の光と大きな耳が妙に印象に残った。時計から目を離した青年は、何か印刷物を内ポケットから抜き取ると、ラーメンより旨そうに、活字をたどって動く目をきらっきらっと輝かせていた。五郎は、その目が動いて、きらっとするところがなんともいえず気に入った。

五郎は又、おかみさんの方へ目を戻した。白楽軒を辞めさせて貰うことを話さねばならぬことに気づいた。気づくと、青年の出て行かぬことが再び腹立たしくなってきた。時計をみて落着くのは十一時を過ぎ本数の少なくなった東海道線へ乗るのに違いない。三十分はまだ間があると五郎は思った。

「すいませんが水を一杯頂けないでしょうか」

三十五円のラーメン一杯で済みませんが、と言っているように、あの輝く眼に笑みをふくんで茶碗を上げた青年が一寸頭を下げた。五郎は、その青年に溜息を吐いた。

水を貰ったラーメンの客は、コップを口へ持ってゆくと水を四分の一ほど飲んで、減った水を測るように見つめながらコップを目の前に置いた。その見つめる眼が幼児のように無邪気に澄んでいた。五郎には、その眼が、いたずらを始める前の無心な幼児のように思えて、ついつられて硬くなっていた顔の表情をゆるめた。ラーメンの客が重そうなカバンをテーブルの上から引き寄せると、五郎は、もうおかみさんの方をわすれたように青年を見つめていた。おかみさんもその五郎に釣られて青年を興味深そうにみていた。

ラーメンの客は、深く大きい黒皮のカバンの中をなにかをさぐっていたが、目的のものが取り出せないのか、なくなったのか眼をしかめて、浅いところからズルズルと細く黒いゴム管を引き出した。

そのゴム管の終わりに白いラッパ状の固いものがぶらぶらと下がっていた。五郎は確かにそれが医者の使う聴診器だと思った。医者かと五郎がラーメンの客を見返すと、医者にしてはみすぼらしい医者だと思った。その医者は聴診器の下から一合ほどの薬瓶を取り出して、眼の高さで振って無色透明な液体を見つめていた。その見つめたきつい眼がやはり医者らしいと五郎は感じた。コルク栓を開けると、注意深くその医者は瓶の液体をコップの中に注ぎ始めた。

その瞬間、五郎の頭に「自殺」という言葉が浮かんだ。

医者はコルク栓を充分にしめると、瓶を再びカバンの中へ無造作に投げ込んだ。五郎は自殺と思い込んで落ち着きを失った自分を感じた。おかみさんは何故黙ってみているのかと思って見返すと、おかみさんも真剣な顔をしていた。五郎は四十年間特定の職もなく、一月と安定した暮らしはしたこともなかったが、反面、張りつめた暮らしも一日としてしたこともなかった。しいて言うならば、どうにもならないが、どうにかなる暮らしであり、あった。考えてみると自殺など一度も考えたことはなかった。死ぬなどを考えもしなかったが、あまり生きている感じもしなかった。五郎には何が何だか判らないが、自殺と思ったときその医者の何か張りつめているものを感じた。

医者は、口元近く液体の入ったコップをゆっくり振った。五郎の視線を感じたのか、医者の眼はいたずらっぽく笑っているように見えた。コップを前に置くと、そのコップへ口をもっていって、真剣な眼ですすった。

おかみさんの巻きタバコの先の長い灰が音もなく落ちた。

客は、またパンフレットに元のように輝く眼を戻していた。

五郎には、客が何を飲んだか判らなかったが、自殺ではなかったことに安堵した。良かったと思った。その瞬間、喉の奥がむずがゆくなってきた。喘息の発作と白楽軒のことを同時に思い起していた。五郎の額は、また二本の深い縦皺が刻まれていた。おかみさんのたばこの煙の届かぬところに座っているのだが、もう煙は眼に見えるだけで五郎の喉をむずがゆくする。彼は呼吸を止め、歯も強く噛み締めて発作をこらえた。薬を使わずに発作を止めた経験が何度かある。薬が手近にある時は駄目だった。薬がなくとも誰に気兼ねもしない家の中も駄目であった。薬もなく他人の前にいる時はこらえることが出来た。今、五郎はこらえられる自信があった。五郎が発作をこらえて落とした眼に、椅子からはみ出たセメント袋のようなおかみさんの大きく張りつめたお尻が眼に入った。そのおかみさんのお尻に五郎は妻のきみの肉の落ちた尻を思い出していた。おかみさんのお尻がぶらり一揺れしたとき、弾力のある肉感が彼の腰に伝わるのを感じた。彼の喉の奥の発作は、彼の腰の性感の方に変わっていた。発作は逸れたと彼は感じた。

「ああ、畜生、喘息が起きそうになって、ああ、もう大丈夫だ」

思わず、彼がおかみさんの前で口がきけなくなった全ての原因のように吐き出した。彼の額の深い縦皺が開いたのも、喘息の発作の止ったことよりは、うまい弁解が見つかった嬉しさのための方が大きいようだった。

「ほお」

感心したようにおかみさんが顔を上げたとき、その眼が鋭く五郎を見つめて輝いていた。

「ええ」

五郎は、おかみさんの眼に思わず答えていた。

「薬のあるときには、エピレナミンという奴を一本ぶち込んでやるか、エフェドリンを二錠も飲めば、すぐに止まるのですがね。でも、こいつは我侭《わがまま》病でね。その気になりさえすれば、薬なんてなくても押さえられないこともないのですがね」

五郎は、いつものことながら喘息《ぜんそく》のこととなるとおしゃべりになる自分を感じた。だが、五郎は、あのラーメンの客の若い医者を意識していた。彼は、あの医者が彼の話を耳にして、彼の喘息について何か詳しく話してくれるかも知れないし、もしかすると黒カバンの中にエフェドリンか、もっと上等な薬が入っていて、彼に一本射ってくれて「お金なんて要りませんよ」と言ってくれるかも知れないと、必要以上に声を大きくしていた。

「そうだよ、病《やまい》は気からってね。そうなのですとも」

おかみさんも客が医者だと知っているのに声を小さくしないのが、五郎をどきりとさせた。のりだしたおかみさんのセメント袋のお尻で椅子がきしんだ。

「でもね。金さえあれば、全部エピレナミンやエフェドリンにやっぱり使っちゃいますよ」

五郎は、ラーメンの若い医者に気兼ねするようにおかみさんに答えた。

「そりゃ無理だよ。あんた、病を治すのに薬も医者もいるものですか」

五郎は、新しい巻きタバコに火をつけているおかみさんにはらはらした。ラーメンの客の方を見たが、パンフレットを先程と変わりなく読んでいたのに彼は安心するよりがっかりした。おかみさんはなにか眼を凝らして考えているようだった。話の途絶えたことに、五郎は焦りを感じた。早く白楽軒のことをしゃべらなければ駄目だと考えた。だがどうもうまい話の糸口が分からない。若しかするとこのおかみさんは腹を立てるかも知れない。勿論、立てるだろう。どうも人に腹を立てさせるのはいやである。すると又わけも分からずあやまらねばならない。しかし言わなければしょうがないのだった。

「あんたも」

おかみさんが急に五郎に話しかけた。

「もう信心してもよい年配だねえ」

「だめですよ。わたしゃあ、わけえ頃から無信心者でね」

意外な話に、五郎はどぎまぎした。まったく五郎には、信心などする者は隠居者か、小金の残った人間の道楽だとしか考えられなかった。彼の長い経験の中で主人で信心しているものはいたが、奉公人で信心しているものは一人もいなかった。

「そりゃあ、いけないねえ。若い頃はともかく、もう落着く年頃になったら、信心しなくっちゃいけないもんだよ」

まったく、もう自分は落着く年頃なのだと五郎は思った。

「ねえ、信心してみないかね」

セメント袋のお尻を揺り動かしておかみさんはからだを乗り出してきた。そのおかみさんにはなにか五郎に拒否できない押しの強さがあった。白楽軒の話はどうなってしまうか分からない気がしてきた。

「あたしはね真心会というのに入っているけれどもね。本当に有難いものだよ。いろいろな病気を持った人が、みんな治ってしまうのだから……」

五郎はおかみさんの話を曖昧に笑ってはぐらかしたが、内心腹立たしい気もしてきた。彼の話がまったく見当違いの方向にはぐらかされているように思えた。彼には決して人の話を拒むことが出来ないことが分かっているからであった。おかみさんが話してもさえぎることはできない。せいぜい返事をしないことで不満を表せるぐらいなのである。五郎が、ラーメンの客をチラッと見ると、いつか分からぬうちにこちらをじっと見ていた。妙に興味ありげに眼が輝いていた。五郎はいらだってきた。結局今晩は何もしゃべることは出来ないのだと思った。明日の晩にしてもよいのではないか、どうせ一日や二日延びたところで、次の働き口があるわけもないのだから。だが、これもいつものことで、今晩言えないことは明日もいえないことは分かっていた。

「あんた一度真心会へ行ってみないかい」

もう駄目だ。諦めた方がよいと五郎は思った。仕方がないではないか、この職のないときに辞めたいなど言い出すのがおかしいのかも知れない。いや、こんなことを言い出さなくてもよかったのかも知れない。若し言ってしまっておかみさんを怒らせてしまったら、五郎にどんな当てがあるというのだろう。

「何時がいいかね。あんたの都合のいい日は」

おかみさんがカレンダーの方へからだを捻じ曲げると五郎の眼を強引にカレンダーへ引っ張っていった。

「そうですね」

五郎は、何時の間にかカレンダーの数字をさぐって、からだの空く日を赤字の日曜日を除いた日の中から選んでいた。

ラーメンの若い医者が、このおかみさんの方法に感心したのか、大きい溜息を吐いてあの輝く眼に少し仕方なさそうに笑みを浮かべていた。その眼を五郎はチラッと見た。やはり、しゃべらなけりゃだめだと思った。その若い医者の仕方なさそうな笑いが、一万円の屋台の夢の諦めのように遠ざかって行ってしまうようだった。白楽軒のことを話せない自分から一万円の屋台が逃げてゆくようにあせりだした。

「四十にもなって、店を持てねえなんて、全く……」

二つの空洞のようにうつろな眼を据えて、五郎はつぶやくようにいった。弾かれたようにおかみさんは五郎の顔をまじまじと見て薄気味悪いのかすぐ眼をそらせて、煙草の煙を撒き散らした。

「そんなこと言ったってしょうがないじゃあないか……。信心すりゃ運だって向いてくるさね」

口だけは歯切れがよかったが、五郎の眼をおかみさんは見ようともしなかった。

「じゃあね、十一日の月曜日だよ。間違いないでね。朝の十一時に店へ来れば一緒に連れて行ってやるよ」

十一日の朝の十一時だと五郎は思った。十一日の朝の十一時に来ればよいのだ。何か、今晩のことはこれで全部終ったと思った。

「十一日の朝の十一時ですね」

五郎はのろのろと立ちかけた。

ラーメンの医者は逃げるように店をとび出していった。

五郎の眼に医師の大きな耳が目に入った。丁度「る」の字のようだと思った。

二月十一日の月曜日を五郎が考えるとき、あの輝く眼と大きな耳の若い医者が同時に浮かんできた。そのほかに、二月十一日という語呂に、何か五郎は遠い記憶のようなものもあった。なにかの日だった。だが思い出せなかった。カレンダーも祭日の赤字では書かれていなかった。戦争前の旗日だったのかも知れない。また、あの若い医者の顔が浮かぶ。五郎には何の関係もない錦寿司のラーメンの客の筈なのに、彼の顔が頭に浮かぶと五郎は何となく顔のこわばりがほぐれて、明るい気持ちになった。

今朝も目が覚めて、トタンの釘穴から幾筋も出ている陽の光りを眺めながら同じ事を考えていたし、錦寿司のおかみさんと真心会の教師の家に行く私鉄の電車を降りた今も、同じ事を考えていた。

真心会の教師の家は、その私鉄の二つの大きな都市を横切って東京の都心に向う、二つの大きな都市の谷間のまだ広々した耕地のある新しい住宅地にあった。まだ商品も出揃わない雑貨店、菓子屋、食料品店などが四、五軒並んでいた。店の女主人が気恥ずかしそうになれない物腰で客に応接していた。未亡人か、勤め人の妻の商売なのだろうか、五郎には、その女主人の店を持った悦びを、あのものなれない気恥ずかしげな奥に我がことのように感じ取れるのだった。五郎には、こんな立派な店など夢にも持てはしない。だが、せめて露天の屋台でも、自分の店が欲しい。また、あの夢が湧いてくる。真心会の教師の家へ行く途中ということなど忘れて、一万円の露天の屋台が頭一杯になる。顔も自然にほころんできている。

「ここだよ」

錦寿司のおかみさんのだみ声に、はっとした五郎は自分が教師の家の前に立っていることに気づいた。また、他人の家へ入らねばならないと思った途端、五郎の屋台の夢は消え去り全身が硬くなってしまう。ことに商売屋で格子戸の玄関は、五郎の一番苦手な入り口である。五郎が他人の家へ入ったのは、ほとんどが玄関でなく裏の勝手口ばかりで、それも奉公人時代の御用聞き、配達、勘定取りで、決まったように叱言を言われた思い出ばかりである。他人の家の入り口の恐怖は、五郎から抜け難いものになってしまったらしい。

だが、引きずり込むようにせきたてるおかみさんと、恐怖との妙な均衡が取れて、自分の身体でないように何となく玄関へ五郎は入っていた。

玄関へ入った五郎は何よりも廊下が視野いっぱいになった。廊下の家、それは勿論彼が住んだことのない家であり、廊下のある家とその家を持つ人間は五郎の頭を上げさせることが出来ないのであった。

五郎は廊下にすくみ上がってしまっていた。

おかみさんに暫くのこされたあと、教師が古机の向こうにただ一人いる六畳間に通された。五郎の方を見ずに下を向いたその教師は、別に変わった身なりをしているわけでもなく、口数のすくなそうな三十五、六歳の頬のそげた男だった。おかみさんが大学を出た人だと言っていたが、何処にいても隅にいれば落着く五郎には、大学出と廊下のある家を持つ人間の前へ出ただけで、それはもう何でも無条件に頭を下げさせる相手だった。

「人という字は」

五郎の顔を見ずに、古机の上におかれた半紙いっぱいに、その教師はやぶから棒に筆を動かして「人」の字を書きながら

「『ノ』と『乀』が二つ支え合って出来ているのですな」

顔を半紙に向けたまま上目に五郎をじろっと見上げた。白目が多く瞳の小さいその眼は、その一目で五郎の全部を見透かすように素早く、冷たいものがあった。五郎は、その眼に全身を固くした。同時に、あのラーメンの若い医者の明るい眼を思い出していた。五郎は、だが、ほとんど猛獣の前の獲物のようにすくんでいた。

「と、いうことは、この人間の世の中というのは、男と女が支え合って生きているってことなのですな」

「な」と言う語尾が物馴れてわざとらしくなかった。五郎は「人」の重大な秘密を解き明かされた気がした。「男と女が支え合って生きている」。なるほど、これは、誰もが知っていて気がつかないことだと思った。だが、どうも当たり前のようにも思う。だが、大学出の人があらたまって言うのだから重大なんだろう。

「解りましたかな。要するにこの世の中は、そんなにむずかしいものではないのですな。男と女が支え合って生きているなんて、当たり前のことなのだが、それを忘れるのです。真心会というのは、その忘れた当たり前のことを思い出させることによって、人を救う会なのです」

この教師は相手によって、言葉を使い分ける人らしい。「な」の使い方に丁寧とぞんざ

いとあり、「な」を使わないと馬鹿に深みのあるへりくだった人に見える「人」の秘密と、「当たり前のこと」が、五郎に、自分が誰かに「人」の字の秘密を教えているところを頭に描かせていた。それを頭に描いた五郎は得意そうだった。

「これは、あんた、立派な廊下のある御殿みたいな家に住んだ大学出の偉い人が言ったのだ」

と、多分五郎は付け加えるだろうと考えていた。

「ところで、今朝は、日の丸の旗を立ててきましたかな」

急に話題を変えた教師の言葉に五郎はまた戸惑った。〝日の丸の旗〟そんなものは五郎の家などにはなかった。戦争中使った人造絹糸の〝日の丸の旗〟を妻のきみが洗濯物のぼろを包むのにつかっていて、

「スフ（人造絹糸）はすぐほどけてしょうがない」

と話しているのをよく五郎は聞いた。

「今日は紀元節、建国祭、忘れましたかな二月十一日。今は、祭日になっていませんが、自分の国のはじまったときも忘れているのですな」

教師が彼の後ろを指した。虎が、前の脚を岩にかけて吼える姿が刻まれた真新しい竹筒に白梅が生けてある。その後の床の間に古びた掛け軸がクリーム色の新しい壁にちぐはぐな感じでかかっていた。「天照皇大神・神武天皇」と書かれた下に、神武天皇が先端に金の鳶がとまった弓を持って立っていた。やはり二月十一日旗日だったんだ。それと真心会

へ来た日の偶然が、五郎には不思議ななにかの、そう神様の引き合わせのような気がした。

「あんたは、今、大きななやみと病気があると思い込んでいる」

また、教師の話が変わった。五郎は、一つの話をまとめる余裕がなかった。だが、その変わる都度五郎をどきりとさせる。五郎は、勝手気ままな教師の自由に振りまわされている思いがした。と言って、五郎が抵抗を感じるわけではなく、逆にその異常な力の持ち主に引きずられていると、安心できるような感じさえした。

「そのなやみは避けてはいけない。病気は思い切り吐き出すのですな。じゃ、今日は、これで……」

教師は立ち上がり、そのまま部屋を出て行ってしまった。五郎はあっけにとられて、挨拶のお辞儀をするのも忘れていた。まったく、あっ、あっと、くるり、くるりと話を変え、最後に五郎の本心を見抜いて立ち去った男に、心をすっかり奪われてしまった。放心したような五郎はあの白目勝ちで冷たい感じの教師の眼が何かしらしっくりしなかった。むしろ、ラーメンの若い医者の明るい眼がしっくりすると思った。

「悩みを避けるなって事は、今の仕事を止めるなってことさ。それに病気を吐き出せと言うのは喘息の発作で咳き込んだ時、思い切って咳き込んじまえってことさ」

教師の言葉を錦寿司のおかみさんが分かりやすく通訳してくれた。その解釈ができるおかみさんにも五郎は、あの教師と共通の不思議な力を感じた。それは五郎に疑問を起させる余裕を与えなかった。五郎に信じ込ませる力があった。それは、暖かくて、ほのぼのとした希望をあたえてくれるが、何か近寄りがたい遠くのところにあるあのラーメンを食べていた若い医者の明るい眼よりは、冷ややかで、押し付けがましいが、ともかく、真心会の教師やおかみさんは五郎の身近に感ずることが出来た。同時に、五郎が真心会にも感じられた親しさであった。また、一万円の露天の屋台の夢や、若い医者の希望の眼に、変わりうる五郎の新しく、そしてもっとも身近な希望でもあった。

わがことのように五郎の世話を焼く錦寿司のおかみさんへの不審を五郎はすでに感じなくなっていた。入会金や「真心」というパンフレットの代金も立て替えてくれた。

「こりゃあ信心のお金だからね。あんたに出してやるわけにはいかないよ。何時か、都合がついたら返してもらうから、百や二百の金などじきにできるものだよ」

黒いコートの襟から、茶色い薄地の襟巻きがのぞいて太く短い首に絡まっていた。革手袋のボタンをはめながら玄関を出る錦寿司のおかみさんの後につづくと、入るときに気付かなかった日の丸の国旗が、ほとんど吹いていない風にだらりと縦にしわを深く刻んで立っていた。見回したその近所に国旗を出している家は一軒もなさそうだった。それどころか、祭日や、日曜ののんびりざわついた住宅の感じもなく、誰もが働きに出払った後の白けた空気と女だけが歩く道が感じられただけであった。

道々、おかみさんが得意げに数多く五郎に話しかけたが、妙に疲労を感じた五郎には返事をするのも大儀であった。「人」「当たり前のこと」「紀元節」「悩み・病気」「白楽軒を辞めるな」「咳き込んじまえ」。五郎の理解を超えて、ただ、頭のなかにこびりつき、ぐるぐると回っていた。彼が疲れても、その円運動は止らなかった。おかみさんの声は、壊れたラジオから流れる声のように強い耳鳴りにかき消されて、かすかに聞こえてくる。透明な藍色を透って五郎の背を射す二月の弱い陽光も、五郎にとっては重苦しい圧力を感じさせ、本能的に日陰へ日陰へと歩いていた。

空いた電車は、陽の射す側だけに乗客が座っていた。人のいない日陰の座席に腰掛けた五郎の額に、脂汗が鈍く光り浮いていた。肩は大きく上下して口を開けていないと呼吸が止りそうであった。

強い酢の刺すような臭いに気付いた五郎には、妙に弾力のあるものの上に自分が寝ているのに気付いた。そして、妙に暖かった。頭の下にした腕に畳の網目の模様が刻まれていた。その腕の裏側にたまった汗を拭おうと起きると、上に柔らかく軽いものが掛かっていた。激しく空気を震わす音とともに、また刺激のある臭いが鼻をついた。

渋団扇を使いながら、酢を混ぜた熱い飯を大きなしゃもじでかき混ぜる、錦寿司の親父さんが、

「おお、大丈夫かね」

五郎は妙に照れくささを感じる自分に、もう大丈夫だと思った。レントゲンを撮りに来いと煩くいってくる紺の制服が窮屈そうに若く張り切った肉体を締め付けていた保健師の姿が、ふっと五郎の頭をかすめた。同時にラーメンの若い医者の聴診器が頭にちらつくと、人懐こい暖かい眼が、五郎の心をほのぼのと温める。信心といったって、いざとなれば頭

に浮かぶ保健師や医者だが、五郎には何となくなじめないものがあった。それを押しのけて、あの真心会の教師の顔が浮かんでくる。

五郎は、ゆっくり「真心」とだけ表紙に書かれたパンフレットを取り上げた。

「真心」は、その日から五郎の身辺を離れなかった。郵便と縁が無かった五郎の家に、

「杉山五郎様」

と書かれた封書の郵便物が届いた。真心会から送られてきた月刊「真心の友」であった。

「杉山五郎様」

と書かれているのに五郎は度肝を抜かれたが自尊心を満足させられた。

五郎が「真心」に親しめたのは、第一にひらがなが多く、少ない漢字にも必ず振り仮名が振ってあったからであり、書かれていることが、五郎に難解なところが一つも無かったことであった。

五郎は、以前から字を読めるのが自慢であった。小学校だけでしか学んだことの無い彼にとって、新聞を読めることは、その中でも特に自慢であった。確かに彼が日雇い労務者として働いていた頃、字の読めない人間が沢山いた。彼はハガキを書くことを頼まれたり、読むのを頼まれたものであった。特に「前略」と書き出して「早々」と終ることを、

「手紙の作法だ」

と説明できることが自慢であった。

新聞の中で彼の特に好きな記事は三面記事であったが、第一面の政治記事などを小さく、

それでいて人に字を読んでいる程度に声を出して読むのも好きであった。第一面などはところどころ、どうしても判読できない字がある。そのようなときは間が悪そうに鼻声だけでごまかすこともあった。

『真心』は鼻声でごまかす分からない漢字を使ってなかった。

「人《ひと》は決して腹《はら》をたててはならない。たとえ自分《じぶん》の子供《こども》であっても腹《はら》をたててはならない。腹《はら》をたてることは心《こころ》にもからだにもよくない。そうなったときは、相手《あいて》に手《て》をあわせておがむとよい」

とか、

「仕事《しごと》には精《せい》を出《だ》さなければならない」

「先祖《せんぞ》は大切《たいせつ》にしなければならない」

彼には、少しも疑問をはさむことなく、納得できるものであった。当たり前すぎるが、文章を眼で追っていると、あの冷たい眼の教師が下向き加減にぼそぼそ話したかと思うと、急に高くなったりした声が耳に響いてきて、

「当たり前のことを思い出させることによって、人を救う会なのです」

野良犬のように、五郎の顔さえ見れば逃げ回る子供たちに手を合わせている自分の姿が浮かぶ。むかし、小学生の頃「修身」の本に出てきた誰かのようだった。自分の顔が妙にあらたまって、こわばってくるのがわかる。その同じ五郎は、白楽軒で陰ひなた無くはたらいていた。

「そうだ。夕べは、横着を決めて、俎板の下を掃除しなかったが、ああいうことはいけねえ。『仕事には精を出さなければいけないのだ』」

仏壇を作るとき、家の中を見回した五郎は、さすが、舌打ちせざるをえなかった。きみの奴は、洗濯したものも、洗濯してないものも、一緒に混ぜて、家の隅に積み上げている。

「ばかやろう」

と口にでかかったが『腹《はら》をたててはならない』ことを思い出した。

「おい、隅のところを片付けろ」

押しつぶすような声で五郎はきみの顔を見ることが出来なかった。きみは返事もせず動こうともしなかった。

「おい、聞こえないのか」

きみは、相変わらず返事も動きもしなかった。また「ばかやろう」と口にでかかっている。だが「ばかやろう」とは、どうも五郎が腹を立てて使うのか――きみの呼び名のために使うのか分からなくなってきた。たしかに、きみは「ばかやろう」と怒鳴らなければこちらへ顔を向けないだろう。

「ば」

と口に出したが、急に錦寿司のおかみさんの前や、白楽軒の主人夫婦の前にいる自分の姿を思いうかべて、

「あー」

と思わず声に出してしまったほど、照れくさくなってしまった。だが、このきみの前で、おずおずとした格好もできはしない。彼は、仕方なく洗濯物を一枚一枚丁寧に、畳みはじめた。

白楽軒から貰ってきた林檎箱とビニールのテーブル掛けの使い古しで、仏壇を作り焼酎の二合壜を花壜にした。花は無かった。死んだ誰の位牌があるのでもなく、仕方ないので、「真心」を置いた。横になった林檎箱はその中ががらんどうなのに気付いてその中に洗濯物を詰め込んだ。

「初めて、箪笥ができた」

と五郎は思った。このような五郎をきみは、ただ異様な眼で見つめていた。

「この世の中に病気はない」

という章が出てきたときも、前の当たり前のことが書かれてあった章同様、自然に頭に入る。

「わたくしたちの一番尊敬する《いちばんそんけい》○○先生《まるまるせんせい》に、ある信者《しんじゃ》が血《ち》を吐《は》いた苦《くる》しみを訴《うった》えると笑《わら》って、『みんな吐《は》いてしまいなさい。出《で》るものは悪《わる》いものですから、出《で》てしまったらとまります』とおっしゃられた。その信者《しんじゃ》はそれを聞《き》くと『急《きゅう》に楽《らく》になりました』といいました。その信者《しんじゃ》は血《ち》を止《と》めようとしたから苦《くる》しんだのです。出《で》るものは吐《は》いてしまうのが楽《らく》なのです。その信者《しんじゃ》の喀血《かっけつ》は間《ま》もなく止《とま》りました。この世《よ》の中《なか》に病気《びょうき》はないのですから、血《ち》を吐《は》いたところでおどろくことはないのです。余計《よけい》なものが出《で》ているのに、人間《にんげん》がただ吃驚《びっくり》して、気《き》がめいっているだけなのです。病気《びょうき》が無《な》いのに人間《にんげん》が勝手《かって》に病気《びょうき》をつくっているのです。真心会《まごころかい》の教《おし》えに従《したが》う信者《しんじゃ》には絶対医者《ぜったいいしゃ》はいらないのです」

五郎はこの一章を読むとすぐに彼の喘息が治ってしまったように感じた。

お役所から来るから恐れていたが、親切そうに感じられた保健師や助産師の先生が、急に憎々しい人間に思えてきた。親切そうなのは、おれたちをだましているのだ。口先だけなのだ。その証拠に、俺たちに出来もしない消毒をしなさいだの、働かないで寝ていなさいだの、レントゲンがどうの、ピーシービーがどうの、子供を作るな。子どもをおろせ、子どもをできないように手術しろと指導する。

まったく皇族様でも御訪問なさるように……黒いカバンを提げて、きたねえ貧困層の家の臭いをやっと我慢しているように、鼻をひくひくさせてしゃべりまくる。五郎は、この本の中身で追い帰してやるのだと思った。だが、その時になんと言ってよいか言葉が浮かばなかった。いらいらしてくる。追い帰してやれば好いし、追い帰す理由もあの本の通りなんだが、言葉にならない。

「俺は信心しているのだ。俺は信心しているのだ」

二度つぶやいた。そうだ、これだと思った。この言葉が一番ぴったりすると思った。

白楽軒でも、時々、おかみさんや主人を捕まえて『真心』のことを話した。おかみさんたちは、「苦しいときの神頼み」だとか「神か、ほっとけ」といって受け付けなかったが、五郎が話すのではなく、『真心』を読み上げて聞かせると耳を傾けて聞いている。

「そりゃあ、その通りさ。当たり前のことだよ」

と言葉が帰ってきたとき、この時だと思って五郎が、

「その当たり前のことを、人間がみな忘れているためにさ。それを、また、思い出させてやるのがこの真心会の教えなのだって言うのですけれどね」

「ほお」

確かに、主人夫婦が興味ありげな眼をした。

「俺は信心しているのだ」

の自信を強くした。

その日、家へ帰って見ると、焼酎の二合壜に五郎が名を知らない花が挿してあった。きみに聞いてみると、何処かのゴミ箱に捨ててあったが、まだ、枯れていないので、勿体ないから拾ってきたのだと言った。その花が、あのラーメンの若い医者の眼のように明るいのに五郎は戸惑った。

※昭和三十二（一九五七）年「でるた」十号、平成四（一九九二）年五月一日発行短編集『なければなくても別にかまいません』より転載。

「俺は信心したのだ」（上）が昭和三十二（一九五七）年「でるた」十号に掲載され、この同人誌を先生に贈呈したのは、発行直後のことである。その数日後、先生から異例の作

品評が届けられた。このようなことは初めてのことであった。私はこの作品を自分自身でも、それほど良いものとは思ってもいなかったので驚いた。まだ何か良いか悪いかも解っていなかったというのが事実であった。

註に「沼倉君が是非読んでくれと何回も書いてきました」とあるのを見ると、沼倉君は、この作品を見抜いていたのかも知れなかった。

先生からの封書である。

二十、「おれは信心したのだ」封書第四号

丸子アパート23号室
　小林　勇様
世田谷区世田谷二ノ一九五五
　山岸外史
消印　昭和三十二（一九五七）年十月十五日

拝啓
あなたの小説、デルタ所載の（おれは信心したんだ）を読んで、一驚しました。ま

さしく歓喜と不安を感じました。じつによくわかる世界であり、同時存在《どうじそんざい》の心理描写《しんりびょうしゃ》の本質的な今日の根源をついているところに脅威さえ感じました。僕が曾て会見した折の、そして、その批評を始めた折の、あの〈新星の時間〉を感じ始めたからです。あえて書きます。〈輪血〉は、あまりにも急速に効を奏していると。歓喜と不安を、僕が感じたと言う理由です。〈太宰と僕の関係は、あなたもよく知っていることだと思います。最も、一冊書かなければ、全貌はでませんが）註「太宰はよくそれを知っていて、僕を放しませんでした」。あなたが書いた第一作（笑っている男）からみたら、じつに、長足の進歩です。驚くべき長足の進歩です。スピードアップ！　これは、傑作です。あなたの出世作になるでしょう。

　昨夜一時過ぎ、寝床の中で読んだのですが、ついに眠くならず、読了しました。すでに奇跡！　です。

　おまけに、もろもろのサムボル（シンボルの独語）をみました。象徴です。読み終えたあと、僕の眼のなかに、それがあらわれました。二回も！

〈これらについては、やがて説明します。僕は旧約聖書を例にとると、いわゆる（預言者）なのです。註「予言者の心理なんて、近代においては、大したものではないのです」

　すくなくとも、芸術上は作品批評の名人です。――こんな可笑しなことを書いているのですが、僕は僕の固く信じる自我をこんなには露呈するよりほかありません。しかも、文字として。羞恥の包茎から。僕は、むしろ、自分の確信を、いまさらのように、改めて再確認しました。真の批評家というものは、新星があらわれないと、なにも言いたくないものなのです。言葉（ロゴス）が動かない。情熱（パトス）が動かないから。そして、殺されていた数年間を、僕はそれを再確認しました。一見すると、じつに妙にみえることを書いているのですが、十分に、科学的のつもりです。いずれ、説明します。しかも、僕は、この新星において、大いに学びました。あの汽車のなかで、僕があなたの額にチューインガムで、銀紙の星を張りつけたくなった僕の未然の行動の理由。あの純粋感覚の時間の行動についてさえ、自分で理解できました。すでに、あなたは（新星）であったのであり、そして、僕が、それを立派に立証していたのです。僕が、あなたのお父さんの命日に、あなたといっしょに、わざわざでかけていって、深夜、あの墓なき墓に、白いコスモスの花をささげたあの（註・「意識の彼方の意識の行動」）酔中の行動も自分で理解できました。僕の純粋感覚と純粋心情は、いつもなにものかを見ていることを！（その自信は何時もあったのですが、改めて、新しく自覚しました）。

そして、あの作に、大いに学んだ僕は、今日の若い世代の現状について、じつにじつに、深いどん底から認識を新しくしました。日本のこの現実について、同時存在の二元心理の現実とその実情の本質について。（註・この用語は、この作において、僕の発明した新しい造語です。批評も持てず新しい対象なしに批評は生じません）の現実とその実情の本質について。おどろおどろしているものこそ、いつも真理をもっている。これを、あなたも忘れないで下さい。

（いま、サルトルの哲学論を読んでいますが、恐れるに足らないと思っています。やはり、つまらんところが多いです。しかし、実存主義は、科学的にいっそう見極めてみるつもりです）

友よ！　若き後輩よ。僕を信じて下さい。

兎に角、これは傑作です。どんどん書いて下さい。（なにごとにもかかわらずに。）

但し、文章がわるい。述語や修飾辞。それから語脈について、あなたは、もっと勉強しなければなりません。きわめて読み辛いところがあるし、大衆が（つまり、今日一般の人が）読んで、楽に分からない点でこの作品は重大な損をしています。（註、楽に読ませることは、芸術上重要です）だから、お互いに研究して、もう一度書き直して見て下さい。新日文に推薦してみたいと思うのです。小林勝君を、間もなく抜くでしょう。僕はあなたのゴーマン（傲慢）を愛します。

（なお、僕自身とあなたの関係について、いろいろ問題があり、また、生ずるのですが、今は書きません。僕自身、この峠の上で、良く考えてからにします。僕は、太宰で懲りているのです。あなたは僕を逃がすと、重大な損をすることはよく解っているのですが、僕が、あなたと付き合っていて、致命的な損をすることは、僕にとって、致命的に重大な問題だからです。しかし、そこが巧く両立し統一されると、二人とも、も

の凄くよくのびてゆく筈です。その化学的合成の方法が、まだよくわからない)

闇の中の白金塊よ。おれが打てば、君は、王冠になるだろう!

しかし、僕も王冠をつくらなければならない!

(玉)と(王)かな。勝負はあっているのかな!

とにかく、正月においでなさい。

沼倉、赤崎の三騎士でおいでなさい。そこで、討論してみましょう。この関係について〈これだけは、まだ、よくわかりますまいが〉、沼倉君も赤崎君も、かならず、のびます。この手紙をあなたが音読してください。二人に聞いてもらって、素材を作り、そして来てください。僕も命がけだから! はげしく打ち合いましょう。新しい火を合成しましょう。お互いに、それきりになってもいいくらいの覚悟で。

(それから、あなたが前の手紙に、僕はせいぜい、物理化学をやるくらいの男ですと、妙にひねくれたような、自慢しているような去り状を書きましたが、――そしてそれは是正されたのですが――今日、物理化学は最高の法則なのですよ。それを自覚しているのですか。いないのですか。当日、それも返事してみて下さい。これ以上、カタリザートルは、ここでは使いません。みな吸収されてしまうのは嫌だ! だから、ここでは、カタリザートル的に書いておくのです)。

面白い。きわめて面白い時間に、さしかかっていました。決闘です。

十二月二十八日　山岸外史

小林　勇様

追伸　この手紙持参のこと。（青い花）の計画も話します。太宰の評論集（随想集）を四人で読みます。全てを楽しみに。張りが出てきた。

先生からの封書であった。

二十一、引き続き「『おれは信心したのだ』（上）について」はがき第十六号

丸子アパート23号室
　小林　勇様
世田谷区世田谷二ノ一九五五
　山岸外史
消印　昭和三十二（一九五七）年十月十五日

先便のあとでお手紙落掌
〈心配なのは、〈俺は信心したんだ〉を書き続けることです。書き続けなければいけません。
錠をおろしてでも。文章はあのままでもいいのです。（なおすことは書き上げてから

相談のこと）
信じて下さい。いま事務局です。くる車中で沼倉君のを三、四枚？　読んできたところです。
沼倉君にリアリズムに入ってもらいたいと思っています。

と葉書の順序では、文通が続いていましたが、五十七年前のことで、「お手紙落掌」とある私の手紙は残っておりませんし、記憶にもありません。二年後の「でるた」に「俺は信心したんだ」(下)を書き上げましたが、(上)の張りつめた緊張感が薄れ、「ストーリー」を追う文章に流れ、（上）で描かれたデテールも、緊迫感もそこからなくなり、文学的厚みのないものになってしまったと、私自身は思っている。もちろん、自然科学者として、洗剤汚染から日本の水を守る私の能力を遙かに超えた闘いと、「俺は信心したんだ」（上）で文学的に挑んだ「二足の草鞋」の戦いは、この大それた二大テーマに挑むには、私の文学的緊張感を維持する力不足、エネルギー不足と、天才でもなく、努力で積み重ねた自然科学と文学の私の力ではエネルギー不足だったと思っている。だから、ここでは「俺は信心したんだ」（下）の原文を掲載したくない。

手紙の時間的関係は前後するが、山岸外史のリアリズム論への傾倒は、山岸文学論の仕上げとして、真剣に取り組んでいたように見受けられる。

私の父の命日の墓参の後、けじめのない先生の「もう一杯」から、逃げ出さないかぎり、私自身そのどん底に落ちていくような不安もあって、先生に絶交状を出して「さようなら」をした後の手紙のようであるが、先生は「もう一杯」の中で、モダニズムとの闘いも、リアリズム論完成も、文学学校学内抗争も、常に総合的統一的に纏めながら、一面、私を相手に闘いの疲れの休息もしていたのではないかと、今から振り返ると考えられなくもなかった。総合して、苦しい時間だったのだと考える。

二十二、「日本リアリズム論への戦い」封書第五号

> 丸子アパート23号室
> 　小林　勇様
> 世田谷区世田谷二ノ一九五五
> 　山岸外史
> 消印　昭和三十二（一九五七）年十二月七日

拝啓

君は矜持を害された。それはじつによく、僕に解るところです。しかし、爆破じつにあの車中で楽しかった。待望の青い海は見たあとだし、厳しい（うつくしい）漁民の老爺の顔を見たあとであったし、そして僕をチョイットばかり信頼している青年、

君が前の座席に座っていたし、そしてその青年はすごく好人物で、どんな悪戯をやっても怒らないひとだったし、条件は、まず、七十五点から八十点ちかく揃っていたので、僕の中の野獣(註一)「彼」は有頂天になっていました。僕は徹底して悪戯をやった。(註一、これは、野獣といっても牧羊神(パン)です。この日は、獅子ではなく、虎でもなく、縞馬でもなかった)チュウインガムで。(僕の方が、君に愛情を持っていたからだ!)よろしい。その形式の悪についての批判は受けましょう。それを彼が自覚していなくても、僕は、それさえ、自覚していたのですから。〈むかし、蛙の王様(フロッグ・プリンス)は、魔法使いによって、蛙にされたことがありました。〉その話をここに書いてみましょう。Once upon a time ,there limd a prince. そのワンサポンナタイムむかしむかしを僕は中学二年のとき、リーダーで習ったことがあります。そして、その魔法は、ある美しい王女によって接吻されないかぎり解けないものでした。しかし、だれが、この醜い顔の蛙に接吻するものか。そして、蛙のかなしい遍歴がはじまったのでした。しかし、ついに、時刻がきました。注二(これは、ある自殺した歌人の死んだ朝の歌の下の句です。天地(あめつちの)ではじまっている歌ですが、まったく立派なものです。しかし僕は、その次のところをわすれています。(マチガイのようです。天地の時刻あやまたず夜は明けにけり。のようです。チョイトこの歌はよめない。さすが死を決しているこの朝の歌は音吐朗々として規模壮大なものでした)〈時刻(とき)あやまたず夜は明けにけり〉ひとりの美しい王女がある池のほとりで、その蛙の願望を入れて、その醜い顔の冷たい皮膚に接吻しました。すると、忽ち、魔法が解けて、蛙は立派な美しい王子となって、王女のまえに、スックと立ちました……。その時刻（とき）のように、僕は嬉々としていました。〈君は王女ではありません〉たぶん、僕は、青い海と（沖のある海と）漁民の厳しい（うつくしい）かおをみたからで……（ムロン、海に案内してくれたのは君でした。そして、海はスバラシカッタ！……。）魂の蘇生がみごとにはじまったのでしょう。海は、それを僕に立証してみせたのです。山国に疎開して山に不動の仁者をみてきた僕は、もう一度、知者の海で蘇生した。〈それは科学的に言えば、蘇生の最後の仕上げであり、立証でした〉だから車中、嬉々としていた僕は、あたりを構わなかった。（しかし、これからは、あたりを構うでしょう。なぜかといって、それは君の恥辱ではなく、僕の恥辱だからです。僕は五十三歳だし、日本文学学校の事務局長だし、そして、立派な評論家である筈ですから。そして、酒に酔いたくない男なのですから。そう見られることも厭になっています……（しかし、僕はおこりました）とじつに可愛く下車してから言ったけれど、すでに、車中で、君の顔は坊やのコケシだった。おかっぱにした坊やのじつに可愛いコケシでした。（僕ちゃんでした）だから車中で、僕の悪戯は倍加し、やたらに嬉々とし、そんな理由で下車してから言った君の怒りは一層可愛いく、僕はニコニコするだけでした。僕には微塵も不快なものがなかった。

（ひとに悪戯をして不快なもののある筈がない）と君は言うかも知れない。しかし、それは、君の心境が浅いからだと僕は答えるでしょう。……僕は、あれから、ワイシャツを袋にして、サンタクロースのように総ての品物を入れて、あれ以上金を使わんために都電に乗って帰りました。その都電の中の一句〈孫抱く老爺の眉の美しき〉手もない。僕です。僕が実によく出ている。そして、あの日の僕が。

〈さて、今夜、リアリズムの会がはじまるまえに、〈君は来ないかも知れないな。〉と僕は考えていました。〈僕は怒りました。〉この言葉の紛れもないことを僕はチャンと感得していたからです。そして、あとの寂しさも。〈出てくるようなら偉いのだが。〉爆破、すでに、そうも考えていました。それから、君の〈自意識の追放〉を読むと、はたして、鑑定にたがわず、ソックリの君がでている。メチャクチャにでているし、またメチャクチャでした。第一、ハタシテ基礎概念がメチャクチャでした。問題は山のごとくでていて、じつに面白かった。まったく幼稚でメチャクチャでしたが、問題の多い点では、じつに面白かった。批評のテーマざっと二、三十あり、みな赤ペンを入れました。そこで君を八つ裂きにして、真珠一個送ろうかと準備だけはしていました。

リアリズムの会は、定刻をかなり遅れて始まり、なかなか面白く進んでいきましたが〈君がいないので、茂木さんのだけをやりました。〉おくれてきた赤崎さんの一言で、僕は、すべてを見ました。僕は初めて怒りをおぼえました。まず、君はパルタイ的でないと思った。集団への信頼もないし、発言もなしに（孤独になろう）とは片腹痛いことだと思いました。あんな程度の作品を書いている程度で孤独になっても書けるつもりなのがオカシイと思いました。鈍刀とソックリです。（あのゴウマンなひとりよがりと。）

ところで、一言伺いたいのですが、君のあのときの怒りを支えているものは、なんでしたか。お聞きしてみたいと思います。なんのプライドで、君は怒ったのか。その怒りを支えている底にあるロゴスはなにか。そのプライドの底にあるイデオロギーはなにか。ツバが不快だったのですか。チューインガムが不快だったのですか。〈何ですか。あの無性な不快は〉皮膚感覚的に不快ならば、なぜあのとき（イヤダ）と言わないのですか。蛙の王子よ。……ああ、ああ、僕のは暴力だったのだろうか。〈そういう点はあったかも知れません〉……〈先生には歯向かえなかったの……〈しかし、実に可愛いお河童のコケシだったのです。〉（しかも、たまには暴力も要る。）革命！

ひろい意味で。でも、たぶん、あのとき〈イヤダ〉といえば、この言葉は、たぶん、女の言葉だったのではないか。〈イヤ〉と言えないのは（註三、僕は、あなたの拒否という言葉は弱いと思いました。すでに、拒絶とかえて、座右に置いています。あとで、どう変わってゆくか。）この拒否がないのは、男であったからなのか。〈僕たちは、これを、好人物という面からだけ解釈してきていましたが〉この長男らしい立派な（註四、兄は、常に弱者を（弟妹を）守るべきものであった）封建道徳。

とにかく、何故、僕が、徹底してニコニコしながら新橋駅を立ち去ってしまったのか、それは、すでに君と一致していたととり、この拒否の仕方について、その底面積を探してある面からだけですが、それを知っていたからでした。否、すでに、僕は、文学者として生きてゆきそうな君の一切の仕組み＝構造等のなかから、士官学校を取り去ろうと計画をしていたのです。十日くらい前から。これはじつにハッキリといえることとです。君は死をもって文学をやると言わなかったかしら。しかし、〈君は、まだ、士官学校を卒業していない〉ことを君自ら知っていないのです。君は、まだ士官学校在学中です。

「俺」「僕」の問題じゃない。君のモラル、〈つまり、あなたの怒りを支えている君のプライドの基礎学は〉士官学校天皇主義のプライドともつながっているのです。それは、あの作品が立派にそれを証明している。〈そんな怒りなんか平チャラだい！〉〈第一それで、文学ができるかい！〉それは、戦犯が巣鴨監獄のなかでニコニコしているのとチットモ変わりはしないのです。僕は、この腰抜けの慇懃無礼とは、何の関係もないのであります。

むろん、君の（怒り）を支えていたプライドには、まだ、二、三の要素があると思います。

しかし、それはどうでもよい。どうか、なぜ、あの日、君は怒ったのか。それを教えて下さい。そして、その返事について、僕が学ぶことがあったら学びたいと思う。〈なぜ、君は無警告で怒ったのか。〉〈馬鹿にされていたのは、僕の方ではなかったの

か。〉〈士官学校と警官には油断できない。〉〈そして、好人物は、いったいどっちだったのですか。〉

今度の金曜日に出ておいでなさい。徹底して〈自意識追放〉を分析してみましょう。〈あんな作品の程度で独り歩きできるものではありません。〉〈出席しないと損をするし、日本のリアリズムも、この好材料でもっと伸ばしたいし〉……なにか、いろいろあるのですが、もう書きたくなくなりました。研究会の後なので疲れました。もう一時だから。自動車のクラクションがきこえる。……（それから八期生チューターはどうするのですか。〉（学校運営の負担は、いつになっても軽くならない）僕、熟考す。

オレガワルイノカナア

十二月七日　山岸外史

小林　勇様

この手紙は前掲「秋桜」の中で手紙の一部分を引用したが、その全文である。部分引用には、切り取り方で、真実が正確に伝えられないので、全文を掲載した。

私の山岸外史絶交宣言の揺るぎない意思に対する先生からの反撃であったが、私は動揺はしなかった。先生がおっしゃる「士官学校は卒業していない」は私に染みついた倫理観・思想にまで達していると思われていたのかも知れないが、私にとっては比喩的にも事実的にも、無条件降伏の条件で廃校になった陸軍士官学校は、永久に卒業できない運命になっているのである。永久放校である。形式的な転入学試験は、10％入学制限を受け、「軍国主義学生入学絶対反対」で受験場前の現役学生のピケで阻止され、その苦難も知らず、戦犯と同列に扱う東京帝国大学卒業の山岸外史の批判など承服できるわけがない。

『戦犯が巣鴨監獄のなかでニコニコしているのとチットモ変わりはしないのです。僕は、この腰抜けの慇懃無礼とは、何の関係もないのであります。』と日本軍国主義の敗戦のために廃校となった陸軍士官学校から永久追放された青少年学生と戦犯を同列に比較して真面目に論ずるなどは、世間知らずの帝国大学卒業のエリートという外はない。帝国大学卒業のエリートが日本政治を支配する自民党の幹部を独占し、国家官僚組織のエリートも独占し、一握りの日本独占資本に奉仕して肥え太らせ、中小企業、労働者、農民、失業者との生活格差を拡大している。日本文学学校の教授陣である山岸外史も、針生一郎も同じ帝国大学出身文学エリート、太宰 治さえそうである。民主主義革命を綱領とする日本共産党の幹部もまた帝国大学エリートが独占している。自民党幹部も、共産党幹部も帝国大学卒業生で同じ同窓会のメンバーである。国会議事堂で、この同窓生が、高校教育さえ十分受けられない庶民の実態も知らず、真の苦悩の事実を知らず。日本の政治をどうするかを論争しているのが、リアリズムである。日本人民は革命ゲームの動具ではない。右も左も机上の高みから人民を苦しめ、解放から遠ざけているのである。そのことは、職場の現場で労働者の苦悩と共に生き、その解放のため労働組合運動の現場で戦ってきた、私自身の実践的体験から培われたものである。

マルクスもレーニンも帝国大学出のエリートも机上の理論化であって、人民の真の苦しみなど分からない中産階級インテリゲンチャである。ソビエトロシア共産党も、個人的出世主義、個人崇拝主義、官僚主義の腐敗で人民は解放できずに国家を滅亡させた。今の中国共産党政府も汚職腐敗の官僚主義と、改革開放などというまやかしの資本主義政策で、一部の資本家・共産党官僚と中国人民の貧富格差が拡大し、共産主義化や社会主義化に逆行し、帝国主義的資本主義化、軍国主義化が進んでいる。日本も、再度自民党が衆参過半数を占め、憲法改正、集団的自衛権の拡張、秘密保護法、武器輸出まで右傾化が進んでいる。私学早稲田出身で半世紀前に自殺した、田中英光の遺書『さようなら』の方がリアリズムである。

二十三、「お歳暮が和解」封書第六号

> 川崎市新丸子町丸子七六五—丸子アパート23号室
> 　小林　勇様
> 世田谷区世田谷二ノ一九五五
> 　山岸外史
> 消印　昭和三十二（一九五七）年十二月二十四日

拝啓
あなたのご厚情は、身に染みました。

なんとも表現できません。これでは、ひどくよろこびました。よろこびました。いっそう、照れくさくなるばかりです。家人もひどくよろこびました。

しかし、あの頃から、なにか、別のものがみえはじめたようです。この男を、しきりに激励していますあなたは、なにか、岩陰からあらわれた男らしいと思っています。大いに叩きあいながら、厳格に、文学をやりましょう。〈僕は、そういう気質です〉どうも、小生は、映画〈道〉の、あの最後の場面あたりにいるらしい。あの夜の海の沖を、じっとみて、じつは、涙をながしているようにも思えるし、その涙さえ涸れてしまったようにも思えるし。世代は、なかなか、脱けきれないようです。

とにかく、厚く感謝いたします。幸子さんにもよろしくお伝え下さい。

十二月二十七日　　　　山岸外史

小林　勇様

正月には来ませんか。沼倉君などもさそって、どうですか。

論争も絶交もしてはいても、山岸外史は次の年正月、結婚した私共の仲人になっていただいたから、そのようなことがあったのだと思うが忘れていたが、忘れないのが証拠の手紙であった。結婚する年の暮れに、お歳暮と生活支援カンパを贈ったようであった。先生は理詰めで弁解と論争を仕掛けてきたが、我々庶民は、庶民的人情で意思疎通を図っている。どちらもリアリズムで西欧的教育を受けたエリートと庶民的伝統文化の違いである。エリート族か、人民〈庶民〉か。帝国大学出身のエリート先生にも、人情が通じたようであった。

「お互い頑張ろうね」

お歳暮を手渡して、一言いえば「人情」は通じる日本社会である。机上の革命より、心と人情の通ったお歳暮であった。

「大いに叩きあいながら、厳格に、文学をやりましょう。〈僕は、そういう気質です〉」などと、先生の言葉で、リアリズム文学の本質などと言っているが、お歳暮とカンパに負けたようであった。俗っぽく「現ナマは強い」。

「とにかく、厚く感謝いたします。幸子さんにもよろしくお伝え下さい」。

私ではなく、妻の方へ礼を言うのは、間接的で先生も素直でない。

二十四、「酔うと件のごとく」はがき第十七号

川崎市新丸子町丸子七六五—丸子アパート23号室
小林　勇様

東京都渋谷区千駄ヶ谷三の五二
日ソ図書館内日本文学学校事務局
山岸外史
消印　昭和三十三（一九五八）年一月二十二日

また失敗です。酔うと件のごとくなっていけません。

朝から自己批判をやっています。酔うとなぜあなたの所持品が欲しくなるのかきわめて問題があります（愛は惜しみなく奪うのたぐいか）。しかも金百円を強奪し。悉く黒星です（下等下劣）。どうもああいう飲み方を昨今きわめて警戒しているのですが何かの抵抗があってその不自然因子のエネルギーの逸脱のように考えたりします。初めて社会生活に不慣れな自分を意識しました。許して下さい。次回に洋服掛けと金百円を持ってゆきます

この葉書のことについては、全く記憶にない。

二十五、「リアリズム研究会に復帰せよ」封書第七号

川崎市新丸子町丸子七六五―丸子アパート23号室
小林　勇様
世田谷区世田谷二ノ一九五五
山岸外史
消印　昭和三十三（一九五八）年二月十八日

拝啓

リアリズム研究会後の時間です。いろいろの討論がおこなわれたあとで、会の新しい方針が立てられました。「新日本文学」今月号に、別に（リアリズム研究会）というものが生まれ、ここで、プロレタリアリアリズムと社会主義リアリズムへの新しい総合が新研究のもとに（雑誌で読んでください）創作技術を求めていくという会合の報告が出たせいもあります。その頁を読んで、いよいよ、日本になにものかができつつあるという信念を互いに深めあいました。（それは小生がすでに一年半まえに、やがて、リアリズムの時代がくると言っていたとおりであります）じつは、会のあとの疲れとあなたが出席しないということなどの不快さのために、スッキリと文章が書けないのですが、とにかく、この（リアリズム研究会）について、小生も七日まえから（新年会から）まったく新しい気構えをもちはじめているので、あなたに対しても、今夜はひどく不満を持ちました。この正月以後、晶（先生の長女）がいなくなった（結婚された）室でようやく落ちつきはじめ、真剣に、仕事にとりかかっている僕の新しい姿勢があるからだと思いますが（そして、この新しい姿勢については、あなたは、なにも知らないから、無理もないのですが）どうか（リアリズム研究会）の皆のものを軽蔑しないで、出席して下さい。そう言いたいと思います。（自分が自分の仕事に真剣になるところこうした会合にも真剣になることは不思議なことです）。これには小生の責任もあると思います。（小生がこぼした愚痴が過大な形となって、あなたたちの皆の見方を助長したとおもっていますが、どんなものか）。

しかし、今朝も考えたことですが、僕たちは、徹底して、民衆を愛さなければならないと思います。民衆の所在の中にある人間をよくみつめて、そして、民衆と僕たちとは、たえず同化してゆかねばならないということです。例えば、僕は、N君（沼倉？）をもS（渋谷？）君をも愛しています。その懸命な態度に愛情を感じ、そこに、ひとりの人間の希望をみるからです。ことに僕たちPにおいては、こうした研究会を正しく助長してゆく任務さえあるのではないでしょうか。個人主義的なアナーキーなプライドから、しかも、いい文学が生まれるとも小生は考えられないのです。

たしかに、あなたが文壇（新しい文壇）に位置を占めて、どうしても時間がないとでも言うのならば別ですが、そうでないかぎりはあなたの力が民衆につたわるように努力すべきでしょう。個人主義的プライドで、しかも、人々を軽蔑して出席しないということは、すでに、民衆への蔑視だと思うし、また、彼らを激励し毆らないで（気の弱さから）引込むということは、自虐への傲慢な裏返しでしょう。沼倉君にも、こうした面があって、進んでいる人間とならつきあうという気構えは、却って、大衆が書けるという文学者の位置から後退することになるでしょう。なぜかと言って、大衆とは、つねに平凡なものであって平凡にしかしやはり人間として生きているからです。また、もし、あなたに優越感があり自信があり、実力があるとするならば、その力で遠慮なく彼らを指導するところに、そして、そこにのみ、あなたの実力がまちがいなく実在しているということになるでしょう。

　たとえば、曾て、高僧は民衆をえらばなかったのです。レーニンは、あらゆる人間を愛したのです。そして、ゴーリキイは、おおくの人々に手紙を書きました。だからこそ彼らは民衆と共にあったのであり、その所在を知っていたのであり、そして、その所在の指導ができたし、また、それを書くことができたのです。思いあがってはいけないと思うのです。僕たちは、民衆の一人なのだから。（こういう小生の考え方は、なにも、今日、はじまったものではありません）しかし、いままでの方針をきりかえて、真剣にひとと接することを、ここ何日か前からやりなおし始めているのです。太宰の題材をみると、彼が、じつに平凡に、大衆のなかにあったことがわかるのではないでしょうか。今日、小生は、小生自身が、あなたからひどく侮辱され、軽蔑されたように感じました。それほど、小生は、（リアリズム研究会）を愛しているのであり、いよいよ、（リアリズム）を、みなとともに深めようと考えているのです。それとも、小生が、あなたの「敵」であるとでもいうのでしょうか。なにか、小生は、近頃、あなたを信頼することができなくなりました。あるいは、あんな時以来、そして、酒に酔っているダラシナサいらい、小生に、軽蔑すべきものでも、あなたが発見したのでしょうか。そこに反映の反映でもあったのでしょうか。しかし、僕は健在です。そして、今年はのすために凄まじく書き始めているのです。ようやく、機会は接近したし、そして、その機会をつかみ始めようとしています。それとも、あなたの中には利己主義が旺盛になったのですか。リアリズムを真に深めるために研究しあおうではありませんか、日本の現実を徹底的にバクロしようではありませんか。

以上、改めて、出席を慫慂いたします。また、意見を正しく出して下さい。忘年会の日、S君は徹底的に叩かれました。なにも言わずに立ち去ることはすこし通俗的な利口さだとは思いませんか。たしかに、あなたたち三人を特別に考えていたことは、こんな形になっていたこと、小生のまちがいであったと考えるようになっています。昨夜、赤崎（弘子）さんと話しあってみると、けっして　彼女が一歩も進んでおらず、おなじところに停滞しているに過ぎないことを知ったからです。それは自己のゴーマン（傲慢）化であり観念化であり心理主義化であって少しも（リアリズム）がないのでした。（生活の場）における順応が、そして抵抗の喪失が、それを助長しているようにみえました。（むろん、下手くそな抵抗をとれというのではなく、生活の場において人間は地上に立っていることの亡失を言っているのです。その習慣化を）。職場というこの野暮なところの生活を忘れて、高尚な世で寝ている。どうして、書く材料がつかめるでしょうか。赤崎さんを叩きなおすつもりです。（昨夜会の途中で、それをじっとかんがえました）。沼倉君もあのままでは、ゆきづまります。真のリアリズムがなく（社会主義の意識がなく）観念の世界で苦悩と遊んでいるのではないでしょうか。……と考えるとリアリズム研究会は、まさに、そういう人々にとってこそ必要なところではないでしょうか。会合を収束してゆくことは、じつに厄介なことです。

しかし、小生は、改めて、この会合に取り組んでみるつもりでいます。あなたはいま、一番、出ていると思っていますが、そうなったひとつの（場）があったことを、もっと厳格に反省して下さい。才人になってはいけません。利口者になってはいけません。徹底して社会と人間の真実にたいして誠実であって下さい。作家とはなにか？　この手紙をよくかけたものとは考えていません。時間がないのです。疲れてます。しかし、小生の大意はでていると考えています。

昭和三十三（一九五八）年一月十八日　　山岸外史

小林　勇様

なお、月曜日、組会とのこと。真実です。至急返事下さい。（組会とは、山岸外史講師とチューターの私が責任分担している日本文学学校九期生の学外セミナー・東横線沿線組のこと）

二十六、「リアリズム研究会から」はがき第十八号

川崎市新丸子町丸子七六五―丸子アパート23号室
小林　勇様
東京都世田谷区世田谷二ノ一九五五
山岸外史
消印　昭和三十三（一九五八）年二月十八日
（山岸外史宅）リアリズム研究会
斉木一家代筆

前略
御健闘のことと存じます。

四月二十五日（金）午後七時より山岸宅にて渋谷君作の「ベルトコンベア」と「茂木文子君作の「冬の夜」の合評を行います。

尚、この間、加藤君の「批評の時代」についてやりました。

「デルタ」の方が来るかと待っておりました。若しおいでになるなら、「批評の時代」を再びやっても好いと思います。

二十七、「チューター会議」はがき第十九号

川崎市新丸子町丸子七六五─丸子アパート23号室
小林　勇様
　日ソ図書館内　日本文学学校事務局
消印　昭和三十三（一九五八）年五月二十三日

チューター会議のお知らせ
日時　五月二十八日（水）午後六時半
場所　堀田宅
議題　九期の組会指導について
「高円寺駅から堀田さん宅までの略図」

チューター会議に出席して、私と先生は顔を突き合わせていたのだろうか、五十年以上前のことで記憶は全くない。会っていれば、新宿でまた懲りもしないで、お互いウンエントリッチカイトに酔いつぶれていたことであろうと、推測する以外にない。

昭和三十（一九五五）年頃から、地方公務員の大卒初任給が一万円に達し、春闘が盛り上がり、六十年安保闘争とも結びついて、私も、一万人川崎市職員組合の組合員千二百人

衛生支部書記長として、夜遅くまで、それこそ文学どころでなく、活動に追われていた時期であった。

二十八、「小林君、職場職場というな」はがき第二十号

> 川崎市新丸子町丸子七六五―丸子アパート23号室
> 小林　勇様
> 世田谷区世田谷二ノ一九五五
> 山岸外史
> 消印　昭和三十三（一九五八）年八月九日

僕はいまさら何も言いたくありません。あなたの眼を前面から見ているだけです。しかし、職場、職場といくら言ったところでびくともしません。〈僕も政治生活十年です〉レーニンを研究して下さい。彼は最も優秀なインテリゲンチャではなかったか。しかも、小市民出身の。知性が何を追求するか。人間のために。それだけのことです。出身階級には関係しません。小説家の位置はどこにあるのか。職場のみに定着されるのですか。現実とは何か。現実社会とは。そして、小説の課題とは何か。よく考えて下さい。しかし、生活記録をも心から歓迎している、という僕の意見はなにか。

歴史をつくれということでしょう。テーマ。ここに中心をおくように。（借りた洋傘をなるべく早く返してあげてください）なお、謝罪状を書きますから彼の姓名と住所をお知らせください。必ず。

二十九、「媒酌人のこと」はがき第二十一号

川崎市新丸子町丸子七六五—丸子アパート23号室
小林　勇様
世田谷区世田谷二ノ一九五五
山岸外史
消印　昭和三十三（一九五八）年十二月二十三日

拝啓
よく考えてみると、媒酌人のこと。すこし小生ノボセたような気がします。どうも所長さんの方がいいのではないかと考えました。〈セクト化を怖れる訳です〉テレテもきました。テレテル。これがぴったりです。実行委員の諸君と十分に相談して下さい。民主勢力の発展を含めて。小生は副というところではないかと思います。あなた

が世話になった所長さんを失望させたくありません。討論は討論。形式は形式という考えなのですがね。どうも煩悶しています。小生の気分では、お母さんぐらいとならんで酔っぱらいたいところもあり、絶叫したいところもあり、おお、サビシイ！　などどもいってみたいし。もう酔っぱらっています。この日本のヴェルネールは。所長さんが気の毒だ！　所長さんが。夕方、海がみたいなア！　メチャメチャです。〈乱戦の中に梶原景季エビラに白梅の枝一本を挿し〉というところ。

私共の結婚一ヶ月前のはがきである。仲人を引き受けていながら、いろいろ戸惑っている様子が、先生らしい葉書である。「日本のヴェルネール」と自称しているのを見ると、やはり詩人が一番相応しいと思っていたようである。

三十、「私の仲人山岸外史」はがき第二十二号

川崎市新丸子町丸子七六五―丸子アパート23号室
小林　勇様
世田谷区世田谷二ノ一九五五
山岸外史

消印　昭和三十四（一九五九）年一月十三日

何か、ハガキを一枚書いておきたい気持ちがあるので書きます。

具体的には、これと言ってないのですが、とにかく、一生の新しいスタートなので、路面に塵一つない方がよく、それで書く訳であります。

〈完全に腑に落ちて解ったということです。〉〈相性はいいとみています。〉〈いいお嫁さんになり、いい同伴者になるでしょう〉〈自信をもって歩きだして下さい〉（あなたの心の中には、彼女への愛があるとみました）〈過去に拘泥すべきなにものもありません〉堅実な前進。当日はピエロなどにならず、花婿として花嫁とともに、友人のよろこびを受けて下さい。

僕たちは、新しい近代的な人間の型を作り上げてゆきましょう。今までは消費も多かったと思うのです。これは僕の責任です。今年は最大限に知恵を絞って、新しい歩き方に入りましょう。いい家庭を作って下さい。〈友よさらばと、我はハンカチを振る〉〈過去よ。さらばと、ハンカチを振る〉僕自らも新しい態度と新しい姿勢で戦いを再開してゆくつもりです。

〈右舷はるかに敵艦みゆ。砲門準備。フルスピード。〉

昭和三十四（一九五九）年一月十八日、私たちの職場の仲間が、当時、流行の会費制結

婚式をやり、山岸外史夫妻と我々の職場保健所の杉原正造所長にも媒酌をお願いした。その前夜の葉書である。急に結婚することになった私を激励する葉書である。今はもう金婚式も過ぎ、五十七年目になったが、まだお互い健康である。この葉書が出てこなければ、当時を思い出すこともなかった。

結婚式に参加した川崎地元のプロレタリア作家熱田五郎も「小林君、この日限りで、酒はやめなさい。やめるか」といわれ、「焼酎はやめましょう」といった記憶がある。この時参加した人の半分以上が亡くなっている。総評傘下の自治労も春闘に参加し、大卒初任給が一万円時代を迎えた時代であった。

年末手当で、母親に当時三種の神器といわれた電気炊飯器と電気洗濯機を贈ったことを思い出す。父親が早くなくなり、弟一人には戦後とられた土地と家を何とか確保し、その店を任せたたし、妹二人は高校を出て、白木屋へ就職できて、末の弟が浪人一年を私のアパートから通わせ、何とか教育大（現筑波大学）の体育学部に合格した。私も二十九歳、やっと結婚できたと云う所であった。

三十一、「地球儀を贈られる」はがき第二十三号、昭和三十四年年賀状手渡し

また、なにか失敗したというような気がしています。地球儀を買ったことはよかったのですが、（そしてそれは大変いいことなのですが、——人間の精神とその規模は

地球をヘイゲイするくらい大きくありたいからですが——二人でユックリ歩くべき時間に介入してしまったとおもいました。むろんぼくの対人間社会への姿勢もぐんぐん変わっているのですが、僕たちは、これから、十分に仕事をしてやはり成すあるところの人間に、そして作家にならなければならないと思っているからです。という意味は、二人の生活が始まった時、ほんとによい道を歩いてもらいたいからです。僕も次第に酒をやめてきていますが、もう、あなたにも甘ったれてはイカンと思っているのです。

三十二、「近頃、小林の文学が解らん」はがき第二十四号

川崎市新丸子町丸子七六五—丸子アパート23号室
小林　勇様
世田谷区世田谷二ノ一九五五
山岸外史
消印　昭和三十四（一九五九）年三月三十一日

なんだか、近頃、あなたの文学上の苦悩が解るような解らんような（話し合いのないせいもあるのでしょうが）そんな具合でチョイト心配しています。僕が近頃、自分

のことしか考えておらず、階級という言葉で無理に考えることを、いちおう揚棄しているせいでしょうか。自分の畑の耕作に夢中だし意識的にそうしているせいでしょうか。

新しい自分らしい変革をおこしているのです。〈自分の問題の解決〉リアリズム研究会少し早くきて下さい。話しあってみたいとおもいます。

結婚してから、文学的飲み仲間も少しは遠慮したのかどうか、思い出してみるが、あまりそのような記憶もないので、素行はあまり変わりがなかったのではないかと思う。細君もよく五十七年も我慢したものだと思っている。しかし、この葉書から察すると、私のリアリズム研究会への参加は、戻っていたようである。

先生が私の文学を本当に心配していた心情はこの葉書に溢れ出ているので、「師の心弟子知らず」であったかも知れない。同じ職場の結婚は、どちらかが異動しなければならず、私が旧川崎市衛生試験所に異動となり、食品細菌、食中毒検査担当になり、細菌学の恩師からは「早く学位論文を纏めろ」と、文学と細菌学の両刀使いになっていかざるを得なくなっていた。

当時、川崎は集団食中毒が多発し、伝染病の赤痢菌、腸内細菌のサルモネラ、腸炎ビブリオ中毒は担当ではなかったが、その他の食中毒は私に回ってきていた。この時は若気の至りで「学位論文」など個人的出世主義的な道は、世の中の政治を変える「政治変革優先」

の道に反すると、思い切りよく放棄し、細菌学の恩師から厳しくたしなめられていたが、「政治優先」の見方からすると、「文学より政治」とこちらも身近の仲間からも、書いていることが遊んでいることと評価されることが多かった。文学、細菌学（医学公衆衛生学）両刀とも「政治優先」、に反すると、政治活動に対しては非合法活動のような後ろめたさを持っていた。後年、学位をとった時も「学者」文学賞をもらうと「文化人」という労働者の町川崎では罵声を浴びたものであった。

そんな悩みの最初の頃であったから、先生から葉書で、

「文学上の苦悩が解るような解らんような（話し合いのないせいもあるのでしょうが）そんな具合でチョイト心配しています。」

といわれると、そんな雰囲気が私に出ていたのだと思う。当然、先生であろうと、「政治優先」批判などを口に出せることではなかった「政治優先」は自分の中で物理的にか、政治以外のことを捨てるか、以外になかった。が、簡単に割り切れるものではなかった。

三十三、「政治優先を誤魔化すな」はがき第二十五号

川崎市新丸子町丸子七六五―丸子アパート23号室
小林　勇様
世田谷区世田谷二ノ一九五五

山岸外史
消印　昭和三十四（一九五九）年八月十八日

やっぱり一枚ハガキを書くべきだと思いますので書きます。

文学云々の問題、文字通り気にしているのですがいつも必ず酒になって壊滅。中心点での闘争にならずいけないことだと思っております。今後酒はやめましょう。これではだめですから。そして、あなたもよく考えてすべての矛盾を明確にしてください。自分の生きてゆく課題と別のところに文学の世界を考えているのですか。（ムロン、これでは言い切れていない）小生もいろいろ考えています。生活の改革改めて取り組み直しです。〈誰にも冷淡になってしずかに生きていたい〉そして〈そこで書きたい〉努力してゆきます。

酒はやめましょう。

どうも、先生と私は、「政治と文学」の核心に触れることを腹に入れ、お互いに痛みの探り合いに、逃げていたのかもしれない。私はその上文学と自然科学の両刀の矛盾を抱えて、実生活上は政治優先に追い回されて、そうすればするほど、矛盾が拡大し、酒に逃げていたのかもしれない。先生も矛盾は同じで、逃げ方も同じだったのかも知れない。手紙や葉書ではこう書いていても、まともに顔を突き合わせると腹の探り合いか、酒に逃げていた。

「酒はやめましょう」といいながら止められない。これでは政治と文学の泥沼であった。

三十四、「高校野球をみて、『全力を尽くすことが唯一の手段』」はがき第二十六号

川﨑市新丸子町丸子七六五—丸子アパート23号室
小林　勇様
世田谷区世田谷二ノ一九五五
山岸外史
消印　昭和三十四（一九五九）年八月十八日

高校の決勝戦をラジオできいてうるところありました。全力をあげて最後まで戦うということ全智をつくし全技能をはっきりするということはやはりいいことだし、それが人間にとって唯一の手段ですね。

君にすでに青春なしや

同じ日付の葉書が追いかけるように二通来たわけである。先生も、文学的に自らの新しい道を模索し苦悩していて、私の文学的な悩みにかこつけて、高校球児の姿にも敏感に感じる心理的状況に追い込まれていたのだと思う。この後、文学学校事務局長を辞任し、『人

間太宰治』執筆に向けて、必死に戦っていた（政治と文学の苦悩）は、私には見えていた。その苦悩の質と深さのレベルの違いは大きくとも。

そして、私も何らかの自らの文学的状況を先生あてに書いたもののようである。その返事が次のような葉書であった。

三十五、「安心した一番弟子」はがき第二十七号

> 川崎市新丸子町丸子七六五─丸子アパート23号室
> 小林　勇様
> 世田谷区世田谷二ノ一九五五
> 山岸外史
> 消印　昭和三十四（一九五九）年八月二十四日

大変立派なお葉書で安心しました。

無理にリアリズムの一番弟子と押し付け、そして、その押しつけのためにもの凄く僕は責任を感じ、偽らない僕たちの故に心を痛めついにオミコシを担いで（全身全力で担いで）何かを発散したのでした。しかし、文学をやめてはいけません。結婚式の誓いは民衆の前でやったものです。民衆を裏切ることは、それは、また、僕を殺すこ

とです。

小林君！　生きている限り全力をつくし、ともども突入する日のあるまで、長期戦。

〈小林君ということを許して貰えるならば〉お互い知恵を絞りぬきましょう。

それ以上、なにも言うことなし。

我らダイヤモンドの如き多面体とならん

私がどのようなお手紙を差し上げたのか、手紙は勿論、記憶にもないが、当時の私の姿勢から、極めて優等生的「政治優先的」文学観を教科書的に書いたものだと推察できる。

そのころソビエト・ロシアから作家ユージン・オニール？　が来日し、中野重治と東京で講演会が開かれた。私も偶然時間が取れて参加した。

その会場で二人の話が終わった後、聴衆に「質問がありましたら」と問われて、私は、すぐ手を挙げた。「私は、川崎の工場地帯で、労働しながら、文学活動をしているものですが、ソビエトには〈余暇芸術家〉という、制度か資格のようなものがあるそうですが、そのことについてお教え下さい」と質問したことを覚えている。どのような説明をされたか忘れたが、「私は、川崎の工場地帯で、労働しながら、文学活動をしているものですが」と質問するや否や、中野重治が急に立ち上がり、私すなわち「川崎の労働者」に敬意を示されたことに驚いたのである。ソビエトの『労働者階級独裁』の姿を見せられた思いだった。その私が「川崎の労働者」から「文化人」と卑下され、「学者」と罵声を浴びるということは、この逆なのだと認識させられたからである。

貴族院議員の御曹司太宰治がロシア革命の際、貴族が処刑された恐怖を自分に置き換えて持っていたことはよく知られているが、私にとって「『文化人』と卑下され、『学者』と罵声を浴びること」は恐怖ではないが、「文明」からすれば「野蛮である」と怒りさえ持った。少なくとも自由平等から見れば、労働者も文化人も学者も対等平等であってしかるべきなのに、労働者階級が独裁的支配者で『文化人』『学者』は尊重されても好いのに、卑下されるということは我慢ならないと思った。中国の文化大革命の際の学者文化人を「下放」したのも、同じような思想からである。社会主義革命の前のフランス革命の「自由平等」思想の上に、「社会主義」思想がないと「労働者階級独裁」という古い下剋上の歴史の逆戻りになると思う。

しかし、働きながら文学を含め芸術活動することを認め〈余暇芸術家〉として、創作活動に対しては、休暇制度もあるというソビエトは、逆に労働者階級独裁だからできることなのだろうかと。

三十六、「山岸外史難攻不落の禁酒との戦いに苦戦」はがき第二十八号

川崎市新丸子町丸子七六五―丸子アパート23号室
小林　勇様

世田谷区世田谷二ノ一九五五
山岸外史
消印　昭和三十四（一九五九）年九月六日

とにかく、なんと言われ、なんと考えられてもしかたがない。

近頃、ほんとに自分の生活について考えているのですから。（沼君から、じつに手酷いハガキをもらいました。しかし、むろん、すこしも怒る気にはなれません。人間を愛することのムヅカシサをしみじみ考えるだけです）そして要は、生活のくずれと酒にあるのですから。仕事には熱中しているのですが、とにかく、客が多いのです。そして、それらの人々について心配しすぎるのです。自分の仕事を忘れて、人の世界に入りすぎるということは、いわば愚図のすることです。生活の設計をどうしても建て直さなければなりません。……なにを言われても仕方がありません。ただ、ひたすら仕事の中へ入りたいと思っています。沼倉君に会ったらよろしくお伝え下さい。

昨日のリアリズム（研究会）について家人から涙を流して忠告されました。その通りだと思うのです。一日考えていたのですが。

酒をやめなければ、どうしてもいけません。

どうしてもいけません。

酒をやめなければ、危ないところにゆきそうです。いい年齢になってまるで子供のようなところもある自分をもてあまします。しかし姿勢をなおして一歩でもいい方に歩きます。

先生が「禁酒」を決意され、すぐ敗れ、また「禁酒」を誓い、そして敗れる。「禁酒」と机の前の壁に張り、より強く決意され、そしてまた敗れる。再び「禁酒」を誓い。玄関のガラス戸に張り紙して来客を「禁酒」で追い払う決意をする。そこへ私が訪ね「禁酒」の張り紙を見て驚き、帰りかけると、

「ああ、君か。これか、君ならいい」

と張り紙を破り捨て、

「出よう」

と禁酒破りに酒屋を渡り歩いて梯子をする始末であった。リアリズム研究会の弟子たちも、先生の「禁酒」は「破るための禁酒」という意味の認識であった。難攻不落であった。

しかし、時間はかかったが、先生は禁酒を乃木大将が難攻不落の二百三高地を、「一将功成りて、万骨枯る」の苦難を経て獲得し、『人間太宰治』を書き上げたのであった。酒に溺れきった先生の「禁酒」への克服は見事であった。同じ弟子の私は「禁酒」はせず「晩酌一合」を守っている。酒に溺れないだけ「苦悩」が浅いのかもしれない。深入りしない「君子危うきに近寄らず」の弱さ狡さ、よく言えば警戒心があるというべきなのか。

三十七、「原稿在中」（リアリズム文学論）。封書第八号

川崎市新丸子町丸子七六五―丸子アパート23号室
小林　勇様
世田谷区世田谷二ノ一九五五
山岸外史
消印　昭和三十四（一九五九）年十一月十七日

昭和三十五（一九六〇）年十一月十七日付のこの封書は、封筒だけ残っていて、表紙には「原稿在中」となっているので、リアリズム研究会機関誌「りある」5号「リアリズム文学の一原則」山岸外史から寄せられた「リアリズム文学論」の原稿であったと思う。この手紙の「リアリズム文学論」は前掲の短編「秋桜」に抜き書きを挿入してあるが再掲する。この手紙は私の川崎市新丸子のアパート宛に来た最後の手紙であった。

『その意味で、リアリズムは、まず、この社会的現実を素手で直知することからはじめなければならないと思っている。それは、いっさいのアイデアリズム（観念主義、理想主義）に対立する。また、いっさいのフォーマリズム（形式主義、図式主義、官僚主義）に対立する。しかし、また、それは、いっさいの架空なる（かかる社会現象

に超然としている）シュール・レアリズムにも、直情のみを架空に表現しているアンフォルマリズムにも、感覚のみに終始しているアブストラクトにも対立する。私は芸術的意識以前の生々しい存在である社会的現実の、最も具体的な本質的写実を、文学の永遠につきない課題だとおもっているからである』――リアリズム研究会機関誌「りある」5号「リアリズム文学の一原則」山岸外史より

この「山岸リアリズム文学論」は「リアリズム文学の一原則」として原稿を書かれたが、この原稿以外には、何処にも書かれていない貴重な「山岸リアリズム文学論」の主張であり、定義、原則でもあるといってよい。言葉は少ないが、『私は芸術的意識以前の生々しい存在である社会的現実の、最も具体的な本質的写実を、文学の永遠につきない課題だとおもっているからである』

単純明快に、先生が深めた哲学思想に裏打ちされたリアリズム文学の本質を主張している。この原則から、アイデアリズム、フォーマリズム、シュール・レアリズム、アンフォルマリズム、アブストラクトにも対立対決し、「山岸リアリズム文学論」を掲げ、対決していったのである。その城が「リアリズム研究会」であった。私のリアリズム文学論も「山岸リアリズム文学論」である。軍人勅諭のように教条的には受け止めていないが、他の対決するさまざまなジャンルの芸術論に幻惑され、迷いを生じたときの、原則論として私は、この「山岸リアリズム文学論」に立ち返って、わがリアリズム文学論の姿勢を正している。

三十八、「先生から金策」封書第九号

この手紙は横浜の相鉄線「二俣川駅」の神奈川県営アパートへ引っ越してからの最初の手紙である。ここには入居資格の収入超過（共働き）で一年間しか住めなかったので、すぐまた引っ越さざるを得なくなるのであったが。

横浜市保土ヶ谷区二俣川町県営万騎が原アパートC七号
小林　勇様
世田谷区世田谷二ノ一九五五
山岸外史
消印　昭和三十五（一九六〇）年三月二十七日

拝啓
まったく金に窮しているのですが、あの額は売れますまいか。
無理とは申しませんが、若し売れるようだったら至急売ってください。
二千円でもいいです。

昭和三十五（一九六十）年三月二十七日
山岸外史

〈人間太宰治〉懸命にやっています
どうやら、文体ができてきました
しかしもう一回、書き直します。

敬具

小林　勇様

この手紙の文面からすると、山岸先生が日本文学学校の事務局長を辞職された後のようである。先生の自画像や、自宅の庭の土で練り上げた自身のデスマスクを手作りの竈で焼いた焼き物を、画商もやっている私の弟に売れるものかどうか、頼まれたことがあったが、それは当然のように売れなかった。弟からは先生が希望された二千円にカンパを加えて、送ったような記憶がかすかに残っている。文学学校からの報酬がなくなったため、家庭教師までやろうとお考えになったようだった。

この終わりの文面は、先生の生活が革命的に変革したことを表す重要な文面である。「禁酒」ができ、『人間太宰治』を確実に、日課のように安定して、書き進めるようになってきたことである。「しかし、もう一回、書き直します」の中に、文体が決まり、自信に満ちた文面が溢れていたのが、弟子として、最高の喜びであった。文学学校事務局長の報酬が入らず、反面、当座の生活費が最も苦しい時期でもあった。

商業出版で売れる一部の大衆作家と違い、私の知っている限り、芥川賞作家の多く、芸術院会員の純文学作家のほとんど、かわさき文学賞で五十年間選者でお付き合いした八木義徳先生なども、芸術院会員になって、月二十五万円の年金が入った時、初めて出版社が年末に「『先生、年が越せますか、何枚でも書いて下さい』といわれ、金策の心労から解放された」と奥さんが、眉を開いてほっとされた顔は今でも忘れない。

専門書も同じである。印税を貰える作家など、ごく限られている。私の専門書など『よくわかる洗剤の話』や『恐るべき水汚染』など巻末に二十三版などとなっていたが、印税など貰ったことがない。細君などは、

「あんた、本を書くの止めて。夜は徹夜で書いてばかり、本を出しても印税はもらえない。苦労して、損ばかりして、よそ様からは『本をお書きになったのですってね』って、さも、印税を沢山貰っているように思われて、言い訳もできやしないのに」

たしかに私の売れた本を出した出版社は、社屋は大きくなり、従業員も増え、前は社長が直接出版の話し合いに来たが、顔を見せなくなった。

純文学作家は「売れない」「食えない」のが世間の常識である。先生が「二千円でもいいです」という叫びは、この昭和三十（一九五〇）年頃から公務員の大学卒初任給がやっと一万円になったばかりの頃の叫び声である。これがリアリズムである。まともに文学に向かい、真実を追求する姿勢をリアリズム文学作家というならば「二千円でもいいです」そのものだと言ってよい。

この「禁酒」と「金がなく食うのも苦しい」苦衷の中から『人間太宰治』のリアリズム

文学が創造されていたのである。

三十九、「またしても酔っ払って財布を落とす」はがき第二十九号

横浜市保土ヶ谷区二俣川町県営万騎が原アパートC七号
　小林　勇様
世田谷区世田谷二ノ一九五五
　山岸外史
消印　昭和三十五（一九六十）年九月二十日

拝復
　またしても不成績。しずかに一、二本ならば、
ああいうことにならなかったのですが大いに残念。
途中お金をおとしスッテンのテンちゃんになって帰り、いっそう残念でした。
ただ口惜しげに笑うのみ。奥さんによろしくお伝え下さい。
犬はもってかえりました。

この手紙と次の手紙との関係が、五十四年も前のこととなると、記憶が定かではないと

いうより、全く解らなくなっている。東横線の新丸子から、相鉄線の二俣川へ引っ越してきてから、私は、または私達は、何処で会い、何処で飲んだのだろうか、先生からの半年前の前便では、

「〈人間太宰治〉懸命にやっています」

と戴き、とうとう禁酒も成功したかと思っていたが、次には、すでに逆戻りしたこの葉書である。

変幻か、自在か、「禁酒できたと思い込み、すぐ泥酔して逆戻りする」アル中の常道か。もっと苦悩の深さは測り知ることが出来ない。失くした金が、「デスマスク」を売った金か、どうかも今となっては解らなくなった。「奥さんによろしく」と書いてあるのだから、失くした金の手当てを女房がしたのかも知れない。私にはそんなことは言わない。

「犬はもってかえりました」

野良猫も懐に入れてしまう先生のことだから、その後飼っていたのかも知れない。そういえば、茶色の小型柴犬が先生の家にいたような気もする。

先生が『人間太宰治』執筆中で、先生に近づくことを遠慮していたことは記憶があるので、先生の生活は心配しながら私か、女房かが、カンパ程度の心づくしはしていたのだと思う。

四十、「金策の礼状」はがき第三十号

横浜市保土ヶ谷区二俣川町県営万騎が原アパートC七号
小林　勇様
世田谷区世田谷二ノ一九五五
山岸外史
消印　昭和三十六（一九六一）年四月五日

拝啓
早速来て戴いて、大変有難く思いました。
お手数をかけてすみませんでした。じつは大助かりなのです。深謝します。ところで「面」（デスマスク）どんどんつくってみましょう。その方がいいのだと考えるようになりました。まずはお礼旁々
幸子さんによろしくお伝え下さい。

前便と前後することは前述したが、前便から半年後の葉書である。ここで自画像の「面」（デスマスク）を弟に売った代金が届いたことになっている文面である。画商として「売れない物」を兄貴の先生だから、幾らかで引き取ってやったと弟は思っていたに違いない。私もそれを感じていたから、「どんどん作ってみましょう」には、困惑した。弟からのカンパに、私のカンパを加えて、先生の生活支援資金を出したつもりであった。

それが純文学批評家山岸外史（小説作家でもない）の貧困生活リアリズムであって、「私は芸術的意識以前の生々しい存在である社会的現実の、最も具体的な本質的写実を、文学の永遠につきない課題だとおもっているからである（リアリズム文学）」

実生活そのものを語った売文原稿ではない、先生の私文書である。悲惨ともいえる生活現実が「リアル」に滲み出ている。これが山岸外史の『人間太宰治』執筆過程のリアリズムである。

四十一、『人間太宰治』執筆の苦闘」封書第十号

川崎市生田月見台二〇〇四ノ一
　小林　勇様
東京都世田谷区梅丘三ノ一九五五
　山岸外史
消印　昭和三十七（一九六二）年五月二十一日

　拝啓
仕事との格闘はまだつづいています。

先日のおハガキ、なかなか、いい事が書いてあって気に入りました。早速、返事を書いたのでしたが、あやまって町名を忘れ返送されました。①と②と二枚書いたのでしたが、②のみ戻ってきましたので同封いたします。
僕の姿勢についてはさらにふかめつつあります。
とにかく歩いてゆきます。書きながらでないと定着できません。
バラの花は咲いたでしょう
五月二十一日　山岸外史
小林　勇様

前便より一年飛んで、昭和三十七（一九六二）年、私は横浜の県営アパートを追い出され、川崎市の小田急沿線、「生田」に、借金で家付きの土地を買い移り住むことになった。山岸先生のお宅も同じ小田急線の「梅ヶ丘」であったので一時間足らずでお訪ねできる近くになったわけである。

「仕事との格闘」とは『人間太宰治』のことである。太宰が太宰だけに、格闘の内容も、太宰の評価と共に、太宰評価に映る山岸外史自身の自己点検は格闘そのものと、葉書を読む私も、全身に疼きが走る苦痛を感じるほどである。太宰は死んだが、山岸外史は生きているのであるから、生きている限り「まだつづいています」無間地獄である。戻ってきた葉書②が残って同封してあったものも残っていたので、後述する。

「僕の姿勢についてはさらにふかめつつあります」「とにかく歩いてゆきます。書きながらでないと定着できません」と無間地獄の血の池の中か莚針の上か、先生の苦悩が溢れている。「バラの花は咲いたでしょう」先生の庭からいただいたバラの記憶もなくなったが、後便で解る。

先生の『人間太宰治』は、無間地獄の格闘をつづけながら、書いていることを伝えた手紙である。よく先生がおっしゃっていたが、「私は完成を目指していたが、間違っていた。キリストもマルクスも完成ではなかった。それは歴史の過程を創ったに過ぎないことを知り、その歴史の過程の責任を果たしていったのだということを。私も歴史の部分的過程の一部分に責任を負えばよい。それ以上はできないことを自覚すればよい」と。

四十二、「あなたの自惚れと自信とを見た」（前便封書中の葉書）はがき第三十一号

川崎市生田月見台二〇〇四ノ一
　小林　勇様
東京都世田谷区梅丘二ノ一九五五
　山岸外史
消印　昭和三十七（一九六二）年五月五日

①スゴイ。安心しました。あなたの自惚れと自信とをみたかったのです。それでないと不安だったという訳でしょう。曰く、「成長しきっている」あなたの生活の形式・方針については異論がありません。三者統一の路線でやってゆけるらしい。そういう場でやる文学の方が新しいといえるでしょう。（しかし、僕の文学も新しいのです）この二者の関係については、これもあなたのいう統一できる側面と闘争の側面とがあると思っています。
しかし、チェホフも魯迅も治（太宰）も面白いものなんです。簡単に言えば、自分の真正の歴史を作ること以外になにものもないのです。その歴史が各自ちがっているのです。そこにぼくの（②に続く）

四十三、「転身決議」前便封書同封②葉書（十円不足返送）はがき第三十二号

> 川崎市生田月見台二〇〇四ノ一
> 小林　勇様
> 東京都世田谷区梅丘二ノ一九五五
> 山岸外史
> 消印　昭和三十七（一九六二）年五月十八日

②終着駅もあり出発駅もあるのでした。百合子だって「道標」くらいのところです。この宿命をこえることはできないと確信しました。多喜二ではむしろ食い足りないのです。ぼくはぼくの本能と天性とを自ら尊重することにしました。とにかくあなたに安心できました。ながい眼でみています。しかし、ぼくとしては「先生」を揚棄したかったのですね。徹底して責任のない自由な世界で孤独を形成したかったのです。もういい年齢なのですから。Ｇｏｏｄ Ｂｙｅはその意味のものだったのです。無責任を至上としたかったのです。しかし、あなたの自信と聡明さのおかげで、その必要もなくなったようです。言い得るならば、やはりあなたは「一番弟子」でした。アリガタイと思います。はたしてあなたは実に十分にやっているのでした。あなたのエネルギーを貴重に思いました。躰を大切にして下さい。ぼくもぼくなりに大切にしはじめています。できるだけ長命したいのです。それでないと仕事ができません。

そのうちユックリ飲みましょう。

前便封書に「先日のハガキ、なかなかいい事が書いてあって気に入りました」とあるので、この封書は内容から私がハガキを送ったことに対する返書であった。「あやまって町名を忘れ返送されました」とある①②のハガキは、実は十円不足で返送されていたのである。そのうち①のハガキは私の方で十円払って受け取り、②の返送されたハガキだけが封書の中に送られてきたという複雑ないきさつがあった。

私が「三者統一」といったのは、おそらく政治活動、細菌性食中毒と化学公害に対する自然科学者活動、そして文学活動の三者を言ったのだろうと思う。事実、大げさに言えば不眠不休の三者活動に追いまくられていた。それだけにはじけるような「自惚れと自信」に満ち満ちて見えたかもしれない。「スゴイ。安心した」といっておられるが、「文学に賭して」それに命を懸けておられる先生に、「政治、自然科学、文学三者統一して、活動していく」と宣言したのだから、面食らわれたのも当然と思われる。おそらく、「統一できる側面と闘争の側面」と、どこかで潰れるか、潰されるかもしれないという「老婆心」が婉曲に見え隠れした葉書の文面になっている。

と書いているうちに、思い出しました。昭和三十七（一九六二）年五月、このころ、川崎市苅宿小学校ともう一校で集団食中毒が発生し、食品衛生監視員が立ち入り調査した結果、当日、この二校だけに出されたMSA脱脂粉乳が同じロットで、他の小学校のロットと違っていたので、彼らはこの脱脂粉乳が原因食と思われると、当日飲まされた粉ミルクの原料になったMSA脱脂粉乳、バター、砂糖などを収去してきたので、衛生研究所の担当であった私が、早速、細菌学的検査を行い、翌日そのMSA脱脂粉乳が濃厚な大腸菌汚染を受けていることを確認した。

当該脱脂粉乳はその「大腸菌汚染」結果だけで「食品衛生法違反品」であった。患者の大便からも、他の病原細菌は検出されず、大腸菌だけが検出された。当時まだ食中毒の原因となる「病原大腸菌」の分類が十分確立されておらず、国立予防衛生研究所の専門機関で同定を依頼しなければならなかった。

私は、個人的にも既知のその後東海大医学部の微生物客員教授になられたY先生に、脱脂粉乳汚染大腸菌と患者から分離した大腸菌株を直接持参し、同定をお願した。数日して脱脂粉乳汚染大腸菌と患者から分離した大腸菌の全菌株が「病原性大腸菌Ｏ１１１」と同定され、「病原性大腸菌Ｏ１１１によるＭＳＡ脱脂粉乳食中毒と断定してよい」と連絡を受けたので、その旨報告をしたが、それ以後、私の身辺に関係職員が寄り付かなくなり、私の食中毒検査は取り上げられ、「当日全校で出されたイカの煮付けの嫌気性菌食中毒」と検査もせずにでっち上げられ、私には即日異動命令が出され、川崎市最北端の高津保健所に左遷された。一ヶ月間は不当配転拒否を闘ったが、労働組合も「相手がアメリカさんの援助物資じゃア」「行政も逃げるからな」と、うやむやにされた。必ずこの仕返しをするからとの捨て台詞を残して、しぶしぶ高津保健所に異動した。

私はその後十二年間、高津保健所に閉じ込められたが、その頃から、多摩川の東横線鉄橋下を覆い、盛り上がった合成洗剤の泡公害を誰も何もしないことに、まして行政が何もしないことに私憤を感じ、合成洗剤の多摩川汚染調査に取り組んだ。保健所にあった壊れた光電比色計を自分で修理し、保健所に勤務していた後輩薬剤師、獣医師に毎月管内河川と井戸十ヶ所から定期的に水汲みの協力を取り付け、五年間多摩川を中心とした保健所管内の河川井戸水の洗剤汚染調査を行った。その中には今は廃園となったが、向ヶ丘遊園地の井戸水もあった。

私は細菌学的試験技術と共に、工業学校と薬学で専門の化学分析技術の「両刀使い」で合成洗剤主成分「アルキルベンゼンスルフォン酸ナトリウム」の汚染分析は、いくつかの文献を見つけ、簡単に身に着けた。京都で開かれた私が評議員にもなっている「日本公衆衛生学会」で発表し、公共下水道のない地域の河川、地下水がそれぞれ合成洗剤の汚染を受けている調査結果を発表した。学会の演題と発表者を取材した朝日新聞記者の石記者が、調査のリーダーが私であることを聞き、高津保健所に、当時木造で検査室はすだれが蜘蛛の巣だらけでその窓際に座っていた私を尋ねてきた。

そのあと、朝日新聞の「人」欄に紹介された。石さんはその後、環境公害問題で東大教授になりザンビア大使などになったが、朝日新聞の「人」欄に乗った私には、日本の合成洗剤汚染の系統的調査を初めて行った行政自然科学者と評価されるどころか、「文化の谷間・川崎」といわれたところでは「市長だって載らない《人》欄なのに小林の奴」と職制からも、組合からもねたまれる始末であった。しかし、その後は洗剤汚染調査の専門家として、テレビ、ラジオ、新聞に書き立てられ、学会でも追い回されるようになっていた。

そのような時代だったから、「政治活動、自然科学活動、文学活動三者統一して、活動していく」と宣言した傲慢な時代だったのも頷ける。

四十四、政治離れ前後「Ｇｏｏｄ Ｂｙｅ」（１）はがき第三十三号

川崎市生田月見台二〇〇四ノ一
　小林　勇様
東京都世田谷区梅丘二ノ一九五五
　山岸外史
消印　昭和三十七（一九六二）年五月七日

拝啓
　こんどの日曜日はヒマですか、でかけるかも知れません。しかしゲキレイ会のときにしましょう。（すぐ次の仕事に移ります）
　ようやく仕事を仕上げました。二年半。ひと息ついているのですが、ふと君のことを思い出しました。（君と書いてみました。なにか変ったエネルギイがでているのかも知れません）もう一度改めて三枚のハガキを読みなおし小癪なと思うところがあったので、「君」と出たのかも知れません。ぼくが「現実構造・動きに不安なくらい無知」というコトバにひっかかったのですね。これはぼくの方でアナタに言いたいことなのです。「職場」だけを現実と考えている作家は、「職場作家」です。セクト的です。スケールが部分的で小さい。現実からみれば、現実はもっとフヘン的で大きなものだし、〇部プロレタリアリアリズムのみを主張する非民主主義的ロードー者のコトバです。（プチブそっくり。古い。古い。……それは、それとして、いずれ書いてゆきます。（プチブル的発想はシナイコト）……ぼくをゲキレイする会を開いて下さい。ぼくの方でゲキレイしたいのですから。みんなを甘くしたのはぼくの責任だから、その責任感を階級に対して持っているからです。総ガカリセヨワカモノドモ。

バカモノにはしたくありません。呵々。

四十五、政治離れ前後「Good Bye」（2）はがき第三十四号

川崎市生田月見台二〇〇四ノ一
小林　勇様
東京都世田谷区梅丘二ノ一九五五
山岸外史
消印　昭和三十七（一九六二）年五月七日

また迷惑をかけたような気がしています。おくさんに謝罪いたします。よろしく。しかし生きてる。歩いてるのです。まるでタヒチのゴーギャンみたいにいっさいの通俗性に反逆しながら、新しい姿勢で生きているのです。いっさいの責任を放棄して自由にのびのびした世界に入ってゆこうと考えています。ぼくには職場はない！　ぼくは死ぬまで歩ける道を歩きだしているのです。もう説明につかれました。

（ぼくはいったい誰だったのか）！

書くということ。それ以上にはなにもありません。ぼくはぼくの正体どおり生きてゆきたい。素顔でいきてゆきたい　地の顔で　零からの再出発。終着駅は出発駅でした。自由をあいします。

あなたの三つの性格政治と薬と文学、そしては背骨の倫理、この時間のなかで基底の自我をつくって操作して下さい。

四十六、政治離れ前後「Ｇｏｏｄ　Ｂｙｅ」（３）はがき第三十五号

川崎市生田月見台二〇〇四ノ一
　小林　勇様
東京都世田谷区梅丘二ノ一九五五
　山岸外史
消印　昭和三十七（一九六二）年五月七日

よくわからないことですが——

ぼくは政治から離れました　文学が政治だからです（脱政治ではありません）

ぼくはぼくの歴史をつくる　なにものの支配下にもはいりません（思想は別です）常識からでは芸術は生まれないと思うのです。

政治に対するよりも社会、人間、人生に忠実でありたい。それが文学者の任務です。

この辺で新しい意識を持ってください。

四十七、政治離れ前後「Ｇｏｏｄ　Ｂｙｅ」（４）はがき第三十六号

川崎市生田月見台二〇〇四ノ一
　小林　勇様
東京都世田谷区梅丘二ノ一九五五
　山岸外史
消印　昭和三十七（一九六二）年五月〇〇日

拝啓

もう一枚書きます。あなたが何をやっているのかよく解らないからです。ぼくたちは前衛なのだから未踏の世界に入って考えなければならず、三つの方向を持っているあなたについて、ぼくは及ばずながら工夫してきたつもりですが、この「宇宙旅行」のなかで、それらの星が近づいてみると、すこしく不明になっているものがあるので

す。あなたの空虚な性格は（トカトントンは）自我形成的にいかなる方針と操作とを施しつつあるのか。ガガーリン少佐よ。君の右手に握っているハンドルは何をどうするのかね。地上から発信。

ひとつの時間が来ていると見てとりました。「いったん、地上に降りよ」地上からの発信はそういうのです。自覚不足。文学に対する態度と政治に対する態度は背反すると（ぼくの場合）考えているが、あなたの場合はどうなのか。おお柔道マンよ。士官学校生よ。すこしく通俗倫理が見えるのです。

私が、横浜市の二俣川から川崎市の生田月見台に転居した頃、昭和三十六（一九六一）――昭和三十七（一九六二）年、山岸外史にとっては、戦後十五年間、一貫して関わってきた政治活動とそれでいながら同時に一貫して抱えてきた自己本来専門の文学活動との矛盾の統一か清算を苦悩の末、政治から決別し、文学活動に専念する過程を通過していた。戦前から文学的友人が早く清算したのに比べ、遅きに失したが、山岸外史のリアリズムは、偽りのない自己を忠実に掘り下げていく厳しさの違いと重さがあったと思う。この間の、私に対する問いかけの、ハガキと手紙が連続して送られて来たのも、そのもがきの過程であったと考える。

私が答えた自分自身の「政治活動、自然科学活動、文学活動」の三者統一という処し方を一方で認め、反面に疑問を持っているという私に対する危惧は、山岸外史の十五年間の政治と文学活動の矛盾を乗り越え、克服した実践体験からの危惧ではなかっただろうかと考えている。その頃の私は、三十歳代の活力に満ちていたし、思想より体力で耐えられるかどうかの判断を優先していた時期であったからだと思っている。三者統一といっても大半は「政治活動にとられ」不眠不休に近く、テレビも、新聞も見る暇もなく、巨人が勝ったか負けたかも知らず、世相は知らず見ずに「庶民離れの世間知らず」体だけ動かし続けていた時期であったから、「三者統一」を高言できたのだと考える。科学者活動では、合成洗剤の水質汚濁問題で、調査研究の先端を走らされていたが、文学活動など、原稿用紙に文章を書く暇など全く取れなかった。政治活動といっても、毎晩集められて、命令されて、動きまわる。動いていれば何かやっている妙な満足感と、ただ、胡坐をかいて非文化的非民主的に怒鳴りまわして、叱咤激励する指導部への軽蔑と不満がうっ積するような毎日でもあったと思う。

「政治、科学、文学」の「文学を削った私の「三者統一」」

少し時代は後になるが、科学者活動のなかで、アカデミックな研究室的実験で論文を纏め、医学博士を授かった後、八木義徳先生に呼ばれ、

「貴方のことが、心配で、気になっているのだが、どこかの文学賞の懸賞に応募するとか、『文学界』とか『文芸』に作品を載せるかして、小説家を希望することは考えないのか」

と、「かわさき文学賞」選者を昭和三十二（一九五七）年から平成八（一九七六）年ま

で四十年間、お願いして、四十年以上お付き合いしているのに、そのような意思を表さない私を問い詰められたことがあった。私は、

「専門作家になる意志はもっていません。私の本職は〈水と食品〉の公衆衛生学の専門家で、それで飯を食っていくつもりです。その生き方を実践する自分自身を点検する方法として、文学を選んでいます。『科学と文学の両刀使い』のような器用なことはできませんし、余裕もありません。先生にとってはご迷惑でしょうが」

というのが本音であった。よく考えると、山岸先生の「四十七、政治離れ前後『Ｇｏｏｄ　Ｂｙｅ』（４）はがき第三十六号」に、「あなたが何をやっているのかよく解らないから（中略）あなたの空虚な性格は（トカトントンは）自我形成的にいかなる方針と操作とを施しつつあるのか。ガガーリン少佐よ。君の右手に握っているハンドルは何をどうするのかね。（中略）おお柔道マンよ。士官学校生よ。すこしく通俗倫理が見えるのです」

その時は、無我夢中で生きていたので、気が付いていなかったが、今考えると、私の当時の姿勢を両先生とももの見事に見抜かれていたと思う。二人の恩師とも私という弟子に問い詰めたことは、私の生き方が何かに憑かれたように一生懸命生きているが、何をどう生きているのかが見えない弟子の生き方への危惧不安、羅針盤がふらついている私の生き方を見抜かれたものと、今になって思う。それは弟子を思う「師の眼」であったといってよい。

それを「政治、科学、文学の三者統一」などと私が、語呂合わせのように「統一」のま

やかしに幻惑されていたに過ぎなかった。よく分析すると、政治の圧力に負け、科学活動を制限し、文学は書く暇もない程削減することが「統一」だったのが現実であった。「文学潰しの統一」を、図らずも文学の両恩師が見抜いていたという慧眼は恐るべきものであった。それほど二人の恩師から期待されていた「私の文学」を潰すという裏切り行為の「統一」が私の「三者統一」方針、まやかしの統一方針であった。

その生き様が、現在の私である。

なぜそのように私がなっていったのか、

「おお柔道マンよ。士官学校生よ。すこしく通俗倫理が見えるのです」

と、山岸先生の葉書で危惧されているように、「貴方は士官学校を卒業してない」とも言われた通り、進歩的政治活動をしていながら、私の倫理体質は古い正義感、「士官学校的・武士道的正義感」「すこしく通俗倫理」で貫かれていた矛盾をもっていたのがわからなかった。新しい政治倫理と古い士官学校的・武士道的正義感を融合して持ち続け、「政治を優先する忠誠心に固執する正義感」をさまざまな組織矛盾を押しのけて持ち続け、三者統一ではなく、自然科学と文学を犠牲にして「政治優先」活動ができることを「三者統一」とこじつけていたのであった。その通俗倫理を見抜かれていたわけであった。その体質はいまだに抜けきれていないと思っている。私の尾骶骨には「古い全盛期の士官学校的・武士道的正義感・すこしく通俗倫理」が消えていないようである。

五十年以上もそんなことをしているのに、変わることを信じていた政治は相変わらず変わらない、そのために犠牲にした科学者活動、文学活動は今更取り返せない。

「どうしてくれるのだ」

と「政治優先」の過去を騙されたと思っても、怨む敵はいない。両先生が私に危惧されたことが見事に当たっていたのである。にもかかわらず、忠告を聞き入れなかった自分自身の生き方の誤りに気づいたときは半世紀後である。「覆水盆に返らず」というか、「三つ子の魂百までも」というか。軍国主義教育で洗脳された国家意識、自己犠牲、捨て身の奉仕、特攻精神は恐らく、我が骨身に沁みついて、離れないのであろう。

四十八、「リアリズム研究会もＧｏｏｄ　Ｂｙｅ」はがき第三十七号

川崎市生田月見台二〇〇四ノ一
　小林　勇様
東京都世田谷区梅丘二ノ一九五五
　山岸外史
消印　昭和三十七（一九六二）年七月二十一日

拝啓

あの日、あんなに酔うとは思っていませんでした。

感動していたようです。赤崎さんにズイブン意地わるをしたようです。

ああ文学、みんなはどうなるのですかね。

仕事すっかり渡しましたが、とたんに疲れ果てました。


先生は、前便のように「政治優先」の「政治」を離れ、「文学（も政治である）」に専念する決意をして、さらに「リアリズム研究会」からも手を引く意向の文面になっているようである。私の「政治・科学・文学の三者統一」も政治中心に、文学をすり減らす統一であったから、先生から「リアリズム研究会」を引き受けるより、私も離れた。残された人たちは、全員の合意で「リアリズム研究会」を解散し、「民主主義文学同盟」の「未踏支部」を結成し、山岸先生からも離れていった。赤崎（女性）の名が出ているが、私とは別に「リアリズム研究会」からも、「民主主義文学同盟」支部からも離れていった人である。山岸先生は、戦後十五年間、政治と文学という異世界の間で組織的に揉みくちゃにされ、政治を離れ、日本文学学校と「リアリズム研究会」から離れた時には、

「あの日、あんなに酔うとは思っていませんでした。感動していたようです。」の「酔う」の言葉は、それ以前の手紙の「酔う」とは全く異次元の響きが轟いていました。それは続く言葉「感動していたようです」の響きであったと思います。この「酔い」はまさに「百薬の長の酔い」であったと思う。

「仕事すっかり渡しましたが、とたんに疲れ果てました」癒しの「酔い」の苦衷がにじみ

出ている。

四十九、「コレラ禍」はがき第三十八号

川崎市生田月見台二〇〇四ノ一
　小林　勇様
東京都世田谷区梅丘二ノ一九五五
　山岸外史
消印　昭和三十七（一九六二）年八月五日

拝啓
　コレラ禍が起こりそうなので気にしています。いつかの、あなたのお話どおり、ワクチンがないらしいと推察しているのですが、今日、家内とその話が出たとき、あなたに泣きつこうという結論になりました。まことにご都合主義で現金なものです。ぼくもむろんまだ生きねばならないし。あなた宅に伺いますから注射して下さい。駄目でしょうか。ひとり同行するかも知れませんが。ご返事下さい。

五十、「コレラ禍回避」はがき第三十九号

川崎市生田月見台二〇〇四ノ一
　小林　勇様
東京都世田谷区梅丘二ノ一九五五
　山岸外史
消印　昭和三十七（一九六二）年八月五日

拝啓
　先日は失礼しました。また、たいへんお手数をかけました。おかげさまでコレラ不安がなくなりました。大変有難くおもっています。

　家人職場でバナナが食べたくて射ったのだとなかなか冷やかされたそうです。昨夜は夫婦でひさしぶりで刺身をそうとうに食べました。

　不安がないことはいいことです。

　先ずはお礼旁々一筆しました。


　昭和三十七（一九六二）年頃のコレラ流行は、東南アジア旅行帰国者から国内に侵入したものであった。この時は和歌山県の有田川流域に、上流から下流へ広がっていった、コ

レラの流行事件だったと記憶している。

古典的コレラは致死性毒力の強い「アジア型コレラ」であったが、戦後（太平洋戦争）のコレラは弱毒性の「エルトール型コレラ」で死亡率も低い。伝染病から除外して「食中毒菌」にランクしたらどうかと国際的に論議されていたくらいであったから、古典的コレラの恐怖を持っていた山岸外史先生夫妻の騒ぎも古典的であった。その上抗生物質がいろいろできて、感染コレラは殺菌的効果のある治療薬もあって、恐怖することもなくなっている。ワクチンなどはなくなっていたと思うが、この葉書ではワクチン接種をしたようになっているので、その辺の事実は、私の記憶では曖昧である。

ただ、水の衛生管理は、合成洗剤汚染同様、私の研究対象範囲内であったので、昭和五十五（一九八〇）年に我が国の上水道普及率85％を超えた時点から水系伝染病赤痢の流行が終焉したことと関連し、同じ水系伝染病コレラの国内流行も終焉したはずであった。

昭和三十七（一九六二）年当時の和歌山県有田川流域では、まだ上水道普及率は低く、井戸水使用が多かったために上流から下流へとコレラは伝播していった。しかし、ここから全国へ流行が拡大するということはなかった。その後のコレラ禍はほとんど全て外来性のもので、国内患者由来のコレラは撲滅されていたと考えてよい。私が合成洗剤汚染調査を始めた昭和四十二（一九六七）年頃の川崎市北部（旧高津区・田園都市線北部全域）の上水道普及率は60％だったから、毎年六、七月ごろから、岡部、黒川の丘陵地帯、漫才と喜劇役者であった花菱アチャコの別宅があったので、通称アチャコ部落と呼ばれていた。

そこから赤痢が発生し、地下水を通じて丘の下の柿生、特に幼稚園では、井戸水から赤痢が蔓延することを繰り返していた。我々の井戸水汚染調査で地下水の合成洗剤汚染と共に大腸菌群汚染も明らかになり、上水道普及を速めたため、赤痢も収まった。

その後、昭和五十《一九七五》年代に起きた地元川崎で横浜市との境を流れる鶴見川河口でコレラ（勿論エルトール型）による水質汚染が発見され、当初、横浜港、川崎港の船舶からの汚染と思われたが、鶴見川を遡ると、横浜側鶴見川本流にコレラ汚染がなく、川崎側支流矢上川にコレラ汚染が発見され、さらに遡ると、鷺沼の透析クリニックの浄化槽がコレラ菌の汚染源・純培養のような一ミリリッター（一ｃｃ）中数億個のコレラ菌が矢上川、鶴見川そして東京湾に汚染を広げていた恐るべき結果を追求できた。私もこの検索に参加していた。

その頃、合成洗剤による細菌の運動性疎外の研究をやっていた私が、その対象であったコレラ菌の鞭毛染色を独学で極め、私が光学顕微鏡で鶴見川汚染のコレラ菌のベン毛染色に成功し、当時毎日放映されたＮＨＫのニュースに登場した鶴見川を汚染した一端一毛の鞭毛をもったコレラ菌の映像は私の染色したものであった。その後、相模川上流でもコレラ菌汚染が発見されたが、一過性で広がらずに食い止められた。東南アとの交流が激しくなった我が国には、エルトール型コレラの侵入はその後も続いたが、この十年以上、現在では聞かなくなった。

そんな目で見ると、この葉書二枚は一時代前の、カルカチュアサイズされた漫画を見ているようである。これを見てもやはり私は、政治に奉仕するために文学を犠牲にし、かろうじて、公衆衛生のプロフェッショナルの食い扶持を守った一生であったという事が出来る。

五十一、「コレラ禍回避後、やはり政治と文学」はがき第四十号

川崎市生田月見台二〇〇四ノ一
小林　勇様
東京都世田谷区梅丘三ノ一九五五
山岸外史
消印　昭和三十七（一九六二）年十一月八日

拝啓
先夜は失礼でした。いつも酔っているような日と夜とがつづいていました。あなたの手紙（十一月一日付）を改めてもう一度、本夕読みなおしました。いい手紙だと思いました。どうも先夜は申し訳なかったようです。むろん、十一月二十九日にはお約束したとおり参ります。ところと時間など改めてもう一度おハガキ下さい。

先夜はすでに酩酊（いつものことだからあなたは驚かないでしょうが）話は徹底し

なかったところも多少あったようですから、改めて、こういうハガキを書きました。

太宰をイジメタのとおなじように、あなたをイジメタとは思うのですが、いつも言う通り「あなたは若いし健康」です。気をながくもちましょう。「民生委員」も「児童福祉委員」もやってみたらどうですか。時間をうまくつかって。やがて小説の材料になるでしょう。社会と人生に至誠をつくしてみようじゃありませんか。


この年十月二十日『人間太宰治』が筑摩書房から出版になっているので、この葉書は、その直後のものである。山岸外史の『人間太宰治』の出版を乗り越えた充足感を感じさせる。「いつも酔っているような日と夜とがつづいていました」という文章の語感は、それ以前の苦悩に苛む過剰な意識から逃れるための「酔い」のための泥酔と違って、酔いを楽しんでいる語感がある。先生は苦悩に苛まれて、過剰な意識から解放されたいための「無意識」状態を願望するあまり、ドストエフスキー張りの登場人物の「ムイシキン」というフィクションを描いていることを話していたが、この葉書の「酔い」には「心地よい酔い」の語感が響いている。だから「酩酊」という言葉も使っておられる。私も京浜のどこかの文学グループから、講演を依頼された話をして、内諾を得たような文面になっている。

ただ「『民生委員』も『児童福祉委員』もやってみたらどうですか。時間をうまくつかって。やがて小説の材料になるでしょう」という先生の主体が、『民生委員』や『児童福祉委員』の政治活動よりも、「小説の材料」になる文学のための政治へ完全に変わっていた。

それを見て、私は違うと思った。政治活動を小説の材料にすることなど、全く考えも及ばなかった。

また、それだけ文学を犠牲にしても政治に奉仕する姿勢になっていた。ということは「三者統一」ではなく、「政治活動を優先するために、文学を犠牲にする自分を仕方なく容認していたか、妥協していた」のだと思う。

五十二、「年賀状」はがき第四十一号

川崎市生田月見台二〇〇四ノ一
小林　勇様
東京都世田谷区梅丘二ノ一九五五
山岸外史
消印　昭和三十八（一九六三）年一月三日

賀　春

山岸外史

元旦

先夜　忘年会のときは　ムダ金を使わせました

五十三、「我が窮状を先生に救助」はがき第四十二号

川崎市生田月見台二〇〇四ノ一
　小林　勇様
東京都世田谷区梅丘二ノ一九五五
　山岸外史
消印　昭和三十八（一九六三）年一月五日

拝啓
　人間が人間同士でどの程度まで心に伝達ができるものか、それは殆ど絶望的なものだとかんがえています。限界がある。そしてその限界を超えることは殆どといいたい位不可能だと信じます。ぼくはあなたの事件の処理に関して完全に無力で無責任です。あなたがあなたなりに処理してゆく以外に方法はないのです。わずかな応援をしかも遠方からやっているのにすぎないのです。しかし「大胆であれ」と言いたい。「この試みのなかでより正確な自分をつかむこと」「信念や思想を深めること」事件にそうぐうしたときに、人は物自体を知り、おのれを知ると思います。要慎は必要だが脅え

――てはいけないと思います。どうか頑張って下さい。

何か、私について、重要な「事件」に遭遇したことへの、心構えを諭して「頑張って下さい」と結んである。五十一年前のことである。結婚して五・六年経った頃である。思い出したくないことで、忘れられない「事件」ということになる。そして、好くないことである。そして、私は苦しんでいる。どうしようか迷っている。それを見抜いての「事件にそうぐうしたときに、人は物自体を知り、おのれを知ると思います。要慎は必要だが脅えてはいけないと思います」

私の恥部と言ってよい。

五十四、「文学を軽視するな！　リアリズム研究会の諸君も」封書第十号

川崎市生田月見台二〇〇四ノ一
　小林　勇様
東京都世田谷区梅丘二ノ一九五五
　山岸外史
消印　昭和三十八（一九六三）年一月二十三日

拝啓

どうも近頃の君のあり方。心配でなりません。あの論文はあれでいいのですが、しかし、「書き手」としてのあなたの場と位置、そして性格の形成について疑問がありますね。

弁証の途次なのでことに現在その苦悩のあることはわかるのですが文学を甘く見てはいけないと思います。文学は文学で政治以上の要素を持っているその要点のつかみ方に不足ありとみています。なお言ってもまだ解ってもらえないのですが、だいたい「リアリズム」の連中を含めて文学に対する態度も観念もいい加減なことじつに不甲斐なく思っております。ここに僕の真情があります。一度会合して悪罵のかぎりをつくしたいと思っております。

人間は歴史の中にいるものです。時代の中にいるものです。それぞれに階級とその経過を客観としてもっているのです。

僕には僕としてのそれがあり、僕はその客観に準拠しそこに腰をおろしてさらに僕の歴史を発展的に考えているのです。イデオロギイ以前に自己の歴史とその所在を謙虚に考えてそのはるかに遅れて実在実存している自我（イデオロギイはすべてそういう実存実在より現象的にはるかにすすんでしまうものですが、それではなく実在実存している過去の累積としての自我）そこに文学上の拠点をおかねばなりません。その根っ子なしには幹も肥らず、枝も葉も生ぜず花も咲かず実もできません。

もっと謙虚に「偽り得ざる自我」を凝視めて下さい。

そこによく位置を占めて作品を作って下さい。他人に注文をつけるその注文を自分につけたら、君自身だって身動きできなくなるでしょう。

ことに小市民が労働者かぶれすると仕事は全く混乱しイデオロギイ（形式主義的イデオロギイ）と自我とが遊離して肉離れをおこします。

僕、現在、君が苦しんでいるような峠は越えたつもりです。あの文学学校時代の僕の混乱（と敢て書くのですが）あの中で僕はリアリズムを完成して、僕の行くべき道を発見したのです。君も文化英雄になどならず文学者という一字一字書いて生きている泥亀になって下さい。なれないのですか。

正直で律儀な君を愛します。しかし、その正直を律儀を誠実さを文学の中にもちこむことができないのですか。

勝負は作品による以外にありません。

とにかく以上のように書きましたが、それとも文化実践のなかで、僕よりももっといい文学観をつかんだという自信があるのならば、それを作品として表現してみて下さい。

僕はこれからも市民インテリゲンチャの位置で（当然のこの歴史的位置で）仕事をすすめてゆくのですが、下手に労働者ぶらぬことは肝要です。その意味からいえば政治の方がずっと単純に変身できること。文学の世界ではああいう実践以上にもっと底の深い自我の位置があること。その辺をよく考えて下さい。川崎市民というものを軽蔑すること勿れです。リアリズムの連中の殆どが小市民であること。その出身階級を忘れて労働者主義、政治主義になったのでは嘘の言えない文学は空虚になります。リアリズムの殆どの人々はみな小市民なのです。そして小市民も階級的自覚と民主主義で前進できるし前進するということ。どうかその辺のことも反省して下さい。

以上です。一筆しました。見ていられないのです。リアリズム研究会を再建しなければ、もうあの集団も終わるでしょう。

一月二十三日　　　山岸外史

小林　勇様

この少し前、中国で文化大革命が起こり、新日本文学会の混乱があり、私も川崎市内の文学活動家の個別工作に参加させられた後、日本民主主義文学同盟ができ、川崎でも、横浜を含めた京浜でも、京浜の文学活動家の意見も聞かずに「同盟」など作ったことの批判があった。私もその渦中で、地方の文学活動家に意見も聞かずに、上から「何かを作り、壊す」非民主的決め方には不満を持っていた。

その頃、県立川崎図書館で行われた文学界の同人雑誌評を評論家の講演要旨が図書館の月報に掲載された。そのことについて、「現在」という私も所属した同人誌に、かなり激越な論調でその講演要旨を批判した小論を書いた。その私の小論の幼稚な政治主義的批判を、先生から批判された手紙である。

「勝負は作品による以外にありません」

そのような小児病的政治主義は、リアリズム研究会のメンバー共通のものであった。先生はその小児病的政治主義的文学観に対して、また共通して作品のレベルも小児的レベルを越えないもどかしさに、我慢ならなかったのであったと思う。だから勝負は作品による以外にありません。

「作品で勝負しろ」は私にとって虚を突かれた痛い叱責であった。私の「三者統一」も内容は文学を削って政治に奉仕することで統一などではなかった。語呂合わせの虚言に等しかった。もっとも文学を軽視したまやかしであった。

五十五、「バラの本」はがき第四十三号

川崎市生田月見台二〇〇四ノ一
　小林　勇様
東京都世田谷区梅丘二ノ一九五五
　山岸外史
消印　昭和三十八（一九六三）年七月三十一日

拝啓
　昨夜はご馳走さまでした。さて本日、原稿を書いている間に、ふといつぞや奥さんにお貸ししたバラの本のことを思い出しました。バラについて書いていたからです。「美しい結婚」の一部分なのです。あの本はわりと大切にしているので、こんど機会のあったときでいいですから、ご返却下さい。ふと思い出しました。

　その半年後の先生からの葉書である。『美しい結婚』の一部分」と書かれていることで、先生はバラの本にかこつけて、女房の味方、女房に肩を持ったなと思った葉書である。こんなハガキは破棄したい私の恥部であったが、真実を追求する「リアリズム」であるので、自己暴露しないわけにはいかない。

五十六、「愛情という課題」はがき第四十四号

川崎市生田月見台二〇〇四ノ一
　小林　勇様
東京都世田谷区梅丘二ノ一九五五
　山岸外史
消印　昭和三十八（一九六三）年十二月二十四日

拝啓
なぜ、ぼくがあんな役廻りになったのか。それについてしみじみ考えました。(ぼくはぼくの性格について、ぼくの性癖について、ぼくの夢についてさえ反省しました。)
しかし一方、ぼくはあなたを卑劣だと思いました。イクジナシだと思いました。それでなければトカトントンの刹那主義。ニヒリズムを踏まえている刹那主義だと思いました。これでは一方の問題についても疑問が出てくるようです。なお成熟してないのではないのか。君、「永遠の科学者よ」などと考えました。すべてカナシイことです。
愛情という課題の深刻さについて、僕は君同様に考えないわけにはゆきませんでした。ぼくは「自我の確立」をさらに強めたいと思っています。もう一度。席を改めて話し合ってみたいものです。

五十七、「愛情という課題」はがき第四十五号

川崎市生田月見台二〇〇四ノ一
小林　勇様
東京都世田谷区梅丘二ノ一九五五
山岸外史
消印　昭和三十八（一九六三）年十二月二十八日

拝復

なかなかいい手紙でした。面白くもありました。分析もゆき届いていていると思いました。そういう「自我」がそのままつかまれていると思います。ことに前半部は大変いいと思いました。「近代的自我」はそれ自体が分裂していると思うのですが、諸ファクターの反映で諸次元の課題が集約的にコンセントレイトするからでしょう。ムロン言い方によっては精神分裂ですが（知性）あるいは科学意識が考え方をロジカジーレンしているからだとも思います。しかしそれでは人間的感性の主体が成立しないと思います。知性化現象だけでは精神科学に終始して生活の単純な母胎である「生命主観」が否定されるからです。柳は緑、花は紅、ではないでしょうか。色即是空。されど空即是色ではないでしょうか。それがなくては、「文学的主体」も成立しないでしょう。（これは修正主義ではありませんよ。）

専門分野における自我の確立を修正主義と考えるのは、そして個性の確立まで修正主義などと考えるのは個性を持たない常識派の言い分だし、政治的革命のみに革命を考えている政治主義者の言い分です。原則しかわからない人です。ついでにプロスチチュートのことについていえば、現在の僕はそんなことはないし、過去だって、性を誤魔化すために買いに行ったことはありません。その辺のところもアナタにまだわかっていないようです。ムロン、対女性の課題は、それ自体としては解決すべきであるというアナタの意見には同感であります。

――しかし、お手紙で安心しました。やっぱりシンパイでした。

もう五十年前、半世紀前の真面目な「愛情の課題」であって旧悪だとは思っていません。私にとって真剣な「愛情の課題」であったことに間違いはありません。しかし、この問題は、人間の半生で、つまずいたり、迷ったりしたことを恥と考えると、真直ぐまともに生きた無謬主義の人から考えると「恥部」になります。

逆に考えると「無謬」主義にはどこか「恥部を隠した虚偽」が見え隠れします。「リアリズム」は陰日向、嘘誠、どちらも真実です。善と悪は、一定の倫理観、道徳観に基づいて判断されますがリアリズムではどちらも真実であることで明らかにします。リアリズムでは善も悪も真実に違いありません。悪を隠し、善だけを装うことはリアリズムではありません。愛情の課題も善悪で捉えないで、リアリズムで真実を追求する。人を愛することはリアリズムでは苦しいことだと思います。苦しいことが恥部だと言っても好いと思います。

半世紀たっても「愛情の課題」は、個人的問題でありながら、周辺にかかわりを持つ問題だけに、リアリズムであっても、プライバシーの問題があり、周辺のプライバシーを配慮することも無視できないので、リアリズムとプライバシーの限界で詳細は伏せることにします。

五十八、「『雪国の記録』を書き始める」はがき第四十六号

川崎市生田月見台二〇〇四ノ一
小林　勇様
東京都世田谷区梅丘二ノ一九五五
山岸外史
消印　昭和三十九（一九六三）年一月六日

賀　春

元旦

北国の空の色　いと暗けれど
やがて春くる日には
ひとら　太陽を楽しまん

外史

戦中、言論弾圧で筆を折り山形県米沢へ疎開「雪国の記録」への思い入れ

戦中、軍国主義時代の日本には陸軍情報局があって、現在では考えられないことだが、軍国主義権力によって、国民の権利の中から「プライバシー」は完全に剥奪されていた。

絶対的権力で著作を検閲し、天皇制批判は勿論、戦争批判、敵国米英仏ソ中国を賛美迎合する文章は、「非国民」として執筆停止、削除、訂正、発禁を一方的強制的に行っていた。山岸外史の『日本武尊』は皇室の尊厳に対する冒涜の箇所があるとして情報局に呼び出され、数ヶ所にわたって削除訂正を命じられ、昭和十八《一九四三》年アッツ島で玉砕した年少詩人三田循司《東大国文科昭和十六年卒、翌年二月召集、昭和十八（一九四三）年五月アッツ島で玉砕、太宰 治「散華」のモデル》の最後の書簡「明日は出陣である。目下、極烈に死ぬべく準備中」をモチーフにした山岸外史の「北極星」は発禁にされた。

山岸外史は、太平洋戦争中最後の著作となった『ロダン論』を書いて、昭和十九（一九四四）年三月、山形県米沢市に疎開した。『人間太宰治』のなかで、

「戦時中、ぼくは二、三冊、発禁や訂正というのを食らっている。ぼくは、東條という男にひどく腹をたてたものだが、喧嘩もできず、ペンを折って疎開したのである」

現阿部内閣が「秘密保護法」を強行したことに対する危機感は、このような軍国主義時代の陸軍情報局の「言論弾圧」の危機意識を想起させたからである。

先生は、『人間太宰治』を出した後、この年賀状では、戦時中米沢で雪国の厳しい農耕生活に明け暮れた疎開時代を作品化するために「雪国の記録」に取り組んでいる決意を年頭の辞として、私に送ってきた。

『ロダン論』と山岸リアリズム

昭和十八（一九四三）年三月、このような軍国主義権力が欧米を敵国とする風潮の中で、敢然として西欧の彫刻家ロダンと取り組む山岸外史の情熱は高く評価されるべきであった。例えば、ロダンを代表する「考える人」は通常この有名なポーズをとる男は詩人だといわれているが、山岸外史は、

「たとえてみると、この労働者に似た男は、家で不義を働いた女房を片付けてやろうとでも考えながら、岩に腰を下ろして下唇を噛んでいる間に、はっきり決断が付いた、と書いてもよいような……」

日本浪漫派の佐藤佐喜雄をして、この山岸外史の「考える人」評を「尖鋭の奇想家」と言わしめた。外史は醜老女像（美しかりしオーミエール）について、

「醜老女像（美しかりしオーミエール）に殊に特徴的に見られる、醜悪を存在として完成した現実派、現実の醜悪さをそのまま青銅に定着させたロダン彫刻の、厳しさと美しさであった。同時に、著者の眼は人間ロダンの多面的な心理内面——自嘲、怠慢、懈怠、憂鬱、苦悩、虚無等——を掘り下げずにはおかない、そうして、ロダンの芸術を次のように結論付ける」（佐藤佐喜雄）

「ロダンは革命児として、確かにそれ以前の人間が思いもつかなかった泥臭いこと、人間内面の醜悪性、現実の虚しさなどに就いて、最も無遠慮な表現を敢えてした作家である。これが、また、ロダンの現実主義（リアリズム）であった」

ここから山岸外史は『ロダンとその醜学』について語ることが多くなった。昭和四十六

（一九七二）年十月号の「禽獣・虫魚・草木」（四季・第十一号）に、「そして戦前のことだが（詳しく書くと戦時中のことになるが）私はロダン論を一冊書くことによって、初めて美学でなく醜学というものを立てることになった。今日でもなかなかいい着想だと思っているが、つまり私の美意識史からいって古典学（クラシズム）や浪漫派（ロマンティシズム）から現実学（リアリズム）への転化がこの時期におこってきたわけである。私にとって彫刻家ロダンは、まさしくこの『リアリズム』の入り口に立って、醜の現実をリアールに愛した彫刻家になるわけである」

山岸外史は「醜悪の美」のほかにも「未完成の美」についても多く書いている。私も前述したが、個々の既成概念による善悪によって善と悪とに分けられる以前に、善以前の真実、悪以前の真実がある。その真実こそがリアリズムであるといったが、山岸外史のロダンの現実主義（リアリズム）とほぼ同様と考えている。やはり前掲した「俺は信心したんだ」もロダンの『醜老女像（美しかりしオーミエール）に殊に特徴的に見られる、醜悪を存在として完成した現実派』に通ずるものがあると思っている。その際、山岸外史から「文章表現について」指摘されたが、私としては敢て「文章表現についても醜悪美」を意識的に試みたつもりであった。そのことについては論じ合ってはいない。私の傲慢があったかも知れない。

五十九、「文学を軽視するな・リアリズム研究会の諸君・自我を見つめよ」封書第十一号

川崎市生田月見台二〇〇四ノ一
小林　勇様
東京都世田谷区梅丘二ノ一九五五
山岸外史
消印　昭和三十八（一九六三）年一月二十三日

拝啓
どうも近頃の君の在り方。心配でなりません。あの論文はあれでいいのですが。しかし「書き手」としてのあなたの場と位置、そして性格の形成について疑問がありますね。
弁証の途次なのでことに現在その苦悩のあるところは解るのですが、文学を甘くみてはいけないと思います。文学は文学で政治以上の要素をもっているその要点のつかみ方不足ありと見ています。なにを言ってもまだ解って貰えないのですが、だいたい「リアリズム」（研究会）の連中を含めて文学に対する態度も観念もいい加減なことじつに不甲斐なく思っています。ここに僕の真情があります。

一度会合して悪罵のかぎりをつくしたいとおもっています。

人間は歴史の中にいるものです。時代の中にいるものです。それぞれに階級とその経過を客観としてもっているのです。

僕には僕としてのそれがあり、僕はその客観に準拠しそこに腰を下ろしてさらに僕の歴史を発展的に考えているのです。イデオロギイ以前の自己の歴史とその所在を謙虚に考えてそのはるかに遅れて実在実存している自我（イデオロギイはすべてそういう実存実在より現象的にはるかに進んでしまうものですが、それではなく実在実存している過去の累積としての自我）そこに文学上の拠点をおかねばならず枝も葉も生ぜず花も咲かず実もできません。

もっと、謙虚に「偽り得ざる自我」を凝視めて下さい　そこによく位置を占めて作品をつくって下さい。他人に注文をつけるその注文を自分につけたら、君自身だって身動きできなくなるでしょう。

ことに小市民が労働者かぶれすると仕事は全く混乱しイデオロギイ（形式的イデオロギイと）自我とが遊離して肉ばなれをおこします。

僕、現在、君が苦しんでいるような峠は越えたつもりです。あの文学学校時代の僕の混乱（と敢て書くのですが）あの中で僕はリアリズムを完成して、僕の行くべき道を発見したのです。君も文化英雄などにならず、文学者という一字一字書いて生きている泥亀になって下さい。なれないのですか。

正直で律儀な君を愛します。しかし、その正直さを律儀を誠実さを文学の中に持ち込むことができないのですか。

勝負は作品による以外にありません。

とにかく以上のように書きましたが、それとも文化実践のなかで、僕よりもっといい文学観をつかんだという自信があるというならば、それを作品として表現してみて下さい。

僕はこれからも市民インテリゲンチャの位置で（当然のこの歴史的位置で）仕事をすすめてゆくつもりですが、下手に労働者ぶらぬことは肝要です。その意味からいえば政治の方がずっと単純に変身できること。文学の世界ではああいう実践以上にもっと底の深い自我の位置があること。その辺をよく考えて下さい。川崎市民というものを軽蔑すること勿れです。リアリズム研究会の連中の殆どが小市民であること。その出身階級を忘れて労働者主義、党員主義になったのでは嘘の言えない文学は空虚になります。リアリズム研究会の殆どの人々はみな小市民なのです。そして小市民も下級的自覚と民主主義で前進できるし前進するということ。どうかその辺のことも反省して下さい。

以上一筆しました。見ていられないのです。リアリズム研究会を再建しなければ、あの集団も終わるでしょう。

一月二十三日　　　　　　山岸外史

小林　勇様

先日は歌（軍歌か）を唄ったことは旧態依然の僕として自己批判しました。今年は禁酒。新しい姿勢で前進します。仕事だけに生きます。

五十一年前の「封書」リアリズム研究会の、新年宴会後の先生からの叱責と、私の書いた「あの論文」についての手厳しい苦言である。

私が文学について「論文」など書いた記憶もないが、この手紙を拝読して思い起こすのは、この頃、私の周辺に文学指向の青年で地元出身者でなく、川崎南部工業地帯で働いてもいない、三池炭鉱を首切られたり、自衛隊上りのサラリーマンや、小さな貿易商社で働き、川崎をベッドタウンにしているサラリーマンが集まって、「現在」という同人誌を作っていたことがあった。

その頃、神奈川県立川崎図書館の機関誌に、名前を忘れたが某評論家が文芸時評の講演をやった梗概が掲載されていたその小論に対する「反論」を書いたことがあったことを思い出した。地元川崎の文学事情を語ったことに対するかなり「知りもしねえくせに」と地元で文学活動をしている者として、腹に据えかねた過激な論調で反論したものだった記憶がある。今考えると、読みなおす気にもなれない乱暴な論調だったと思う。先生から苦言を受ける価値もない、むしろ感情的な罵倒調の文章なので、先生の手厳しさは当然と受け止めている。もう私の書いたことを消し去りたい文章である。多分、「現在」は廃棄して保存してないので、もう目にすることもないと思っている。

昭和三十八（一九六三）年と言うと、私は、川崎市内小学校の学校給食の食中毒事件の原因追究の細菌検策で、国立衛生研究所も同定した「ＭＳＡ脱脂粉乳の病原大腸菌汚染による集団食中毒と確定」したことに対し、市行政当局がアメリカ占領軍ＧＨＱを配慮して、科学的根拠もなく「烏賊の煮付けによる嫌気性菌食中毒と改竄した」ことに抗議したため、強制的懲罰異動をさせられた年である。一ヶ月間異動反対阻止の抗議をした後、ＧＨＱに屈した当局に抗議する周辺の支援もなく、川崎最北端の木造ぼろ保健所の配所に異動させられて、隠忍自重、しかし、嵐を待つ昇天の龍のごとく、憤懣やるかたない鬱屈とした闘志を燃やしていた時期でもあった。

そして昭和四十（一九六五）年四月「水道法基準が改正され」上水道の水質基準が「メチレンブルー活性物質(合成洗剤汚染)0.5ｐｐｍ以下」(十年後に「0.1ｐｐｍ以下」に改正」)と定められたが、この濃度は淡水生物の生存に影響を及ぼす濃度であっても、あくまで河川に泡が立たない濃度の基準で消費者国民を馬鹿にしたものであったが、公けに水道法水質基準として定められたことで、東横線東京と川崎の境を流れる多摩川鉄橋下の合成洗剤を公然とメチレンブルー法で合成洗剤汚染を調査できるようになった。

私は保健所にいた後輩薬剤師に呼びかけ、多摩川の泡公害と大都市川崎にありながら上水道普及率60％と遅れた保健所管内の井戸水を、毎月検査することの協力を呼びかけた。

メチレンブルー法の検査は、古い壊れた光電比色計を自前で修理し、使えるようにした。これが私の「洗剤汚染調査」の始まりであった。五年間の調査結果を京都の日本公衆衛生学会へ後輩が代表して発表して、それが我が国最初の系統的洗剤汚染調査と分かった。そして私が朝日新聞の「人」に取り上げられることになった。

しかし、その私と『リアリズム文学研究会』の現状を見て、先生が持っていた期待と絶望がにじみ出ていて、そのことに関しては私も痛恨の極みである。五十年経ち、多くの人は亡くなったが、民主文学の茂木文子一人が作家として残っただけである。私は、自然科学者として「洗剤汚染」の科学的闘争で多少業績を上げたが、文学からは逃亡してしまったに等しい。先生の心情察するに余りあるのみである。

六十、「考えてみると、落ち着くところへ落ち着いた『クイトナヤムヒ』」はがき第四十七号

> 川崎市生田月見台二〇〇四ノ一
> 小林　勇様
> 東京都世田谷区梅丘二ノ一九五五
> 山岸外史
> 消印　昭和三十九（一九六四）年六月六日

拝啓
先日はどうも酔ってしっけいしました。甘えていかんと思っています。じつはあれからすぐ東イクタ（現小田急線、生田駅）までいったのですが、とうとうあなたのところが発見できず、四、五十分歩き回ったあとで帰りました。全く変わってしまって見当がつきませんでした。泥酔のせいもあります。不覚なことでした。それから例のスクラップブックあなたが持っていったのですね。大切にして下さい。とにかくむかしと違って小生には新しい証明書が要るからです。ご返却下さい。
奥さんに対してヒドク無礼になっている小生。いかに君のためだったとは言いながら、これはヒドイコトでした。小生、自分が懲りました。しかし考えてみると……落ち着くところに落ち着いたのでしょう「クイトナヤムヒ」哀れ旅人はいつかは心やすらわんです。
あの討論の続きはすでに一冊にするつもりで書いています。

私の、いわゆる愛情問題、五十年前、結婚してすぐの問題です。

「『クイトナヤムヒ』哀れ旅人はいつかは心やすらわんです」

と、先生からの、慰めと、教訓と激励。半世紀経って、八十七歳の老いぼれになっても、心痛む古傷である。

六十一、「還暦祝いへ来てください」はがき第四十八号

川崎市生田月見台二〇〇四ノ一
　小林　勇様
東京都世田谷区梅丘二ノ一九五五
　山岸外史
消印　昭和三十九（一九六四）年七月二十二日

拝啓
　小生の還暦祝いがあるそうです。〈「青い花」主催でとつぜんのことなのです〉小生あわててリアリズム研究会と連絡をとってとにかく、彼らに来て貰うことにしました。三十人ほどの集会となるでしょう。

　とき　七月三十日午後七時。

　ところ　小田急経堂駅前「元禄茶屋」の由。

出来たらきて下さい。甚だ突然なのですが。


　私は、突然のことでもあったし、「『クイトナヤムヒ』哀れ旅人いつかは心やすらわんです」で、猛烈に心に傷ついていた日々、落ち込んでいた時期でもあってか、出席もしていなかったが、この葉書を発見するまで、先生の還暦祝いに呼ばれたことも、忘れていた。

六十二、「小生酒中止にしました。乱酔が厭になり切りました」はがき第四十九号

川崎市生田月見台二〇〇四ノ一
小林　勇様
東京都世田谷区梅丘二ノ一九五五
山岸外史
消印　昭和三十九（一九六四）年十月六日

拝啓
御通知拝受しました。しかし丁度、仕事で少々苦吟中（どうも生理変形がおこっているらしいのです）そのうえリアリズム（研究会）の連中が会合するとのことですからその日一日出席ということにして下さい。〈小生酒中止にしました。乱酔が厭になり切りました〉
なかなか思うように時間が使えません。以上一筆しました。

この前後のこと、あまり記憶もありませんが、毎度のことと言えば、そうにもなるのだが、先生が泥酔の末、落ち込んだ「クイトナヤムヒ」だったんではないだろうか。

六十三、「文化活動家より文学者たれ」はがき第五十号

川崎市生田月見台二〇〇四ノ一
　小林　勇様
東京都世田谷区梅丘二ノ一九五五
　山岸外史
消印　昭和四十（一九六五）年

拝啓
　あのときはやはり酒が少々はいっていたせいでしょうか。翌朝考えてみると、「文化運動の件」やはり決して楽にはできないのだと思いました。第一あなたの立場がまだ条件として不明です。僕としてみれば（当然身贔屓に考えて）まず作品行為者としてのあなたを確立したいと思っています。その中心課題が正確にひとつないとズルズルになるのにきまっています、あなたの作品中心主義の決意がどうも弱く、そこに政治・文化がゴマ化し的に入ってきたのでは文化運動なるものの方向が決定できないでしょう。
　それも自分を例によってギセイにして政治主義・文化主義にはいりますか。（僕はもう文化運動はやりません。文化運動主義者の文化運動はやりません。ぼくは徹底し

て文学者として、それを中心に生き直しているのですから）そしてその角度からの文化運動ならお手伝いできると思っていたのですが、もう一度あなた自身の「性格」が聞きたいと思います。決意を聞きたいと思います。川崎中心にやれば大運動になってしまうので、ぼくにしても油断はできません。（文化と文学の差別をどう考えていますか）文学学校を始めたときは命がけでした。（文学は捨てたのでした。）

いろいろでてきます。手軽に始めれば当然手軽に終わるものです。案は十分に練らなければなりません。君の新しい位置と形態は？

手渡しの前便葉書の続き

別の面のヒント
① 文学愛好者の結集は可能か
② 各工場、会社・文化部長との話し合い（各工場会社文化部横の連繋づくり）中心課題はなにか？
③ ポスター・チラシ等による宣伝
④ 川崎市の今日の文化状況（集会の数、性格、課題、名称）
⑤ 文化の定義（闘争綱領として）
⑥ 教室？　学校？

この葉書についての私の記憶はもうなくなっています。この葉書から当時を顧みると、よほど先生には、私が政治、文学、自然科学活動で、気持ちの動揺が激しく、見てはいられない状況が現れていたのであろうと思います。先生にとっては、政治と文学の活動の矛盾に追い詰められ、先生は政治から離れ、文学に全身を寄せる決意をしたばかりだったと思います。その眼から見ると、政治から離れられない私の曖昧さが見ていられなかったのだろうと思います。私は「政治・文学・自然科学の三位一体」と言いながら、内容の曖昧な言葉のレトリックの霧の中に逃げ込んでいるとしか見えなかったのだろうと思います。

その私の文学のなかで文学創作の成果は出ず、「かわさき文学賞」のような文化活動（文学者結集活動）に依拠していくつもりかと、私に切り込んできたのがこの葉書であったと思えます。しかし、具体的六項目を突き付けられると、そこまで深く考えてはいなかったし、逃れない政治活動の言い逃れとして、申し訳に「文学・文化活動」を入れて、逃げ回っていた、一九六〇年代の「自然科学活動」は環境破壊、公害として差し迫った科学者活動の尻に火が付いた状況であった。文学一辺倒の先生にすれば、私に「文学」からそれも文化活動家ではなく、「文学者」として創作活動に腰を据えろと言っていたのである。極端に言えば「自然科学活動」なんてのもやめろと言いたいのであろうと推測できるのであった。この十年後、洗剤汚染調査で自然科学者として業績を上げ、学会からも環境行政からも認められた時には、かわさき文学賞選者の八木義徳先生からも、

「君には、プロ作家を目指す野望や望みはないのか」

と、問い詰められ、私は、きっぱり、

「プロ作家になるつもりはありません。自然科学者として生活できる道はできましたので、文学は自分自身を確かめる心のよりどころとするための手段として書き続けたい」

とやっと腹が決まったわけであるから、この時代は政治活動に追い回され、組合活動に追い回され、やっと文学活動は顔を出す程度、自然科学活動は人目を忍んで、できた程度で、「政治と文学と自然科学の活動の統一」などといえたものではなかった。政治活動に引き回されていた日常であった。

六十四、「君の労働者主義・労働者階級主義に疑問あり」はがき第五十一号

川崎市生田月見台二〇〇四ノ一 　小林　勇様 東京都世田谷区梅丘二ノ一九五五 　山岸外史 消印　昭和四十（一九六五）年四月二十八日

拝啓

あなたには労働者主義、あるいは労働者階級主義があるのではないでしょうか。レー

ニンもいっていますが「労働階級の意識の位置まで下がるのではなく、彼らの意識を向上させるところに前衛の意味がある」のだと。前衛であるということが、すでにインテリであることだと思います。どうか、インテリとして勉強して下さい。労働階級より一歩上の意識なしに、その指導ができるでしょうか。一発！

あなたの精神の二重性を揚棄して下さい。あなた自身を確立して下さい。そしてそこに「文学」はあるのです。「社会と自我」「社会と人間」文化運動については、さらに考えましょう。

敬具

私の周辺には、思想、政治、哲学の理論家がいなかったためもあったが、私も自然科学出身で、思想・哲学・政治の基礎的教育はすべて独学であったし、いわば我流であった弱点を知っていた。まもなく、独学で自分流に経験と実践のなかで、身に着けてきたもので、哲学科出身の先生からは、このような私の認識上の間違いはよく指摘されていた。特に川崎という近代的工場の労働者のなかの政治活動では、労働組合も「労働者階級独裁意識」の雰囲気は強く、我々地方公務員は「ホワイトカラー」には中国共産党張りに下放的な意味で「労働者的に鍛え直せ」的なものが強かった。文学活動でも「労働者文学優先」的なものが常に多数派で、労働者階級奉仕的政治活動が濃厚であった。

私の中に「労働者主義、あるいは労働者階級主義」がコンプレックスとしてあったのは、指摘された通りであった。具体的な文化活動の六項目などやるには、まだ位負けしている時期で、私には洗剤汚染調査の自然科学者活動が適任であった。政治活動家より、文化活動家より文学者たれ。の叱責と示唆を受け止めるほどの腹はなかった。

六十五、「被害者意識」はがき第五十二号

> 川崎市生田月見台二〇〇四ノ一
> 小林　勇様
> 東京都世田谷区梅丘二ノ一九五五
> 山岸外史
> 消印　昭和四十（一九六五）年五月四日

（ちょうど手持ちのハガキを切らしているので、早急にこんなふうに使うことを許して下さい）

さて小生は、「被害者意識」のあることを感じとられたようですが、これも相互理解への一歩前進として歓迎するところです。小生は田舎の生活時代（山形の疎開先）、じつに政治党員によってそうとうな被害をうけているからです。彼は口先だけは民主戦線などといいながらすこしも民主的ではなく、文学の戦線については全く分かっていなかったのです。帰京後もその形は継続し小生は正直でしたから全く書けなくなり

ました。ムロン小生の方にも欠陥はあったわけですが、政治家と文学者とは生理も性格も全く違ったものだということが今日の小生の意見です。口先だけの政治的原則論で文学者を扱うのでは困ります。そんなことでおそらく入党以来の痛手を整理しつつあるのも小生の今日の仕事です。清算という言葉をどう考えるかは別として、大いに清算しなければなりません。清い算術でもいいでしょうか。僕は僕として「徹底する」方向をとっています。それなしに生きていけません。

僕は柳田さんのように啓蒙家になりたくありません。創作は啓蒙の仕事ではないからです。（表現衝動は啓蒙衝動とは全くちがいます）僕はただし真実を追及し事実を探求して写実表現したいと思っています。（いま漸くそんなところですが、芸術の世界にもっと入ってゆきたいという衝動と欲望をもって生きているのです）

先ず大体以上のようなところですが、さらに討論の機会を作りたいものです。

被害者意識には、戦前戦中に受けた「軍国主義政府」から受けた被害と、戦後の政治活動の中から受けた、政治活動からの文学者として受けた被害があったと思います。質的には全く違いますが、受けた屈辱感となると、混乱します。そして先生は文面通り「全く書けなくなった」のでした。

「政治家と文学者とは生理も性格も全く違ったものだということが今日の小生の意見です。口先だけの政治的原則論で文学者を扱うのでは困ります。そんなことでおそらく入党以来の痛手を整理しつつあるのも小生の今日の仕事です。」

専門外の人からすると解らないかもしれませんが、同じ経験を重ねてきた私には身に沁みて解ります。被害者を越えて屈辱的だと言っても好いと思います。政治活動家が自然科学者に対する「口先だけの政治的原則論支配」にも共通していますが、文学者は扱う分野が精神心理、思想哲学を主義主張を超えて思考し操作することに直接かかわるので、微細な神経の繊細さを要求されるところに、巨大な電気ハンマーのような政治的原則論支配は、矛盾だらけの一面を持っていることも事実だと思います。

政治活動家には、そのような神経は不要か邪魔かも知れません。また、繊細な神経過敏な文学者には不得意な、政治的妥協を大胆にする政治変革のための決断力は政治家には必要かもしれませんが。このように政治的価値と文学的価値の間には妥協できない矛盾もあると思います。私も、もう八十八歳、誰にも影響がない年齢になったので、体験的に断言できます。ですから山岸先生の被害者意識の苦痛と屈辱は骨身に沁みて解ります。

だから政党は命を懸けて軍国政治に抵抗し、戦後政治を民主化することに挑み、政治と文学活動を統一的に貫いた中野重治のような文学者でも「除名」することが出来るのだと思います。

六十六、「先生にお願い」（小林 勇の手紙）

東京都世田谷区梅丘二ノ一九五五
山岸外史様
川崎市生田月見台二〇〇四ノ一
小林　勇
昭和四十（一九六五）年八月四日

大変ご無沙汰をしております。

選挙・原水禁・組合選挙と、あっという間に四ヶ月が過ぎてゆきます。先生には、ご無沙汰はいたしてもご健勝のことと拝察申し上げます。お仕事の方は進んでおられますでしょうかお伺い申し上げます。暑い日が続いております奥様は如何お過ごしでしょうか。推察申し上げます。

私こと、過労気味にて、疲れやすく、暇を見つけては眠っておりました。

今日のお願いは、日本鋼管川崎製鉄所労働組合の書記をしている詩人で、川崎の文学運動仲間の鈴木氏が太宰 治の弟子の別所直樹氏と親しく、別所氏も近くの登戸に住んでいることを知りました。そこで、山岸先生をお招きし、席を設け一献差し上げたいという話になり、さらに杉並か世田谷の高校教師で先生をご存知の方も近くに引越されていて、ぜひお会いしたいという話も加わり、私からぜひ先生にお出かけ下さるよう、託されました。

そのような経緯で、ご無理とは存じますが、『人間太宰治』を聞く集いという暑気払いを兼ねた一席を設けたいと存じますが、ぜひ、お出かけ頂けないでしょうか、お願い申し上げます。会場は拙宅か、鈴木氏宅にしたいと思っております。

先生のご都合、電話でお教え下さい。生田駅までお迎えに参上いたします。

職場――〇四四―八二―三一五七（高津保健所）

自宅――〇四四―九一―七八六一

私の都合は八月二十四、二十六、二十八日のうちいずれかにしていただくと幸いです。

ご返事お待ちしています。

奇跡的に、私が先生に手渡すつもりで書いたお願いの手紙が残っていて、手渡さずに、口頭か、電話でお願いできたかして、その手紙を捨てずに持っていたのだと思います。

先生からも追及されていた私の文学姿勢がこの手紙の冒頭から「選挙・原水禁・組合選挙」に追われて「政治活動優先」の姿が「私こと、過労気味にて、疲れやすく、暇を見つけては眠っており……」と、この当時の自分が、政治活動に全エネルギーをとられ、「政治・文学・自然科学者活動の三位一体」などできる現実がなかったことが暴露されていた。

この時の私のすべては政治活動に捧げられ、文学どころか、自然科学活動さえ手が回らない現実であったことが、この奇跡的に残った手紙に、記録されていたことが、嘘は言えない証拠として残ったことは自分自身にとっても貴重なものと思っている。これがリアリズムである。押し付けられ、消極的に政治に振り回されていたのかというと、必ずしもそうではない。社会的不平等、貧富格差の増大、低収入の臨時職員の増大する根源である資本主義を擁護する政治権力を、民主的政府で革新する政治課題こそ、文学活動や自然科学活動より優先する当面の課題であると確信していたからこそ、私の日常も政治活動に、ほぼ全面的に捧げていたからである。その純粋さがあったからこそ、文学も、自然科学活動も犠牲にできたわけである。

文学者である先生から見れば、かつての文学者仲間の多くが、文壇で活躍しているのに、その文学者の仕事も無視されて機械的に政治活動へ駆り出されることから生まれる「被害者意識」が、我々の文学活動のレベルでも政治から無視されていたことも事実であった。

六十七、「またも飲み疲れ、返事渋る」はがき第五十三号

速達
川崎市生田月見台二〇〇四ノ一
小林　勇様
東京都世田谷区梅丘二ノ一九五五
山岸外史
消印　昭和四十（一九六五）年八月二十一日

拝啓
どうも躰の調子がホントでないようです。飲み疲れなのですが、じつはその酒、こんどこそ止めようとおもっているのです、つい土曜の会合の延期を思います。二、三日不精で寝ておりハガキもおくれたのですが、もう会合延期するにはまにあいそうにもありませんけど。
……約束だ。……

六十八、「ご返事渋る」はがき第五十四号

速　達
川崎市生田月見台二〇〇四ノ一
　小林　勇様
東京都世田谷区梅丘二ノ一九五五
　山岸外史
消印　昭和四十（一九六五）年八月二十三日

拝復
よくわかりました。出席いたします。例の優柔不断の癖があって迷惑をかけました（今日いろいろの意味で大掃除、切り替え中なので、その不慣れもあったのですが、

どうやら性格改造）できたようです。

その点、あなたもよく解っているあれです。優しさ、弱さ。優柔不断。ヒューマニズム。老婆親切。老婆心。ダボ温情。これらは皆同義語（シノニム）だと考えていますが、さらに因子分析をかんがえています。

六十九、「酒は仇敵」はがき第五十五号

川崎市生田月見台二〇〇四ノ一
小林　勇様
東京都世田谷区梅丘二ノ一九五五
山岸外史
消印　昭和四十（一九六五）年八月三十一日

拝啓
僕はもう、「酒」については絶対に自信を持っていません。完全に「狂」だとおもっています。禁酒しようと考えているのにやはりなかなかそこに到達できません。ヒドク興奮しやすくなっている頭脳を感じています。じつに厄介なことであります。先日も迷惑をかけたことイケナイことでした。残念に思っていますが仕方ないことでした。

「酒」はまさに仇敵です。ご理解下さい。岩石のごとき意思を必要とします。「貧しき人々の群」をおいてきたのはざんねんでした。十七—十九歳でこれらの作品を書き得た百合子にいまさらのようですが感嘆したのでした。愛読していたところでした。熱が新しくでてきたところですいつもそれは言っていたつもりですが、この路線こそぼくにピッタリです。もう一度それを確信。いまに僕の言っていることがわかってもらえます。別所君は気に入りました。彼は体質をもっています。どうか鈴木君にもよろしく。

この一連の文面から、私からお願いして、近くに引っ越してきた詩人鈴木繁夫さん、そして別所直樹さんと歓談したことは記録として事実です。その上、山岸外史が悪酔いしたことも「酒は仇敵」と言いながら、酒に飲まれた自己批判のハガキで明確である。そして別所直樹氏の文学的体質を山岸外史が認めたほど観察交流できたことも事実であるが、私の記憶には、ほとんど残っていない。

それにもまして、別所氏、鈴木さんは山岸外史の傍若無人の泥酔ぶりに驚嘆したと思われただろうが、そのことも聞いていない。唖然として、なにも言えなかったのかも知れない。

七十、「禁酒二ヶ月、残念」はがき第五十六号

川崎市生田月見台二〇〇四ノ一
小林　勇様
東京都世田谷区梅丘二ノ一九五五
山岸外史
消印　昭和四十（一九六五）年十一月五日

拝啓
御来訪あった由。残念でした。
じつは酒をやめて二ヶ月になるのですが、小回数ながら失敗もある訳です。今度はあらかじめ一報してからお訪ね下さい。
仕事は懸命にやっています。例の失敗の会。思い出さないことにしています。

例の会のあと、先生をお訪ねしたが、お留守だったため、私に会えなくて残念というハガキである。「残念」にはいろいろのニュアンスがある。禁酒二ヶ月だが「小回数ながら失敗もある訳」と書いてもあり、私とその失敗を重ねたい含みも感じとれない訳ではない。「例の失敗の会。思い出さないことにしています」と書いているところから察すると、別所氏も鈴木さんもなにも言わないが、相当の泥酔ぶりだったのだろうか、残念ながら私の記憶からも消えている。

七十一、「君から略奪した万年筆」はがき第五十七号

川崎市生田月見台二〇〇四ノ一
小林　勇様
東京都世田谷区梅丘二ノ一九五五
山岸外史
消印　昭和四十一（一九六六）年七月二十日

拝啓
　君から（多少略奪気味に）貰った万年筆。使用し始めましたが、インクの入れ方がわからないので困りました。中身が無くなったらどうなるのか。教示ありたし。（どうもヒドク酔っていて、すぐあの万年筆に手を出した僕の第一ムードは、確かに「甘え」と反省しましたが、文章の書けない人に万年筆は不用という罰の無意識や意地悪等々あったかも知れません）ムードの分析はじつにムズカシイものです。自覚、半自覚、無自覚の意識作用（脳髄作用）があるからです。実存哲学の面白いところ。単純唯物論では形成主義になります。ところで人間不在の君の半ヶ年間の経過が聞きたいと思いました。僕は大いに楽しくその時間の計算をしていました。両頭蛇いずれの頭が実存かです。

僕も君も組織人。この規約は破れないのですが、ユックリ何もかもやってみて、できたら文章にしてみることだと思います。君が若い人であることがよくわかりました。こちらの方が急いでいたのかも知れません。

創作を書かない私に対して、「文章の書けない人に万年筆は不用という罰の無意識や意地悪等々あったかも知れません」と、私から万年筆を取り上げた先生の叱責が今になると、胸に沁み入ります。

七十二、「君も懸命にやっている」はがき第五十八号

> 川崎市生田月見台二〇〇四ノ一
> 　小林　勇様
> 東京都世田谷区梅丘三ノ一九五五
> 　山岸外史
> 消印　昭和四十一（一九六六）年十一月十一日

拝啓

君も懸命にやっている人間。僕も懸命にやっている人間。昨夜はその対比がでたの

で大変よかったと思います。いろいろの小差、異論は当然相互にあるのですが、なにかいいエネルギーがやってきたようです。川崎労働大衆のエネルギーがあなたの背後にあり、それとあなたの若さ、それと僕との対比があり、いいことはそれだったようです。さらに奮い立ちたいと思っております。とにかく〈リアリズム〉を深めて下さい。そしてその中の個。〈リアリズム〉は政治と文学共に共通の場を持っているのですから。ヤス子とても面白かったそうです。大衆の一人としての彼女がそれを証明しています。

万年筆を取り上げられてから四ヶ月後の葉書に、珍しくというより、奇跡的にも先生も私も、アルコールの入っていない素面での真面目な会話か議論かが、とても先生が気に入られて書いたはがきの様子でうかがえる。康子夫人も、このような師弟の真面目な雰囲気が気に入られたというより、安心感を持たれたのではないだろうか。

もう四十九年前の、一瞬のエピソードであるので、何を話したかは記憶にない。極めて残念である。先生の葉書も気に入られた会話の内容は書かずに、その雰囲気の良さだけを書かれている。極めて残念であるが、なぜかそのやさしさが何とも言えなく残った葉書である。

七十三、「君も懸命にやっている」はがき第五十九号

川崎市生田月見台二〇〇四ノ一
小林　勇様
東京都世田谷区梅丘二ノ一九五五
山岸外史
消印　昭和四十二（一九六七）年二月十三日

拝啓
あなたのいうことは全部そのとおりだと思います。政党とはそういうところだと思います。しかしそれは「意力」「意志」の面だけの拡大です。感性、感受性、感情という個が実在している筈です。この容認なしに文学はできません。（いかなる芸術もできません）個と個人主義とはちがうでしょう。とにかく作品で勝負ですね。いかに政治的観点からの理屈ばかりが合理的に設定されても「生きている人間の内容は、はるかに生きていて躍動しています」あなたはかなり機械的になってきていると思います。
今日の僕の文学はそれこそ未知な僕を発見しつつ「私」を定着することです。それこそ試験管を振っているようなものです。
君よ。力むこと勿れ。

この先生の葉書を見ると、昭和三年三月生まれの私が、昭和四十二年の三月で三十九歳になったところ、「四十男」であった。いわば常識的には男盛りになっていたにもかかわらず、このようにうろうろしていたのである。

十二歳で父親を亡くし、この時ばかりでなく、八十八歳になった今でも、私は大人の世界を知らない男である。いわゆる「世間知らず」である。嘘と誠をないまぜて、摩擦を少なく、許し合いながら、付き合い、歳相応に、分相応に世間体を保つ生き方ができないのである。知らないのである。だからおよそ世間離れした「政治と文学」「政治と自然科学」などに悩まされていたのである。そして山岸先生のような「政治と文学」の迷い道に入り込んだ風変わりな文学者だけに、話が通じていたのかも知れない。

その先生と私の間でも、働く現場の私、自然科学を日常の仕事にしている私とは、完全に話が通じないところもあり、解らないところを「酒」で埋めている。誤魔化していると言ってよいかもしれなかった。人間関係などというものは、完全に分かり合えなくたって、好いのである。「酒」で埋め合わせて、嘘を流すことも処世なのである。そこをなかなか許せないのも、お互い世間知らずの山岸外史と小林 勇の関係で、揶揄を入れて似非《えせ》「純粋主義」者、偽善者だったのかも知れなかった。

しかしこれも、事実、社会的に実在して、人間として、日本人として生活している実在なのである。大きく分ければ、社会的拗《す》ね者になるのかも知れないが、これでなければ生きていけないのだから仕方がない。これが二人の師弟のリアリズムだったのであった。

山岸外史の手紙に使われているわかるは「判る」であるが、自然科学出身の小林 勇は「解る」が馴染み深い。「判らせよう」とする山岸外史の意思が小林 勇には、中々「解らない」ことが、これも浮世かと、「酒」で濁らせているのかも知れない。

七十四、「無礼者!」はがき第六十号

川崎市生田月見台二〇〇四ノ一
　小林　勇様
東京都世田谷区梅丘二ノ一九五五
　山岸外史
消印　昭和四十二（一九六七）年四月四日

拝復
　君の手紙かなり無礼なところがあって、すぐ返事を書く気になりませんでした。君にはまだ僕がよく判っていないと思いました。但し僕の平成の対人的やり方に悪いところがあって、その点は考えるのですが、（つまりそれが「酒」とむすびつくところがよくない）しかし不潔なことを書くことは許されません。
　さてなにを書いたらいいのか。僕今日から「北国の記録」と再び取り組んでいるの

で、どうも心が自由でないのです。

七十五、「真我を再建」はがき第六十一号

川崎市生田月見台二〇〇四ノ一
小林　勇様
東京都世田谷区梅丘三ノ一九五五
山岸外史
消印　昭和四十二（一九六七）年四月八日

拝復
もうその時間は過ぎました。もとの軌道で進みましょう。
ところであなたの手紙の文面のなかで「日本の民主的文学者が苦しんでいるのを生々しく知りました」僕はこれが非常に嬉しかった。この認識、この感覚の上に立たないと、今日の我々の文学の「どん底」は判りません。
真我（真の自我）を再建しようじゃありませんか。その仕事の確認なしに、今日の我々の文学は進めがたいと思っています。昨日沼倉夫妻がきて、少しのみました。海を見にゆきますか。

先生から、無礼者！　「君はまだ僕がよく判っていない」と早速葉書がきていた。私には「解った」つもりでも先生は「判った」と認めないのである。「解った」「判ってない」の違いは、最後まで続いたのかも知れない。「判った」が文学的認識で、「解った」が科学的認識であるともいえないが、どうも「山岸外史と小林勇」、「先生と私」の関係には「解った」「判ってない」の認識上の行き違いが最後まであったかも知れなかった。

実際、私は文章表現に「解った」を使うが「判った」は使わない。「解った」は「理解した」であって、「判った」は「判断した」という意に通じて、私には馴染まない。

『日本の民主主義文学者が苦しんでいる』。先生も私も、「文学をやっている奴で『苦悩』のない奴はいない」と認識していることは、確認したことはなくても当たり前と思っている。むしろ「苦悩のない文学者は文学者にあらず」「似非《えせ》文学者」だと思っている。だから苦悩の塊のような太宰 治が好きなのである。「太宰の苦悩の文学」が好きなのである。

苦悩を紛らわすためだけに飲むわけではないが、少々は酔いが苦悩を紛らわしてくれるのも事実である。これもリアリズムである。

七十六、「『いい真我』『平成の自我』を形成せよ」はがき第六十二号

川崎市生田月見台二〇〇四ノ一
小林　勇様

東京都世田谷区梅丘二ノ一九五五
山岸外史
消印　昭和四十二（一九六七）年十二月十二日

拝啓
とつぜんに夜中に訪れて失敬しました。仕事には精を出しているのですが、例の酒癖、忽然として現れ、自分で手を焼きます。（回数はかなり減っているのですが）手数をかけました。あなたの近況解りましたが、ゆっくりと「いい自我」「平生の自我」を形成して下さい。奥さんにどうかよろしくお伝えください。

「あなたの近況解りました」と書かれて、私のことは「判った」のではなく「解った」ようであった。それはまだ私の自我の形成について、「解った」が「判った」に至らないということかも知れなかった。それはどういうことか、個人的感情まで入れた極めて個性的認識問題で、私には計り知れないことであった。

七十七、「内心如夜叉」はがき第六十三号

川崎市生田月見台二〇〇四ノ一

小林　勇様
東京都世田谷区梅丘二ノ一九五五
山岸外史
消印　昭和四十三（一九六八）年一月十日

迎春

元旦

山岸外史

七日の集会は、ホントに楽しく思いました。「内心如夜叉」ここに文学の秘訣があると思ったのです。その表現に。

昭和四十三（一九六八）年の葉書は、この年賀状一通だけになっている。なぜか振り返っても四十七年も前のことで、記憶に定かではない。

この年長男の力が生まれた年で、子育てで、乳児保育園やら、私共共働き夫婦はその手続きなど何しろ、妻が妊娠し出産できなかったことから十年目の男の子だったから、大騒ぎしたことは覚えているが、それは昭和四十三年一月十八日の力（長男）の誕生日の記憶であって、先生からの年賀状の記憶ではない。

このあたりの年代の記憶では、昭和四十（一九六五）年から水道法基準の一部改正があって、「メチレンブルー活性物質0.5ＰＰｍ以下」（メチレンブルーと反応する合成洗剤の汚染測定値）が示されたことで、合成洗剤汚染を水道法の法定検査で公然とできるようになったことであった。私たちは直ちに、多摩川、高津保健所管内の井戸水のメチレンブルー活性物質（合成洗剤の汚染測定値）施行日の四月一日から毎月一回、五年間続けたことである。それが、わが国最初の系統的洗剤汚染調査になったわけであった。

だから、私は心身ともに、洗剤汚染測定にどっぷりつかってしまっていて、文学には身が入らなかった時期でもあった。それと長男の誕生が重なったからなおのことであった。

七十八、「一歩前進、二歩前進」はがき第六十四号

<table><tr><td>川崎市生田月見台二〇〇四ノ一
　小林　勇様
東京都世田谷区梅丘一ノ四十ノ八
　山岸外史
消印　昭和四十六（一九七一）年十二月二十五日</td></tr></table>

一　拝啓

一歩前進すれば何人かの敵が現れてくる。二歩前進すれば敵は倍加するでしょう。曰く内外の敵のなかで正々堂々の道を行くことはきわめて容易ではないのですが、闘争して征服する悦びもあります。しかし、なんとマルキシズムさえ誤解されていることか。

前述のように、洗剤汚染で多忙になって、文学には疎遠になった時期、その間に頂いたはがきが三年目という疎遠ぶりを示した葉書である。大変、無礼な弟子であるが、何を言われているのかさえ、記憶に定かではない。もしかすると、洗剤汚染調査を始めたために様々な障害にあった話を先生に私が報告したかもしれない。その激励だったかもしれないと思っても、年代と先生と私の関係からいって、自然である。

七十九、「君はなぜ小説が書けないか・政治と文学ー」はがき第六十五号

川崎市生田月見台二〇〇四ノ一
小林　勇様
東京都世田谷区梅丘一ノ四十ノ八
山岸外史
消印　昭和四十七（一九七二）年一月五日

拝復

手紙読みました。印刷物で年を追っての「主体性は」の抗弁の項目の挙げ方。それはよくやっていると思ったのですが、いったい君自身の立場は「作家」の立場なのか。それとも蔵原惟人君あたりのような、きわめて観念的な古い型の政治評論者（完全なる発想錯誤）を信じているのか。全く分かりませんね。あそこに羅列されている言葉は政治に基盤を置いている偽物の文化論であり、文学論です。僕の詞が「禅問答」にみえるのは、君が真に「作家」の位置を知らないからでしょう。今日の政党の文化政策を根本的に覆してみせますから、まあ見ていて下さい。第一君自身、なぜ『小説』が書けないいか。君が久保田君をやっつけたあの文章自体が、「文学者」の立場のそれではなく、政治評論家のイミテイションであることを自覚すべきです。魚屋の店に行って八百屋の話をしている愚をやっているのが、二十年以上にわたる文学理解のできない政治家たちであること。それがヒドイ錯誤であることを自覚できない政党の非文化・非文学指導。君自身が現在それにさせられているではありませんか。

今年は痛烈に君の弱点を突きます。深傷を受けないように。リアリズム（研究会）の連中のアカデミズムの信奉には飽きれはてた。

この葉書は、私が久保田正文氏が神奈川県立川崎図書館で講演した内容を図書館機関誌に発表した内容に対する私の批判文を「りある」という同人誌に発表した小論に対する、

先生からの極端に怒りを含んだ小林（私）批判であった。

その意味ではこの葉書は、政党の文化政策に対する先生の批判と政治的文学批判そのものの私の立場をはっきりさせた際立った葉書である。後から考えると、明確に私の評論は政治的文学批判であって、文学者からすれば、見当違いと一顧もされないか、怒り心頭に達するかであったと思っている。今から四十二年前である。これが私が高言した私の「政治と文学と自然科学の三位一体の活動」の実態である。あの私の久保田正文批判は文学批判ではなく、政治批判であったと認めている。先生の指摘どおりである。「三位一体ではなく私の文学も自然科学も政治への従属」だったのが実態であった。先生の指摘と怒りはもっともと反省している。

現在では、この幼稚な私小説論は見たくも読みたくもない。家の建て替えの時に、廃棄した同人誌の中にあったと思う。過去の恥辱を捨て去る気持ちだったと思う。この意味でも先生の正統派文学者から見れば、私の文学はあくまでジレッタントにすぎなかったのだと思っている。

八十、「政治と文学Ⅱ」はがき第六十六号

川崎市生田月見台二〇〇四ノ一

小林　勇様
東京都世田谷区梅丘一ノ四十ノ八
山岸外史
消印　昭和四十七（一九七二）年一月十日

迎春

元旦　山岸外史

「政治」に向かっても
攻勢をとるつもりです。
真情なき論理は信ぜず。
観念論・機械論は困ります。

前便で展開した私の久保田正文批判に対する延長である。「政治と文学」から政治批判にも踏み込むことを宣言されている。相当に先生を刺激したものと思っている。ぐさり急所に刺さる私の「観念論・機械論」であり、まさに「真情なき論理」であった。

むしろ、その頃を振り返ると、学習とは「観念論・機械論」を教条的に深め、「真情なき論理」すなわち「政治方針」ですべてを律することで、私心を捨てていたのが「文学も自然科学もすべて政治方針に」収斂することが「私の三位一体」の本質であったことがわかる。

八十一、「政治と文学Ⅲ・Ⅵ」はがき第六十七号

川崎市生田月見台二〇〇四ノ一
　小林　勇様
東京都世田谷区梅丘一ノ四十ノ八
　山岸外史
消印　昭和四十七（一九七二）年七月二十六日

拝啓
　暑中のお見舞い有難う。家人曰く「ああ、小林さんから頂くと嬉しいわ」僕、現金五百円をとって渡してやりました。男女自由平等。国境の警備は厳しいですね。僕、酒をやめて仕事に精励。過去は清算。正義、真実、人間愛なきもの。懶惰なもの、仕事を愛せざるもの、傲慢なるもの、遊び人などを退治しつつあります。官僚・機械主義とも闘争。リベラリストとも闘争。「戦いはすべての母」ヘラクライスト。なのでね。一遍話しあってみたいとおもっています。僕とにかく再来年は七十歳だというのだから。驚くばかり。

このハガキでは、私の方から先生あてにお中元を贈った、その礼状のようである。どう

も現金をお贈りしたように思えるが、文学学校をお辞めになって、現金収入のない先生にそのようなお中元をした記憶がないが、しても好いことをしたと理解しても不思議ではないように思える。

先生は「政治と文学」闘争に「戦いはすべての母」ヘラクライストとギリシャ哲学者らしい座右の銘を掲げて闘争中。私はこの年代は、文学より自然科学闘争、具体的には洗剤汚染防止闘争の真最中であった。弟子である私が「政治と文学」論では極端に対立していながら、このハガキのように私を許しているのは、「正義、真実、人間愛なきもの。懶惰なもの、仕事を愛せざるもの、傲慢なるもの、遊び人などを退治」のなかで、その中にあるものを認めていたのだと思っている。

八十二、「政治と文学Ⅳ」はがき第六十八号

> 川崎市生田月見台二〇〇四ノ一
> 　小林　勇様
> 東京都世田谷区梅丘一ノ四十ノ八
> 　山岸外史
> 消印　昭和四十七（一九七二）年九月二日

拝啓
　この前のハガキはきわめて不十分で、僕としては気にかかっているので一枚改めて書くのですが、とにかく君は立派な人物。よくやっていると思っています。しかし「文学」の道は、はてしなく苦闘のあるところ。政党の文化政策も是正しなければなりません。すべて「文章」以外に立証できないことですが、今年こそはいよいよ不敗の大勢（不敗の体制）ですべて不誠実、不正義、不実の敵との闘争を開始します。日本民族のためです。きみを信頼しています。以上です。

　この葉書で明確なように私の久保田正文批判の政治主体の文学論と先生の文学者から見た政党の文化政策文学政策批判が浮き彫りになった葉書のやり取りであった。
　この年、私は二週間、ヨーロッパ医療視察に行き、デンマーク、イタリア、フランス、スイス、ソビエトロシアの医療視察旅行に加わった。国民年金や国民皆保険の制度化の真最中だったと記憶している。ヨーロッパの医療、社会福祉には日本にないキリスト教的慈善思想の影響が強力だった。病院の看護活動は修道尼によるボランティアによる奉仕活動が大きいことなどを知った。反面、医療従事者の労働者権利意識が強く、産業別労働組合が歴史的に定着していて、視察中、薬剤師職のストライキに会ったが、病院は稼働している中で全国の薬剤師だけ一斉に整然とストライキをやっている姿は羨ましかった。フランス革命以来「自由、平等、博愛」の積み上げた民主主義の歴史的深さを感じた。その上のヨーロッパ社会主義があることを深く知った。イタリアのボローニャ市のようにボローニャ大学を中心にイタリア共産党自治区のような医療自治も見てきた。逆にソビエトでは「掏り」「物乞い少年」「売春婦」「アル中浮浪者」を見て、夢に描いていた「社会主義ソビエト」の現実に衝撃を受けた。

八十三、「政治と文学Ⅶ」はがき第六十九号

> 川崎市生田月見台二〇〇四ノ一
> 　小林　勇様
> 東京都世田谷区梅丘一ノ四十ノ八
> 　山岸外史
> 消印　昭和四十七（一九七二）年十一月一日

拝復
一筆だけ書かせて貰いますが、深部課題がきわめて多いので、ここでは到底書ききれません。
しかし、いいじゃありませんか。この辺を出発点として交友新時期を劃したいのです。政党の在り方そのものにも問題を持ち始めている僕です。第三次世界戦争前期を

も意識し始めている僕です。台湾問題の核点がどうでるか。ニクソン訪ソでどうでるか。(今回はまずまずでしょうが)売国奴サトウ以後自由党がどう混乱するか。

サテ、そんな中で我ら文学人はいかにあるべきか。春日遅々の政党の文化政策?なかなかムズカシイ時代ですよ。そのうち。相互多忙。


この頃の先生の葉書の「政治と文学」論争には、残念ながら記憶がない。当時の政治的情勢にも残念ながら記憶がない。やはりこの頃の私の主体は、合成洗剤の水質汚濁と飲み水の安全性確保の闘争にあったようである。政治活動から見れば、私がこのように自然科学者の独自活動をすることは、余計なことのように思われていたようである。私にすれば、政治活動は誰にもできるが、きわめて専門的な洗剤とか界面活性剤が飲み水に混入した場合の測定とか、その毒性の自然科学活動は私にしかできないことなので、国民の飲み水の安全を守る専門家活動は重要なものと考えていたが、政治的には余計な活動と見られていた。同じように政治に役立たない文学活動は個人的趣味で余計なことと思われていたようである。そのことはいくら話しても聞き入れられなかった。

先生は先生で私の文学的側面でしか私を見ようとしないし、理解して頂けなかった私が一番苦しんでいた時期であった。

八十四、「政治と文学Ⅶ」はがき第七十号

川崎市生田月見台二〇〇四ノ一
小林　勇様
東京都世田谷区梅丘一ノ四十ノ八
山岸外史
消印　昭和四十七（一九七二）年十二月十日

拝啓
どうも失敗でした。自分が「酒」をやめるようになってから、人の飲み過ぎを心配するようになって「大丈夫か、大丈夫か」と訊くようになりました。しかし君は「大丈夫、大丈夫」と言うので、つい安心していけませんでした。疲れているようだから早く帰そうと、家人とも相談していたのに、君の放言もものすごくなり、つい僕も珍しく飲むようになりました。なるほど「京浜文学」の君の稿。よくやっていることを改めて再確認したのですが、そのエネルギーで相当に僕を攻撃。「インテリの場で胡坐をかいている」言いたいことを言うようになったなと哄笑と抵抗とを同時に腹中で感じたのですが、この胡坐をかけるところまで復帰するのに、じつに長いことかかったわけです。青年文化連盟委員長三年半。それから入党。県委員、文化部長で農村めぐり。地方区参議院議員候補にまでされ、これでは敵わんと上京。それから現代文学研究会再建。日本文学学校創設。五年間事務局長。折柄の文学混乱期を身をもって体験。『リアリズム』ですべてを乗り切り、ようやくインテリとして整理期に入って禁酒。仕事に精を出しているところ。党員告白二千枚。百姓の記録千枚。政治と文学千枚。この三部作が完成すると僕が立体として理解されるはずです。まあ君に負けずに正直に党生活を努力してきたと確信していますが、仕事が完成しない間は、黙秘すること以外にありません。自分では抜群のつもりでいるのだから仕方がない。

というようなことですが、君の放言攻撃もなかなかのものでした。激励の言辞も有難いと思っています。

八十五、「政治と文学IX」はがき第七十一号

川崎市生田月見台二〇〇四ノ一
小林　勇様
東京都世田谷区梅丘一ノ四十ノ八
山岸外史
消印　昭和四十七（一九七二）年十二月十日

(二) 作品評

「洗剤の河」いい読み手ならば、この作品が純粋でじつにヒューマンなものであるこ

とを知るでしょうが、しかし文学作品としてみると、作者は「科学的報告」と「生活記録」と「私小説」とのあいだに挟まれて、その統一法に悩んでると思うのです。「新科学小説」という、新しいジャンルを生み出しているともいえるのですが、この材料は二百枚から三百五十枚にもなる材料で、もったいない気もしました。科学者としての作者が文学人でもあるという個と「科学報告」と「表現」ということ。なかなかにムズカシイことです。しかも作者が科学人として打ち込んで労働しているだけに、その真髄を文学として、もっと生かしたかったという欲が出る。

やはり主人公を立てる客観小説化しつつ、「文学」の上に座って政治も出す。とにかく、土台石が大切だと体験しています。僕の今日の方法手段は純粋科学小説という生活記録なのです。君のは科学人が生活として入るだけムズカシイ。

△僕の割り切り方「こんにちは科学精神の時代であり、科学的英知が指導者」それで文学すること。

この二通のはがきは、同じ日に出されたものですが、禁酒していた先生と暫くぶりに飲んで、日本全国、飲料水とその水源である河川の合成洗剤による汚染と真正面から自然科学者として取り組んでいた私の積極的雰囲気が、それを受け止めた先生の葉書の文面に現れている。

山岸先生からの二枚目の葉書は、多摩川の洗剤汚染を調査した科学的記録である第三次

「京浜文学」の第二号に投稿した「洗剤の河」という報告文学についての評価である。この京浜文学の第二号は、文学と言うより多摩川の洗剤汚染という川崎市民の目の前を流れている多摩川の表面が、合成洗剤の泡で蔽われている問題を科学的化学的に汚染量を測定し、汚染源を疫学的に調査し、多摩川沿岸の市民が使用し廃棄する洗濯用台所用洗剤が、公共下水道がないために、多摩川に直接流入し汚染していることを赤裸々に報告したために、先ず同人たちが驚愕した。珍しく同人たち自らが購読を積極的に薦めたために現在手元にその同人誌は残っていないのが現実である。これは私が様々な同人誌を作った中でも唯一の経験である。第三次「京浜文学」第二号は完全頒布された記録的同人誌であった。

私の「三位一体」は「政治」と「文学」と「自然科学」活動の三位一体である。ここに私の活動の自己主張と、組織の私に対する指導の矛盾が生じていた。組織は、文学は「政治優先的文学活動」が出来ないような文学活動は趣味か遊びと同じであるから、そのような文学活動はやめて政治活動だけに専念しろと言う。同じく「自然科学活動」と言っても当面の政治活動とは関係のない活動だから、洗剤汚染調査は私が個人の趣味としてやっていることだから、やめて政治活動をやれと言うのである。私の才能能力と結びつけた政治活動などは個人プレーで許されない。ということである。

京浜文学の「洗剤の河」は政治と関係ない個人プレーと評価し、それより重要な政治課題である選挙の支持者の一票、政党新聞読者の一人を増やした方が政治優先の課題であるという。私は、政治家ではない。自然科学者である。プロの小説家ではないが、書く事の才能があるといえば自惚れになるが、自分の生き方を確かめるために、「生きるために必要な文学だ」と考えている。政治活動はその生き方の中にあると考えている。政治とはすべてを生かし、科学技術も、芸術文化も発展させるものと理解していた。私が所属している六千人組織の労働組合の千二百人組織の支部長である。

その生活と権利を守る労働運動は政治運動に直結するものと考えていたが、「労働組合主義」と批判され、どうも政治運動とは政党新聞を増やし、選挙で地方議会や国会で議員を増やすこと以外は政治活動を阻害する活動として、朝昼晩家にいても、電話で呼び出され、「拡大」「拡大」と「政治活動」に追い回される。旧陸軍の「命令」より厳しい使命感を持っているようであった。旧軍隊なら命令系統は統制され、矛盾がなかったが、縦割り組織の「拡大目標」を達成するため、生活時間を無視しても「拡大」に追い回す。私の書く事や、科学的調査活動は、政治活動を阻害するものと拒否され、文学活動も、自然科学活動も認められなかった。むしろ「労働者独裁権力的」風潮の工場地帯では、私は「文化人」「学者」という嘲笑や蔑称を浴びせられていただけのようであった。

山岸先生に対しては、そのような私のリアリズムは打ち明けたことはなかった。それだけ、私自身「政治優先」は日本の政治を変えるために、我々自身の生活をよくするためにも大事な活動だと思想的に信じていた。それでは、科学者活動や文学活動を捨ててよいかと言われれば、それはそれで重要であるという認識に変わりはなかった。

その矛盾を解消するには、身を粉にして「政治・文学・科学の三位一体」という理不尽な自分を酷使する方法以外になかった。

八十六、「政治と文学Ⅹ」はがき第七十二号

川崎市生田月見台二〇〇四ノ一
　小林　勇様
東京都世田谷区梅丘一ノ四十ノ八
　山岸外史
消印　昭和四十八（一九七三）年三月十三日

拝啓
　昨夜の君の話で、君の現況をそうとうに認識。実に大変な生活だと思いましたが、特に「論文」をまず完成して下さい。四月はまだかかるでしょうが、これはことに日本のような国では重大な要素を持っている仕事です。政治の一分野、一基底面の科学的データ。要因明確化の仕事です。近代は科学の時代。「政治以前に科学あり」と知るべきだし、知らせるべきです。それが科学人の第一の政治ではないでしょうか。なお睡眠時間五時間はいけません。さらに長期戦に備えて下さい。なお、僕も立派にやっています。安心して下さい。念のため。

この葉書の文面では、「身を粉にして『政治・文学・科学の三位一体』という理不尽な自分を酷使する方法以外になかった」私自身のリアリズムを、先生に告白したのかも知れない。先生も私の科学者としての「洗剤汚染」活動の実態を、多少理解して頂けたようであった。

「なお睡眠時間五時間はいけません。さらに長期戦に備えて下さい」と、先生に心配をかけたが、「『政治・文学・科学の三位一体』という理不尽な自分を酷使する方法」を貫くには、「睡眠時間三時間」が事実リアリズムであった。

ここで先生が書いてる論文とは「洗剤汚染」という某評論家との共著であった。共著と言ってもその評論家は洗剤汚染の専門家ではなく消費者運動の専門家であって、著書の大半は私が書かされたものになった。その後も二冊ばかり共著として出したが、消費者迎合的な評論家氏が洗剤について、何の科学的調査もされず、消費者行政批判だけをお書きになる、あまりのひどさに、一人で書かないと、いろいろ誤解されると考え、共著はやめたいきさつがある。

ということで、私は「消費者運動の専門家」やもっとひどく「カリスマ」のように祭り上げられたが、私は消費者にへつらう評論家でもなく、消費者をおだて揚げる「カリスマ」ではなく、常に科学的実証に基づき科学立場を貫く一自然科学者であり、ましてや政治家とは無縁である。

八十七、「政治と文学XI」はがき第七十三号

川崎市生田月見台二〇〇四ノ一
　小林　勇様
東京都世田谷区梅丘一ノ四十ノ八
　山岸外史
消印　昭和四十八（一九七三）年十二月十三日

拝啓
　政治家はヒドイ無知なのですから、先端人、先駆者として悠々闘われたし、「我も先駆者なり」いまにそれがわかります。
　しみじみ思うのですが、「公害問題」は今日、きわめて重要な基本的な科学問題であり、これは人類主義にも通ずるもの。世界的なもの。ここで初めて自然物としての人間の課題。「生命」という問題への自覚も出てくるのですから、どうか確信を深めて徹底してやってください。（僕も生命の哲学、百枚以上書き上げているのです。私の哲学ノート。）こんにちはマルクス・レーニズムも新しく根底から近代科学としてやること。

弟子の私の文学活動は進まないが、自然科学者としての「洗剤汚染絶滅」への科学的活動の積極さに刺激共感された先生の様子が手紙にも表れていた。

私は、それこそ不眠不休で「三位一体の政治活動」に専心していた。周辺の無理解からその活動自身は孤独な戦いであった。

八十八、「政治と文学Ⅻ」民主主義文学同盟の「文学新聞」第五十二号

この頃先生からの手紙ではないが、「民主主義文学同盟の「文学新聞」一九七三年九月十五日第五十二号」に先生の近況録が二編掲載されていた。公の場で「政治と文学」の問題を発言した最初の寄稿文であった。

近況　「『政治』と『文学』の十年」　―三年前からの断然禁酒―

山岸外史

三年ほど前から、僕は断然、禁酒した。断酒と書いた方がいいかも知れない。僕もいい年齢という自覚も深まってきたからだろうが、いわば生命の時間を、文学に全身投入すべきだと至上命令みたいなものまで感じはじめたからである。さすがに三十五年の党生活、仕事も山積しているのである。(そのうえ未完成長編三冊分)。

じつのところここ十年以上、「政治」と「文学」という問題になやまされつづけて、一万枚以上の未完成原稿を積みあげている。この根本的・基礎的問題の解決のために（つまり最基底面からの要因分析のために）認識論、階級学、条件反射学、はては自我の哲学まで追求した。僕の性格なのだろうが、この問題についての確信が持てないと、真実の文学自由の獲得ができないように思ったからでもある。

だいたい僕は文学部の哲学科なんてところの出身者である。そんな条件もあるのだろうが、どうもこの問題は世界的にいっても共産国の問題であるような気までして、義憤までてきたりしたせいもある。困ったことである。

しかしとにかく昨今にいたって、その解決点は把握できたようだから、ぼつぼつその整理もはじめている。が、書いたように残したものの山積で、努力に奴力をかさねている。朝は起きると徒手体操二十分、散歩三十分、長いときは五十分。さらに昼と夕方の散歩二回。これでは最優等生だね、などと家人に言ったりしている状況まである。年齢のせいもあるのにちがいない。「人生とは、かくの如きものであったのか」とそんな自覚まで深めている。唯物弁証法とは「永遠の発展」のはずだが、まさにその実感まで深めている。とにかく悠長型で、気が付くことがまことに晩い人間だと思っていたが、これほどまでとは思わなかった。「本日生誕」こんな貼紙を机の前の壁に貼りだしたりして、受験生みたいな気合も入れたりしている。

（やまぎしがいし　評論家）

しかし、先生は「政治と文学」の本論に入らず、「まえがき」「序論」のような寄稿文である。本論に切り込むには、あまりに長い先生の「政治と文学」で悩まされた隠忍自重の歳月があり、その戸惑いがあったのだろうと思う。いわばウォーミングアップで『政治と文学』について物申す」と宣言して、周辺の反応を覗うものであったと、私は理解したつもりでいる。私は私で「政治・文学・自然科学の三位一体の政治活動」を非合理的に、不条理に不眠不休の政治生活を続けていた。矛盾だらけであっても、考えるいとまもなかった。

八十九、遺稿「私のリアリズム文学論」山岸外史

先生が亡くなって数年後、『リアリズム研究会』の田邊喜一、渋谷智弘と私三人で亡先生宅へ恭子未亡人を尋ね、何とか先生の「リアリズム文学論」草稿を一冊に纏め上げたいという思いで、「草稿の整理をやらせて頂きたい」とお願いに伺ったことがあった。恭子未亡人からは、

「それは大変でしょう。おそらくまとまらないと思いますよ」

と一mほどに堆く積まれた草稿の、原稿用紙の埃まみれの山を見せられた。私たちは、先生が晩年最後に完成を願った、先生のリアリズム文学論の埃だらけの生原稿を見て、感動を超えて、先生の頬肉がそぎ落とされた形相が浮かんだ。先生の叱声が響くような錯覚に襲われた。未亡人も長年私たちの力を見通した目で、「無理」を見抜いていたようである。

私は、一番上の五十枚ほどの原稿用紙の束を手に取り、ぱらぱらっと拾い読みをした。『リアリズム文学論序論』とＡ３原稿用紙の枡をはみ出た先生の大きな文字が目に入った。二番目の束を手に取って、ぱらぱらっと拾い読みすると、同じ序文の達筆の文字が初めにあった。次の束も同様であった。序文を繰り返した先生の苦悩を突き付けられた。

「どうする」

私は、渋谷と田辺に問いかけた。二人は重く黙っていた。

「ともかく、この三編から読みだそうじゃないか」

二人の返事はなかった。二人は恐らく一万枚を超える原稿の束と、序文の繰り返しに圧倒されて、その重圧で初手から敗北していた。ただ、いずれも五十〜百枚の束で、それ以上のまとまった原稿ではない。どれも、書き始めで、書きかけの原稿の数百の反故の束であった。

「奥さん。先ず、この三編を三人で読んで、相談したいと思いますが、原稿をお貸し願いますか」

「ああ、結構ですよ。無理だと思いますが」

私たちは、三百枚ほどの序文三編をお借りして、お宅を辞してきた。帰路は三人とも、西新宿行きつけの渋谷君事務所隣の「呑み屋」で重苦しい雰囲気の中で飲んだ。原稿は当然のように私が預かり、コピーを二人に送った。そのまま二人からは、なにも言ってこなかった。二人も他界して十年以上が経ってしまった。私も三つの序文を繰り返し読んだが、先生の二十年以上の「政治」と「文学」を通じて、「リアリズム文学論」を組み立てる筋立てへの鋭い洞察と、その基底面の哲学論まで踏む込んだ序説が展開されていた。いわば本論へ切込む前の哲学的武装固めの、特に苦悩苦闘し続けた「政治」と「文学」に対する繰り返しの理論武装の装備点検ともいうべき、戦士の慎重さが、遺稿のすべてのように思う。唯物弁証法のマルクス、エンゲルス、レーニンはもとより、ギリシャ哲学からカントまでの観念哲学、仏教による宗教哲学まで駆使した壮大なものである。

もともと、自然科学の薬学出身であって、科学的実証のみを科学的真理と信じ、社会的には実験的実証を裏付けとした、論理展開の文章表現が本職である私からすると、政治家、職業的労働組合幹部、文科系学者の文章には手を焼いていた。唯物論を言いながら、自然科学者から見れば、物の見方判断はきわめて観念的である。この違和感、反感は今でも変わらない。「序論」もその意味では観念による展開であって唯物的実証的ではない。

私自身、母親的消費者運動の「自然絶対安全・化学的合成絶対危険の」非科学的宗教的信仰観に苛まれた経験から洗剤母親運動を「石鹸教の宗教活動」と批判して、母親運動から総スカンされた。現実の科学的社会主義政治も、何か狂信的宗教的一面から政治活動絶対・文化文学科学者活動排除の被害に遭っていた。

ここで、先生の一mほど積まれた遺稿原稿の上から五百枚ほどを取り上げ、パラパラっとめくると、その遺稿は五編の『リアリズム文学論序文』の書きかけであった。どの遺稿

も執筆年月日がないので、順不同に、
一、「私のリアリズム文学論」—序説—四百字詰原稿用紙四十三枚
二、「私のリアリズム文学論」—序説—四百字詰原稿用紙六十九枚
三、「私のリアリズム論」—序説—四百字詰原稿用紙三十九枚
四、「序文として」四百字詰原稿用紙五十三枚
五、「リアリズム論」—まえがき—四百字詰原稿用紙二百十七枚
六、「観念という言葉について—リアリズム論の一部として」—四百字詰原稿用紙十六枚
計六編四百三十七枚を全部掲げたいのであるが、どれも書きかけで重複があり、このうち「私のリアリズム文学論」—序説—四百字詰原稿用紙四十三枚を紹介し、リアリズム文学論の一部の独立した小論として「観念という言葉について—リアリズム論の一部として」具体的に示されたので、この二編を紹介する。

九十、「私のリアリズム文学論」—序説—四百字詰原稿用紙四十三枚

「私のリアリズム文学論」—序説—　山岸外史（遺稿）

「私のリアリズム文学論」という題名にしたが、この「私の」を排除して単に「リアリズム文学論」としてもいいと思っている。しかしこの「私の」を挿入して冠詞としたのは、

その方が旅情がでると思ったからである。要するに人生のことは悉く「旅」なのであって、永遠の弁証にすぎない。人間は常に変化と変質と発展と進歩のなかにあるわけであり、ここが絶対の終わり、これが最後の結論と言うものはないわけである。あの聡明な俳句詠みの松尾芭蕉。じつにミゴトに底のそこの「どん底」まで徹底していった松尾芭蕉。その底のそこの「どん底」の肉体の位置で（俳句という世界文学の中で最も字数のすくない短詩型だというせいもあるが）刹那の純感動を「詩句」として詠ったこの人が、すべてを旅と見ていたことも無理がない。そして理論ではなく短詩型だから刹那の感動を「絶対」として表現できたともいえるわけだが――（ここで文章切断『小林』）

さて、「リアリズム」というのは、いったいなにか。――ことにここでは、文学創作に「論点主体」がある訳だが、その文学創作上からいって「リアリズム」という言葉によって主張されている、あるいは主張される芸術上の主張点は、いったいいかなるものであるか。その主張の内容、そしてその論理《ロジック》は、いかなるところに要約されるのであるか。とうぜんその論理的主張どおりに、一から百千の隅々まで、いわば一般と普遍の法則道理に「芸術」上の主張が可能になるものではない。芸術創作上の終局的な拠点は、いわば「個」あるいは「個性」という特殊性もしくは特殊に従属するわけだから（この点では芸術的主張あるいはその論理・論点は、遵守客観科学の理論もしくはその論理法と異なって、それ自体がこの特殊性と自由発露性を含んでいるわけだが）その理解のうえに立ったうえで、この文学イズムの主張はいったいいかなるものであるのか。

しかもいかに『リアリズム』の主張であっても、文学創作という拠点に立っての主張と、たとえば彫刻や絵画というように他のジャンル・分野のうえに立っての主張とが一致することもない。つまり例えば絵画は、二次元空間（平面）上で色と線や筆触（タッチ）などを資料・資材として動かない空間をつくる。そしてたとえば彫刻は粘土や木材を材料・資料として人形《ジンケイ》やその他の存在を三次元空間として表現する。

ところが文学芸術は言語・文字によって意識そのものを資材としながら、時間的流れのなかで空間表現をする。題材も幅が広く豊富になると思う。こうした芸術上の分野差、表現上の形式《フォーム》もまったく異なっている。それは劇となり映画となりテレビとなると、またそのすべての様式に位差を生じてくる。それは内容に関係してくることもある。のみならず言語・文字による文学創作それ自体に、詩や和歌・俳句というものまで含まれてきて、その様式差からまた制約・条件の変化がでてきたりする。従って当然、そのそれぞれのジャンル差中のジャンル差に従ってまで、「芸術論」そのものに偏差・位差・異差を生ずるわけである。のみならず、たとえばその俳句や和歌を挙げてみると、その歴史のうえから伝統差さえ存在しているのであって、それ自体「古典主義」（クラシシズム）や「浪漫主義」（ロマンチズム）や、たとえば現代主義（モダニズム）などの傾向差というようなものまでふくまれてくるのである。ことに戦後の今日においては政治的大異変があって、新政治形式・形態のなかで（つまり民主主義憲法下において）いっそうはげしい表現の自由課題を生じているうえに、言論の自由どころか信仰の自由どころか、じつに「思想の自由」「結社の自由」までが当然の自由となっていて、個人の自由どころか個人主義の自由までが容認されている時代である。

　じつはその「民主主義とはいったいなにか」から反省し、熟慮し、その原点と存在理由とを分析してゆかないと、真の結論がでてこないくらい、現代は（つまり今日は）あらゆるものが各種各様となり、各人各説となっているのである。今日の憲法上における自由と基本的人権として保障・養護されているのであって、そのものが矛盾憲法であり対立憲法であり、当然な矛盾混乱憲法として存在しているわけである。（私はそう判断しそんな結論に到達している）ストライキが保障される一方では、資本主義が当然の自由として擁護・保証されているのである。「現実社会」そのものがそこにあるということ。「そして実は基本的人権というものものしい憲法用語で保障されているその「人権」と言うその「人権」つまり「人間存在としての権利は、いったいいかなるもの、いかなることであるのか。それ以前に「人間とは、いったいなにか」の問題が哲学として存在しているはずであり、今日の民主主義憲法においてはこの憲法

《法律》以前における「人間」の規定をいかなるものとしているのか。そしてその自由とはいかなるものなのか。

正直に書いて私は今日の憲法《民主主義憲法》にきわめて懐疑的であって、そこまで私の意識は到達しないわけにゆかなかったのだが、私は文人。憲法学者ではないにしても、文学人としてはその人間哲学はもっているつもりなので（それで散々に苦労している間に、次第にその答案を把握していったつもりなのだが）じつは私は文学芸術、文学創作においても、この人間概念のよい形で把握がないとことに人間意識の課題を敏感に扱っている「小説」も、よい結果をあげ得ないと考えているのである。「文は人なり」という東洋の文学道の理屈を採用し学んできたつもりでもいるのだが、たしかに文学の必然的原点にある要因・要訣・要点には、「才能」と言うもののほかにその人間の課題が特に深くあると考えているからである。

文学とはその人間性の表現であるということもできる訳だが、あきらかに作家（という技術者）以前に、「人間」という存在があるのである。それが文学の深さを生むとも考えているのだが、そのうえに天分としての才能。そして芸と術としての技術が生きてくると考えているわけである。とうぜんこれらのすべてが唯物弁証法的に勉強と努力と明知の開発、外界の刺激などによって絶えず発展してゆくわけだが、その人間性の課題にはこれもまた当然なこととして、世界観・社会観・階級観・人間観それ自体のいっそうの開発をもともなってゆくわけである。

むろんこの世界観・社会観・階級観。そのうえに立っての人間観。総じて「思想」というものがなければ、すでに今日という時代という「社会的現実」という存在そのものの真相の把握ができないわけである。今日「思想」つまり社会科学という存在の見方。そう書くよりも近代社会そのものの構造と機構の認識なしには、近代社会そのものの認識も価値判断も対決法も持てないわけだが、しかし今日いわれている所謂「思想」もしくはイデオロギイなるものが、単純に機械的に、そして図式的に「政治的イデオロギイ」のみとして解釈されるとすれば、文学者という立場からすればそれも困るわけである。文学者・文学人という立場と性格からすれば、その第一義となるものは「表現」という行為と実践なのであって、その実践行動なしにはだいいち「作品」形成ということが存在しなくなる。

つまり文学作品が存在しなくなる。これは政治行為者・行動者としての政治家なるものの意識と全く異質の「性格」であり、いわば「才能」「素質」でもあるわけである。文学人・創作者・創造者の意識中点にあるものは、その「現実社会」における刺激からそれを「表現」しようとする課題衝動なのである。それを感性認識などと称して、あたかも芸術人一般の認識は感性・感覚を主体としている非理性的認識のようにさえ考えているカント哲学そのものにすでに問題があると言ってよい。これは明らかに哲学者カントの我田引水的な、理性独占の認識論だということもできるのである。（このカント以後にフッサールの現象学などが起こってきて、現象学美学などが生まれて

きた半面の理由も、そんなところにあると言えるようである）

たしかにカントの認識論はたとえ観念哲学であったとしても、理性と合理性を基準として、じつに驚くべき判断力で「認識」そのものの微細をきわめた分析をやっていて、西洋哲学史上において飛躍的な科学分析的な理性操作を加えている。それは今日の思考法として観念哲学的に過ぎる訳だが、しかし一つの哲学史的な思考発展の段階としては容認していい典型面は存在している。それを完全除外したら、すでに人類文化発展・哲学思考発展の歴史そのものが否定されると言っていいだろう。又それでは機械的で図式主義的な清算主義にも陥るわけである。そのカントの絶対主義的・固定観念的傾向の否定から、初めてヘーゲルの弁証法も起こってきたわけであって、この弁証法もカント哲学的な観念論を主体とした観念弁証であったにしても、ここにも哲学史上の飛躍と発展はある訳である。（のみならずこの観念の弁証ということは、人間の思惟作用そのものが観念的である以上、いかに唯物論者であっても事実上においては観念弁証法ということもやるのであり、やっているのである）

たとえば体験以後における思惟の再整理などがそれである。しかも論理とその哲学は唯物論であるのにこの論理が単なる「知識」という観念にすぎないために、観念論的唯物論者となっている唯物論者も意外に多いようでもある。人間が真の唯物論者となるためには、真の外界の刺激を整理したり「知識」を再整理して真の認識、実践認識が体得され「知識」が肉体化されるまでには、並々でない時間と歳月がかかると言ってもいいだろう。それにはそれこそ社会的現実との対決が要るのである。レーニンがしきりに知識人の一派を書斎派と教授哲学者とか、講壇講師などと言って、辛辣な皮肉を飛ばしているのも、レーニンが徹底した現場主義者・現実主義者であったためである。

マルクス・エンゲルスの最高の近代的知識の結論を持ちながら、しかも「現場」を尊重していることこれくらい実認識主義に徹底した「政治家」はいないと私は思っている。しかも確かに現場の労働階級者でありながら、一方においてこの「知識」のすくない労働者階級の文学は、実認識を持っているはずなのに本質・実質に到達しないで、現象的である場合もあるのである。私自身の「リアリズム論」は、なんといってもマルクキシズム以後のこの実認識と体験とにその基点・原点とを持っているのだが、しかも芸術家の「自由精神」とともにそこから起こってくる空想をも幻想をも夢想をも「表現」に入れていいわけであって、この幅をも真のフィクションとして尊重している。それは卓上の空論としての仮構・虚構ではなく、リアリテイを背後に持っているフィクションだからであって、それはいかに現実主義に徹底しても、人間そのものに理想主義から起こる浪漫主義があって、さらに発展した現実を要求したり夢想したりする本能があるからである。

(むろんここにもつねに個性というものの活躍があるから、全くおなじリアリズムの主張者にしても、それぞれの特徴や特殊性も生まれてくるわけであって、いわゆる図式主義的な「画一主義」を唱えること、考えることは、それ自体が官僚主義的統一・統制主義を意味することになるわけである。これでは芸術の自由、「表現」の自由が束縛されることになるわけであって、つまり個性の自由・体質の自由・素質の自由までが圧伏させられ抑圧を受けることになる。殊に今日「疎外論」が旺盛となって、人間疎外論や自己疎外論・感情疎外などがしきりに言われているのも、経済統制・憲法的統制などがある一方において、組織上の統制や党派性などの政治上の課題があるために、その統制主義が越境して「芸術」統制までも起こしてくるのだろうと、私は解釈している）

そしてじつはここにはマルクス・レーニズムの、解釈そのものの経典主義・政治主義的偏向もあるように私は考えているのだが、しかしここには「政治」と「芸術」あるいは政治という性格と芸術という性格、あるいは政治なる性格と芸術なるものの性格。このジャンル差、分野差、根本的・基本的な存在差の有ることが明確化されていないためだろうと私は判断している。たとえば政治そのものはそれこそ徹底した現実主義をもっていて、その現実対決に拠点もあれば終点もあれば、戦略も戦術もすべてそこから割り出されてくるわけである。それは現実闘争そのものであると言っていいだろう。そしてその現実的・現実主義的闘争すべては委ねられていて、政治的行為・政治的行動というものは、いわば『敵』との対決として存在しているわけである。

つまり最も直接的な社会変革と社会啓蒙や社会指導が、そしてその「行為」「行動」

が完全主体であり終結点でもある。それはそれこそ純粋理性の合理的な発露であり熱意であり、『敵を憎むこと』が唯一の感情主体であると言っていいかも知れない。(むろんここにも政治人の個性というものは存在しているわけだが、政治においては特殊は標準にはならないで、普遍と一般・全般の課題に焦点が存在している)それは純粋に科学的操作であり、階級や民衆・大衆に基盤をおいている、直接的な指導的実践である。むろんその指導性自体にも教条主義的で、機械主義的なイデオロギイ的偏向のある場合もある訳だが、(そしてその基底面にある意識はなんといってもヒューマンなもの、人間的であるものだと、マルクス・レーニズム理論発想の拠点・原点となる心理的要素をそのように考えているのだが、——つまりフランス革命の心理原点・意識原点となったようなものさえも自由・平等・博愛と言うような人間的思想であったようなものだと私は思っている。そしてその正義感と真実愛とその真情なしには「革命」そのものさえも成立しないものと私は考えているのだが、社会的経済的起因以外の、それらの原点・基点・基底面意識となるものの心理的起因について祥述は、ここでは略するものとして)とにかく、マルクス・レーニズムの解釈そのものさえ、形式主義的、機械主義的、図式主義的である場合もあれば、教条主義的、公式主義的、伝統主義的、権威主義的、権力主義的である場合でさえ、あるのではないかと思ったりしている。

しかし、なんといってもヒューマンな人間的真情がその心情の拠点にあって、知識哲人マルクスやエンゲルスやレーニンの思想も起こってきたものと私は確信しているのだが、それにしても政治的行為とその実践とには絶対に運動としての統一・統合の必要はある訳である。民主主義的大会の開催そのものが、じつはすでに自由・平等に各自の意見をもちよって、その相互討論による社会情勢の「真実」の追求把握をすすめながらの相互確認を綜合と統一だと思うのだが、「芸術」となるとそうばかりにはゆかないのが当然であり必然なのである。

もともと「芸術」の表現原点が「個」や「個性」のそれこそ感情・感覚・感性にあるからである。たしかにイデオロギイが一致し「思想」が一致しているのに、作品の中核点となる課題（テーマ）がそれぞれの作家によって異なっているようなこともある。今日はことに流派問題などが複雑な形で存在している。というようなこともある。（しかも「流派とは、いったい何か」というような問題になると、この問題をめぐって種々様々の美学上の問題も出てくれば、すでに哲学上の問題としての唯物論と実存哲学という基礎的対立問題までが起こっているわけである）

しかもここにはあきらかに生活人、生活者としての階級上の実質的な異差の問題があって、たとえば事実上において都市的小市民知識層と小市民勤労層と労働階級・農民階級との差異は、生活環境上の事実上の差異となり位差となって表れてくる。そしてその純粋正確な一致点は必然として生まれないのである。これは生活課題の事実上の差となって表れるだけではなく、その課題を取り扱う作者の感覚上・実践上・感性上の差異となって表れてくるわけである。

（じつはこれらの位差の問題、異差の問題は、各論としてそれぞれの観点・個点を詳述しなければならないのだが、ここでは概論・総論として表現したのに過ぎない）

しかもその必然位差に気づかないで、それを今日単なる概論として政治的用語である「民主主義」という言葉を冠句としながら、「民主主義」というようなきわめて概括的な総合名称の文学を設定しているようだが、これでは混乱と不統一とがむしろ雑然民主主義的に起こってくるのも、当然なことではないのだろうかと私は考えている。つまり私はこの時代の民主主義という用語、この憲法的用語、むしろ憲法そのものに対してさえ、さらに探求が必要なのではなかろうかと考えているのであって、この言葉が便宜主義的用語となって把握され定着されているこの機械的な形態に対しても、私は相当な疑惑を持っているのである。あるいは疑惑というよりも、（その疑惑の時期を過ぎて）この設定は明らかに錯誤であるという判断と、確信を持つに至っているといっていい。そんなところに「私のこのリアリズム論」の意味もあると考えている。この憲法そのものが、あきらかにブルジョア民主主義と人民民主主義とを混在せしめているからであって、自由概念そのものにすでに重大な問題を含んでいるのである。そしてこの憲法について、この憲法擁護について一文人にすぎない《つまり憲法学者でもない》私が、「私の憲法論」私のそれについてのいわば「意見」を表明せざるを得ないところまで到達してしまったのだから、我ながらおそれいっている始末である。

私の考え方では今日の文学上の諸問題も、哲学上の認識論そのものさえも「原点」に立って「原点」から検討し直してゆかないかぎり、その真の解決点はつかめないのではなかろうかと考えている。あらゆる知識そのものが図式化し機械化し、流行化し、概念化し、実用主義化し、そして技術化し常識化し、先入化し伝習化し通俗化しているのではないだろうか。時代はすでに病理学の時代にさえ入っているのではないだろうか。「憲法とは何か」以前にすでに「人間とは何か」「社会とは何か」「真の人間生活の真のイメージとはなにか」「人間はいかに在るべきか」すでにそれ以前にものの考え方、つまり「哲学とはなにか」「真理とはなにか」「科学とはなにか」「認識論とはなにか」「健康な意識とはなにか」その上に立ってでないと文学そのものの存在理由も実質・実態もつかめないのではなかろうか。「文学とは、いったいなにか」と。「創作・創造とは、いったいなにか」と。「文学は果たして病理学的なものだろうか」そして「あらゆる芸術は、装飾品であり娯楽品・嗜好品であり、趣味の道具なのだろうか」と。

(正直にそのままを書くと、私は「日本共産党」に入って以来、満二十七年に近くなっている。つまり私は、確かに戦後の入党者に違いないのだが、しかしこれも正直にそのままを書いて、私は戦前の非合法時代(昭和六、七、八(一九三一、三二、三三)年頃であったと思うが)私は党のシンパとしてカンパにも応ずれば、当時はきわめてたまにではあったが、タブロイド版の「赤旗」の配布なども受けたりしたものである。もう一歩で入党という状況まであったのだが、それは勧誘者の友人と大討論になったりして実現はしなかった。その間にヒドイ軋轢の時刻に入ったりして、私の路線は四散というような状態となり、すべてはご破算みたいになり、私は孤独者になった。

私は当時、文芸批評家みたいなことになっていたのだが、その後も「思想」上のことにヒドイ煩悶と苦悩のなかで、相当に苦労の多い歳月をすごしたものである。ここではそれらのことを詳しくは書けないが、「私のリアリズム・リアリズム論」の主張は、すでにこの時期に始まったのである。たしかにプロレタリア・リアリズムからの刺激とその影響でことに現実主義という点で「リアリズム」の主張者になった。つまりこの期に私の思想的前進もあったわけだから、階級という存在、その他すべての社会構造。資本家というもの。ことにその「現実主義」の思潮に感動して抵抗と解放の仕事としての文学をあらゆる意味で現実の「リアリズム」だと考えるようになった。これを本質とも実態だとも考えたわけである。

もっとも私はプロレタリア階級の出身者ではなかった。むしろ明らかにブルジョア階級の出身者であったことと、文学への自由愛も強烈にあったから、「プロレタリア・リアリズム」とは芸術意識的にも生活感覚的にもズレがあって、「プロレタリア・リアリズム」そのものには同調しなかった。しかもそれなりに現実主義的な「リアリズム」むしろリアリズムと現実主義とが一致した形で、それなりの位置と立場での告白的写実、あるいは正直なリアールな告白を、文学の原点として主張したものである。(当時私が主張していた同人雑誌の「散文」というのに、しきりにそんな論調で文学論主張をやったものである）。

実は戦後になってもその古雑誌が二、三冊出てきたので、読んでみるとこの時代から私が「リアリズム」の主張者であったことを改めて確認した。そして「何のことはない。私のリアリズム論は二十年以上になるのか」と、その時思ったりしたものだが、さらに二十数年。今日に至っても、私はやはり「リアリズム」の主張者なのだから、考えてみるまでもなく、私の生涯の大半は、「リアリズム」の主張で前進してきたわけである。むろんその歳月の間、時々刻々、「私のリアリズム」も深化し変革弁証もあったわけだが、しかし写実意識をもってあらゆる存在を客観性を持って写実すること。つまり「写実」を標識として尺度とする私の文学方針は、微動だにしなかったつもりはある。

（もっとも戦争前期の或る時代、この客観ということに手を焼いた私は、「客観とは文学《芸術》の場合においては、物質そのものを扱う「科学」そのものとは異なって、いかに科学的であったとしてもその純粋主観の徹底した告白による実存主義的自我の主体表現以外には客観的ではあり得ない」などと書いて、結局、どうしても都市市民インテリゲンチャの習性ともなっていいような、現実主義的・心理観念主義的観点を表明したものである。しかし言葉はその通りのものではなかったが、社会科学に「洗脳」か「染脳」か知らないが、意識基準が出来てしまっていたから、その「科学」の客観的追及にあって、それで苦悩し抜いた時代がある。いわばフッサールの現象哲学的・美学純粋主観という言葉を使ったりして、文学の終局的主観性を主張したりしたものであった。今日からいえば明らかに、ハイデッカーやヤスパース的な考え方の表明でもあったように思う。

それにしても、とにかく都市市民自由インテリゲンチャというものは、労働階級者や農民階級者のように「外界」の事物を物質そのまま肉体労働によって生産支配関与するというような客観的状況も生活も体験もないのである。なんといっても自由インテリゲンチャ（知識人）は、読書などによる知識そのものから知識観念的に生まれてくるわけであって、口先でこそ習い覚えた知識のロジックによって、合理的に客観的とか科学的とかいうのだが、生活的に（社会生活的に）真の「外界」、真実在としての「外界」、抵抗性を持っている物質としての「外界」実在を知らないのである。「百聞一見に如かず」とか『見ると聞くとは大違い』などという言葉もあるが、このフレーズなどもすでに知識人的な古典にすぎない。「百聞も一実践にすぎず」であって、肉体的な体験がなければ「真の認識とはならない」のである。

しかもそれも試験的実践などでは「人間生活」の基本的認識にも、実体験にもならず、「百体験も百実践も、創造的英知・生産英知による苦悩を伴った体験でなければ、真の認識とはならない」のである。「実践苦悩、実践体験苦、創造的英知の苦悩のみが、存在の真の認識を生む」といっていいのである。しかもその意味からいうと実存哲学的主張者たちは、「実存」ということを口にしているのに「真実在」を知らず、ただ「内界」の心理主義的・意識的な苦悩のみによる（とだけはいっていいと思うが）認識の、その苦悩心理による心理的苦悩の実存的答案のみを実存と称しているのに過ぎないのである。それは「外界」（心的外界）というものに到達しない、「内界」心理の実存であって、「外界」体験による真の実在の創造的認識ではないわけである。

こうした私の「リアリズム」の認識論そのものも、実は戦前の非合法時代に出発して、戦争前期の国粋主義時代、戦争時代と経ている時代の経過の中で、次第に発展していったわけである。これは当然な「認識」の弁証であると思う。（その戦争時代に、私の著書は当局から序文訂正という処分と初版削除訂正というような処分を受けた）

そして最後の一冊は用紙配給停止（いわば発禁停止みたいな）処分をうけて、私は身をもって、つまり肉体的に「表現の不自由」ということの苦痛以上の苦痛を、この時体験し認識したものである。軍部支配の出版支配の、意識の低さをも認識したのだが、何よりもその処分以後においては、「こう書けばまたやられるのではなかろうか」「こう書いたとしてもまたやられることだろう」と、すでに表現の自由どころか、その圧迫で思考の自由さえ奪われることさえ体験した。ついに筆を断って東京を捨て東北地方の或る小都市に疎開転住するに至ったわけである。私にもあった終局の良心まで売ることは私にはできなかった。そう書くよりも肉体化されていた当時なりの「思想」は良心となり終局の倫理となって、私を支配していたからである。私は「思想」

というものも認識した。「知識」という程度ならば、帽子と同じことで、いつでも脱いで壁の帽子掛けにかけられるだろうが、良心となり思想となっているものは、いわば血肉化されている信念だから、譲り得ないことも分かった。多くの人々が天皇主義化した文章に転向しているのに、私にはそれが出来なかった。

私は自分を頑固者なのだろうかと思ったり、潔癖すぎるのだろうかと思ったりしたところもあったが、だいたい私は「これが真実だ」と思えるような結論しか選べないような人間だったから、その積み上げの結果なのだろう。自分でもその信念を動かせないことも分かった。（じつは私は東大という学校の文学部の哲学科というところを出ていて、ギリシャ哲学のソクラテスの影響などかなり受けていたようである）

卒業論文にはその高弟プラトンの「認識と愛」の論などを論文にしたが、当然、ソクラテスの勇気のある事跡や、もの凄い長考・熟考ぶりなどに、かなり感銘を受けたりしていた。「懐疑のあるうち、つまり懐疑のある時は、徹底してあらゆる角度から熟考するような習慣」も、この時代に養成されたようでもある。だいたいそんな性格者であると思っているが、確かに「解った」という感覚が来るまであらゆる条件を並べ立てて、あらゆる角度から考えるような「性格」があった。自分では「全く仕方のない愚図だ」と思ったり「優柔不断もいいところだ」と思ったりしたが、相当な懐疑家ではあったようである。すでにこの学生時代にデカルトそっくりの自我不明者になって、その自我決定のために宇宙から考え出し、銀河から太陽系、そして太陽系に所属するごく小さな遊星の地球、その地球のうえに居住する人間「私」などと考えたりしたものである。それでこの大学時代に私は、天文学の本を読んで大宇宙の研究をしたり、人類学、果ては民俗学など間口がばかに拡がってゆくのに閉口したこともあった。なんのことはないエンゲルスをやれば、それよりもよほど早目に聡明になったわけだろうが、この時代の私はきわめておめでたく、純粋な芸術至上主義者であって、社会科学というものはまったく特殊なものだと思っていた。人類普遍学であることが解らなかった。その眼が覚めたのは卒業後だというのだから、私も凡愚も悠長もいいところであったと思う。そして私はなによりもレーニンの「唯物論と経験批判論」によって愕然として開眼され、ぐんぐんとその認識を深めていったわけである。(そして私はいかにマルキシストであっても、最初に感動して意識変革を起こしたのは、どの一冊であったかというようなことで、人によってかなりの差があるのではなかろうかと思ったりもしている)

しかしこの非合法時代、国粋主義時代、戦争時代の私の「実存的自我」は書いたように完全な「孤独者」になっていた。党員四散のためである。そしてこの時代(昭和九年末ごろ)同じような孤独者太宰 治という若い作家ときわめて親しくなっていったのも、その思想基盤がかなり同形であったためだと思われる。彼とは安心して腹を割って底のそこまで話が出来た。また話がよく通じたものである。彼も天才主義者、私もそれであったせいもあると思う。しかもその頃『晩年』という一冊で自殺をする

つもりでいた太宰 治のことを、私は痛烈に叱咤したり悪罵したりして、それを食い止めた。私が五歳年長で、文芸批評家というものだったせいだと思う。（これらのことなどここで少しも書きたいと思っていないのだが、この大地主階級出身の太宰 治は、その出身階級からくる思考や情操のために、明らかに「政治と文学」の間に苛まれ抜いていて苦悩の限りを尽くしていたのである。《つまりプロレタリア・リアリズム一点張りの当時の非民主的な党の文学方針は、「思想」や「志操」によって同調してくる人間を受け入れる雅量に欠けていたからである》

はるか後年入党してからの私も散々にこの「政治」と「文学」の問題では苦悩し苦労したものだが、当時の私の「認識」はそこまで至っていなかったから、この問題ではしばしば太宰 治とは意見の対立をきたしたこともあった。しかし戦後におけるこの作家の自殺は、私にとっては相当な衝撃《ショック》であった。この戦後の私は東北地方に在住していて百姓生活などやっていたから、彼の文学性とも文学精神とも距離を生じてもいたのだが、私は昭和十九年三月疎開。彼はそれ以後東京空襲などによって山梨県の甲府市に疎開。さらにそこを焼かれたりして故郷の青森県に逃げたりしていた。あれほど常時のように往復した友人だったのに、この期間は完全に音信不通になっていた。戦争はあらゆる状況を変化させたのであった。（ここでこれ以上太宰 治のことについて書く事はやめにするが、その出身階級という問題は、むろん私もブル階級の出身なのだから、「思想」と基底面意識の実存的課題として、その一材料として取り上げた

わけである）
　しかもこの出身階級の問題は、それこそパブロフの条件反射の生理心理学ではないが――そして唯物論的な精神形成学ではないが――「幼年時代」からの環境の諸条件の刺激とその影響とによって、明らかに「人間意識」基底面形成の課題として、重要な問題を含んでいるのである。脳髄細胞は明らかに物質としてその幼年期・少年時代の「記憶」を脳中に累積保存しているのであって、その「記憶」という存在そして現象は、ことに「文学」という仕事。つまり言葉（ロゴス）により文字によって自我表現を伴ってくる「意識」の芸術としての「文学」においては、ことにこの条件反射学的な出身階級の問題は、重要な問題を含んでいることになるのである。「意識」そのものがことに文学の材料であるだけに、他の芸術には見られない密接性がある。
　私は実存哲学そのものはいわば観念学的傾向のつよい思考法だと考えているのだが、文学人・文学的人間がもし「個」としての良心、その内省意識学的な拠点まで考えるとしたら、そう「実存的意識」は文学上においてはことに重要な意味を持ってくる場合があるのである。創作中における人物の心理描写・意識描写は、ヒューマンな良心をもっている作家ほどその深部まで行き届いてきて、「作品」そのものの深さも深くなってくるからである。
　この点「政治」というものはつねに外界の諸課題に重心もあれば目的もある。「良心なき政治家」でも困るわけだが、その当面する課題は「外界」にあって、その処理が「政治」であり政治の中心であり、その行為と行動が政治的行為・行動の本質である。この点「政治」と「文学」とを同一次元、同一意識の課題として解決しようとすると重大なる分野錯誤におちいるわけである。すでに「現実社会」そのもの、社会的現実そのものは「物自体」としてはつねに同一物であり同一存在として、いわば普遍性をもっているわけだが、じつはこの「物自体」としての社会という存在（客観的実在物）も——客観的存在であるはずのこの実在物「物自体」も——それに関与する仕方によって異質の存在となるのである。

たとえば一匹の鰯さえも、画家の「眼」（つまりその実在意識が）みる美的存在としての鰯と、魚類学者が鰯を魚類という生命体・生物体としてみる「眼」（つまり実在意識とは）その存在性や存在価値を異にしてくるのである。これを栄養士の眼から見ると、鰯に内在する蛋白源や脂肪分やいわばビタミン類の含有量が意識の対象となって、これまた存在性やその価値を異にしてくる。そしてこうした科学的意識や思惟による存在の分析次元差だけではない。これに趣味・嗜好というような主観的要素、感覚的・感情的要素が参加したりすると、一匹の鰯さえも種々様々な存在対象となってくるのである。これに階級差や階級意識が関与してくる場合さえあって、鰯が下魚（げざかな）となって、見るまでもない小価値の魚になってきたり、裏長屋の珍重魚になってきたりする。（徳川時代の川柳集「柳多留《やなぎたる》」などはいわゆる庶民・下層大衆の皮肉な俳句集となって、有名になったわけだが、社会観察の観点そのものが全く違っているわけである)。

要するに物自体としての存在は客観的には普遍的同一物であり、同一性をもっていると考えられるのに、現実的にそして事実上においてはまったく「異物」として存在してくるわけである。そしてこれを存在の普遍性と特殊性などいう分類の仕方で分類すると、鰯や鰊などの美に惹かれて懸命にそれを描いた画家のゴッホなどは特殊中の特殊というようなことになって、普遍性などなくなるわけだが、それを果たして特殊とだけ名付けていいものかどうか。

(すでにこの時代の無名の印象画家集団が、当時の官選展の絵画意識、つまりその選択基準の伝統性や官僚主義に抵抗して、その官選展の会場前で落第展というのを開いたという逸話もある。官選美は過去の常識となっている大家たちの伝統美・保守美を意味しているわけだが、当時の印象派の画家達はその伝統を破って「室内光線」などに頼らず「外光派」として、人間精神の開放を行ったわけである。このことを書くだけでも相当な量になるからここではやめるが、この「外光派」――ドラクロワーなどに出発していると言われていて今日その方が常識となっている「外光派」は――あきらかにフランス革命以後一世紀も経った頃、庶民生活の開放がそれこそ一般化してきたなかで、美的感覚まで「変革」され「革新化」してきた美の庶民化運動だと言っていいと思う。やはり意識の転化が先にあって、貴族美的・保守的・室内的・電灯が、新しい庶民階級の世界に開放され、官僚主義的な伝統的・保守主義の官選展にまず抵

抗したわけである）
存在や存在価値というものは、こうしたところまで波及してくるのであって、物自体Ding an Sichというような純粋理性的ともいわれるような客観的？　観念の設定は、それ自体が架空なる観念主義におちいるわけである。（すでにあの哲学者カントがあれほど微細なところにまで、認識なることの合理的分析をやりながら、ついにこの物自体という言葉そのものにゆきづまったと言われているのも、「現実社会」がいかに客観的に普遍的に存在していると考えられても、じつは、人間意識の対自性fuer Sichという面。つまりその物自体に関与する人間の意識の在り方によって、物自体も変質し変化し変革されてくるからである。つまり「存在は、人間がそれに関与する関与の仕方によって変形し変質する」のである。のみならず実質的にいって社会には「分野」というものがあり分野意識というものがあって、いたずらに一般概念や普遍概念を設定すると、その架空なる観念設定のために、カント同様の観念哲学的思考に転落するわけである。
――じつは私も「政治」と「文学」の極端な混乱時代のなかで、さんざん苦労をして（いわば太宰 治のように「人間失格」の宣言こそしなかったが）相当な自己疎外・人間疎外の形となって、零点までの転落どころか、零下35度くらいにまで下がって精神凍結した時代まである。これは特殊寒暖計で測定した結果わかった。自我の本体が行方不明になって山彦になった時代もある。「政治家」は実に気楽でいいなと思った時代もある。指令だけ出していればいいのであって、私のような下層民にも比較できるような万年下層党員のことなど考えもしないで済む。小林多喜二が左翼文学の手本であり、典型だと考えられていた時代もあった。（ここでそのくせ、天皇主義・非合法時代と今日ではプロレタリア革命精神もプロレタリア・リアリズムも変形変化して人民議会主義となり、民主主義文学になったというのである）私はそんなことで全く改めて「政治とは、いったいなにか」「文学とはなにか」「政治的性格とはなにか」「文学的性格とはなにか」当然のことではあるが、「自我の再建」「自我の哲学」「自我とはなにか」など「徹底した自己の分析」までやった。書いたように「プロレタリア・リアリズムとその時代の再分析」あらためて「実存哲学と唯物論の再検討」そして「近代主義と自然主義の再分析」この時代、曖昧を極めている自然概念の再分析と再検討——ついに人間学というものまで創りだし、さらに「意識学」というのまで独創するに至った。心理学だけでは間に合わなくなったからである。そして「認識論」からのやり直し。称して唯物弁証法的認識論の文学への適用の仕方についてまで考えた。（なぜかと言うと一般にいって「唯物論」とか『弁証法』というものは、哲学の世界における抽象概念による分野思考法だが、文学創作においては抽象概念によらないで、具体・具象的な現実的写実概念が「言葉」の材料となり実態となっているからである。自然概念がそのまま使われる。人間、町、花、顔、手、足、呼吸、力、言葉、などすべてが自然概念である）

むろん今日「科学」の時代であり科学的英知の時代だから、あらゆる存在の意味内容・存在価値、存在の解釈の仕方が科学的となり哲学的となっていて、あらゆる存在の実質・本質が「見たまま」「見えたまま」の自然を主体としては考えられない時代である。フッサールの現象哲学において「本質」と「現象」を対立概念として分けながら、いわば自然主義的思想を基底面とした「自然」概念を現象とみて、存在の実態・実質・存在の本質をいわば現象《自然現象》と対立させているようなものである。「現象的に人間生活をやっている人間の本質、そして人間の本質は何か」「資本主義に従属して本質的に自然主義者として弱肉強食の金利追及に従属した人間生活をしている人間は、人間の姿をした動物である」と、こんなことを言いかねないが、社会主義者にしても完全に「自然」の面を排除できないのは、人間そのものが自然物だからである。

つまり社会主義者もものを食わねば生きていられず、性欲もあれば糞便も排出するようなものである。エンゲルスの言う通り「自然とは人間が哲学する以前の存在であり、実は人間そのものも自然物なのである」というこの自然の定率は、見事に自然の側面と本質とを語っている。しかもその自然の本質がまた「思想」や「意識」「科学的分析法」など、その解釈や観察法によってその存在性を異にしてくるようなものである。

そしてここで「意識」という意識中の実存意識（あるいは分野意識など）が出てくるわけであって、この意識中の意識の如何によって、また「存在」そのものが異質のものとなってくるというようなじつに厄介なことも起こってくるわけである。（禅道などではこの意識中の実意識を表す言葉として「眼」とか「心眼」というような言葉がある。そしてあらゆる存在の内面的で実質的な存在の実体まで透察でき看破できないような意識だと、未熟者の俗眼として排除されたりする。その眼という物を見る感覚器官（自然物）は人間である以上誰でも持っているわけだが「眼のある人」とか「眼のない人」とかいうこの眼という言葉は、あらゆる存在、あらゆる社会的存在をそれが存在するがままの実態・実在として透察できる「眼」を指すわけである。

　むろん仏教のことであり仏教心理学を持っての洞察力であり洞察法だから、いわゆる俗人が五欲によって動いているような「俗悪な心」や欲望そのものを直視するような眼が「眼」であり心眼である。達眼と言ってもいいだろう。それは出世欲や物欲や色欲、一切の虚偽・虚妄などを虚栄心・迷妄・俗境として否定するわけである。そしてその心境を清浄境などと称したりする。これは禅道に限らず仏教のあらゆる宗派が主張している浄土境と言ってもいいわけだろうが、しかし親鸞上人などは妻帯だけは感情の自然と考えて、これを女色とは見ないというようなことはあるようである。スチュアート・ミルであったか。「人間の二大欲望は、食欲と色欲である」などと断定して人間概念の基底面をつくったようだが、これは生物学的・動物学的自然概念であって「人間とは何か」「人間の理性とはなにか」「英知とはなにか」というような哲学的答案ではないようである。――（しかも、ミルのこの二大欲望説には異論を持っている。食欲の方つまり飢餓感という物は生物学的な生命維持に最も重大な反応をする要因であって、人間は半日も食わずにいるだけで飢餓感を生じ、一日も食わずにいると相当な苦悩を生ずる。しかし、色欲の方はよほどの色欲家でないかぎり半月や一ヶ月は平気ではないかと思う。節制という言葉もあるが、食欲の方はそうはいかない。「起て、飢えたるもの」というメーデーの歌はこの飢餓を唱っているはずである。性欲ではないはず。つまりスチアート・ミルの二大欲望論この等価値的発想法は飢餓の体験などない上層階級の発想ではなかろうかと私は考えている。ここは哲学と出身階級の問題もあきらかに存在しているのである。

ところで、ここで「人間の真の幸福とは、一体何か」そして「幸福と社会の関係」というようなことを考えると、しばしば宗教者が伝統的に主張しているような「あらゆる自然欲望を否定する」というような清浄主義でいいものか、問題の出てくるところである。つまり「大衆・民衆という課題」が出てくると、単純な人間論・聖人論などでは小乗的になって割り切れなくなるようである。ここで社会指導者と大衆の論も出てくるわけだと思う。「大衆・民衆とは俗衆のことである」とミゴトに喝破している宗教家もいるようだが、大乗仏教の方になると、「それにしてもこの俗衆を救済することが釈迦の言う大慈大悲となる」ようでもある。ただ宗教ということになるととかく精神主義が主体となって人間救済を考えることになるようだが、それでは食欲の方もたとえ最低限度のものであっても、いわゆる衣・食・住の問題をも含めてそれらの問題をどうするか。近代社会が極度に発展して人口過剰となっているばかりか階級闘争が激化している今日では、単純な精神主義や倫理主義に基礎をおいている「宗教」では、最低度の人間生活の保障もできないことになる。ここでは今日「政治」という問題が大きく顔を出してくるところだと思うが、それでいてこの政治指導者が単に機械的に物質至上主義的指導をやっていれば、そこにもまた問題が生まれてくるわけである。いわゆる物取り主義、組合主義、経済主義の一辺倒では、労働者階級の心の発展が起こってくるものかどうか。

——中断——

実はこれらの諸問題は（じつに多面で多角の諸問題は）私が入党以来、じつに種々さまざまな「政治」と「文学」の対決問題として私を苦しめてきたわけだが、しかし、私が次第にそれら諸問題を「分析」によって根本から安定させてゆくことが出来たのは、私が戦後の三ヶ年半、じつに苦労の多い「百姓生活」をやったからだと思っている。

絶筆

先生が、「リアリズム文学論」としたり「リアリズム論」としたり「私のリアリズム文学論」として、試行錯誤している過程が滲み出ている。さすが昭和初期（十年代）戦前戦中から若き新進評論家として、天才を愛する太宰と意気投合し、論陣を展開するや直ちに

『不可能の追求者』「完全主義者」として称賛されて、偉才を放っていた山岸外史の渾身の「リアリズム文学論」として「絶筆」ではあっても読みごたえがあり、「政治」と「文学」の哲学的基盤から問い直す、本質的ロジックを展開した読み応えのある評論の絶筆である。

散文的ロジックを組み立てながら、退屈な散文ではなく、詩人としての天空の星の耀きをちりばめた文章を展開している。いかに天才とは言え行きつくところ、「政治とはなにか」「文学とはなにか」「人間とは何か」、これはまさに完全主義者の不可能の追求である。マルクスの「資本論」を超えなければならぬ『不可能』？　の追求に等しいと我々凡才は、「絶望してしまう。しかし、山岸外史はその不可能に挑む。冷静な論理以上に、燃えるような情熱の炎を感じる。それは狂気か、政治主義者に対する怒りか復讐か。先生の経験に基づく状況判断が強烈に働き、「書き続ける情熱を失っていき」序文だけの絶筆となる。私は私なりに、山岸天才の強烈な真実、真理追及のエネルギーは、レーニン、スターリンが築いたソビエト共産党独裁政治の崩壊が、近づいていたが崩壊前であった。

私も二度ソビエトロシアに行き、アル中がモスクワに溢れ、敗戦時日本の少年が進駐軍兵士に群がっていたように、我々観光客に「ガム」「チョコレート」と手を出して群がる様を見て、これがマルクス主義の社会主義かと私が衝撃を受けたのは、この時よりまだ後であった。現代の、中国共産党独裁政府の官僚の腐敗堕落も、マルクスが描いた夢とは違っていた。山岸外史が「人間とはなにか」まで踏み込む方向は、天才的で極めて先見的に普遍的人間を見ていたと思っている。人間が権力をとると、歴史的王侯貴族も共産党政府官僚も、ソビエトでも中国でも腐敗堕落していった。「人間とはなにか」を追及しなければならない山岸外史の先見性である。それは山岸外史が「腐敗堕落を悪とする正義感」と同義語である。それは「理想主義」と否定的に扱われるかもしれないが、支配被支配の階級社会では支配権力（官僚）の「正義感」だけが頼りであり、この正義感は誘惑に脆いのも人間の本性か本質か、山岸外史の「人間とはなにか」の追求を読みたかったが、それは未完である。または「不可能の追求」だったのかも知れない。

九十一、観念という言葉について　―リアリズム論の一部として―

この小論も、山岸外史がまだ日本文学学校の事務局長時代、私が日本文学学校九期生チューターの時代で、東横線沿線のグループが新丸子の小林 勇のアパートに集まって、校外自主講座として山岸外史講師、小林 勇チューター、校外学習を続けていた。そこで「新世代」という同人誌を出した。その創刊に山岸先生から「観念という言葉について―リアリズム論の一部として―」を寄稿して頂いた。原本を無くしたが、幸いその生原稿が残っていたので、先生の貴重な生原稿を紹介する。年代は記録を無くしたが、私の結婚直前だったので、昭和三十二（一九五七）年頃であった。

「観念という言葉について」
―リアリズム論の一部として―

（四百字詰原稿用紙十六枚の小林勇所蔵生原稿より）

山岸外史

一般に言って、今日、（観念）という言葉、あるいは（観念）という用語は、かなりひどい形で誤られて考えられているようである。ひとつには、今日の風潮として、唯物論的な主張者が、観念論と唯物論をきわめて機械的に対立させて考えている結果、眼前的な社会事象だけに思考の基盤をおいて眼前的なものだけを（現実と考え、それだけが、意識の基礎であり、行動の基礎であり、人間生活の（すべて）であると決定的に考えているからではなかろうかと、私は考えている。それからはみ出ているものは、みな観念的だと考えている人々さえいる。つまり、政治的諸問題や経済的諸問題や、あるいは、組合活動的諸問題等々のことが現実的なものと考えられ、それらのことが基礎的意識となって、唯物論のものさえ機械化したり通俗化したりしながら、これが通念となり、常識となって日常的意識を決定したりしているからだと思う。

ほかの言葉で言えば、その辺にすでに、政治主義もあれば、経済主義もあれば、また、組合主義もあれば、労働者主義もであって、こうした日常的現実主義以外のものは、皆、観念主義だと考えている人々さえ、きわめて多いのである。しかし、人間生活と社会との現実的関係は、きわめて多岐であり複雑であり、また、広く深いものであって、けっして日常主義者が考えているように狭く浅いものではない。

たしかに、ここには、時代の流れも存在しているのであって、唯物論が機械的に導入されているのにしても、民主主義の発展と共に、労働者陣営の勃興にはすさまじいものがあるのであって、つまり、政治的闘争や経済的闘争やあるいは、また、組合活動の発展のなかで、社会的現実の起こってきていることそのことは否定できない。また、〈政治〉という観点に立ったり〈経済〉という観点に立ったり、あるいは《組合》とか〈闘争〉という観点に立って考えれば、その日常的現実に立って行動し生活することも当然であって、現実生活の基礎、そして意識の基礎をそこにおいて考えることのすべてを誤りというのではない。ただ、ここで、私が言おうとしていることは、特に、〈文学〉という観点に立ったとき、こうした日常生活的現実にだけ基礎をおいて、そうでないものすべてを、非現実的と考えたり、観念的であると決めてかかっているその態度と意識そのものこそ、逆に、観念的だと言っているのである。社会における人間と現実の関係は、きわめて深いものであって眼前的な現実というのは、その表面の一部的なあらわれにすぎないからである。

だいたい、人間は〈考える動物〉であるといわれているが、もし、右のような闘争主義、その意味における実践主義だけに人間のすべて生活の意味を考えるならば、つまり、行為にだけ基礎を置くならば、〈考える〉ということそのことさえも観念主義になってしまうからである。なにごとによらず、生活行動、あるいは、実践の生活だけが、人間生活のすべてであってしまい、(考えること)そのことさえ拒否されてしまうのである。つまり、唯物論が通念的となっているためであり、実際主義と眼前主義が勝利を得ているからである。

しかし、すでに、思想するということは、観念の操作なのであって、思考するということそのことが、人間の意識内における思惟機能の操作なのである。いかに、社会的現実の問題であっても、いったん、それが、人間の精神内容となって、そこで、思惟という形で取り上げられていく以上、それは、当然、観念の操作となるのであって、それが、すぐさま外界的現実の行動と言われうるものになるのではない。唯物論というのは、その意味での実際主義や実用主義を言っているのではない。その証拠に政治行為や組合活動で一時的勝利を得たところで、政治行為も組合活動も、まだ果てしなく続いて起こってくるのである。そしてそれと同時に、(観念的行為)である理論の勉強をしなければ、労働者としての意識そのものが、高まりも深まりもしないようなものである。

たしかに、政治的行為の観点に立てば、(考えている行動)とか、(考えている時間)というものは、無意味ともいえるし、また無意味にもみえる。しかし、人間は、(考える葦)であると言われたり、(考える動物)であると言われたりする理由は、いかなる人間であっても、現実に対決した時に、すぐさま、その対決的行動の答案をもっているわけではなく、やはり、精神的内容として(考える)からである。そして政治についてだけ言っても、理論という観念形成は、こんなところで必要となってくるのである。のみならず、考えている間、つまり、観念の行動をしている間は、いかに、政治的現実に関与していなくとも、そして、関与していないようにみえて、その答案をつくっている過程にあるという意味では、政治的行動に間接には関与してる訳であって、すくなくとも、〈考えている時間〉も、立派に、〈人間生活〉の一時刻であることを忘れることはできない。その時刻がいかに肉体的行動にまで発展していなくとも、やはり、考えている人間の時間として、尊重されなければならないようなものである。

文学の場合においては、人間生活の全面を具体的に捉えるという意味で、考えているこの時間を絶対的に除外することはできない。そして人間を〈考える葦〉であるという個の言い方を否定する訳にはいかない。また、この例においてしかも、私の言っているその〈考えている内容〉が、仮に、非闘争的におちいったり、ニヒリズムにおちこんでいったりするような〈考え方〉であったとしても、そうした人物を取り扱うことが文学上、誤りだということはできない。英雄ばかりが現れるということは、非現実的なことだしそれでは、妙な小説になるし、だいいち、この現実社会には、そうした懐疑的人物は、数多く実在しているからである。懐疑者もまた、立派に小説中の人物となるのである。

私の言う〈リアリズム〉とは、そういう角度まで含めて、現実社会内における人間生活を幅広く描写することである。のみならず、そうした観念主義的懐疑主義者を一人物として扱っていくことによってこそ、（現実）はいっそう、明快に表現されてくる訳であって、同時に、考えを通過して英雄的になっていった人物を、いっそう、引き立てることさえできるのである。画家が一個の赤い林檎を描いてゆく場合においてもバックには、大きな注意を払っているようなものである。バックなしには、赤い林檎は、いわば、浮き上がってこないのである。芸術は、つねに、相対的な世界における統一であり、相対的関連性のなかに、統一と調和とを生み出していくことである。そしてそれが、必ずしも、現実社会そのものにないときに、それを創造とさえ呼ぶのである。低音部や高音部だけでは、ピアノもその活動力に制限を受ける。オーケストラも、各楽器の異なっている音程の総合力のなかに、きわめて幅のひろい世界を出現するのである。

そういう意味で文学の世界には、せむし男も、ニヒリストも、疑惑者も、お追従男も、裏切男も、スパイさえもいるのである。むしろ、それらは重要な現実的課題でさえある。そして、そういうものを否定することによって（そんな文学的見方しかできない素朴な革命主義者が、今日でも少なくないと私は思っているが）文学の幅がせまくなってくるどころか、かえってそれとは反対な、逞しい闘争者も劇的に描けなくなってしまうどころか、それらの人物を芸術として表現していく作者の、高度なヒューマンの意識さえ否定されてしまうのである。

文学が、芸術として尊重されるのは、そして、芸術作品として尊重されるのは、こうした社会的現実のなかにおいて、そうした諸人物が交錯しながら対決したり矛盾しあったりしているこの（社会の実相）をヒューマンな眼で見ている作家精神が表現していくからである。（私の言うリアリズム文学は、こういう観点に立って、作家自らがヒューマンな意識をもって、人間的事象や社会的事象をあくまでも現実として定着し表現していくことである）

私は、むろん、そうかと言って、職場の作家が、職場における課題や、職場における矛盾や、その苦悩や、あるいは、総じてその（生活）を描写してゆく職場的リアリズムの作風を、決して否定しようとは思わない。それが私小説になることも差し支えないことである。また、それが、芸術の域まで高まらなくとも、人間生活とその現実が真実の形をもって表現されていく以上、それは、今日の階級文学として、十分に、新しい要素をもっていると考えているからである。私は、むしろ、そういう素朴な写実主義を愛してさえいる。それは、今日という時代における各部分の社会の実相を伝えてゆく歴史的宝物であり、今日の労働者の職場における歴史的記録となるからである。たとえば、今日、きわめて歪んでいる見地から（生活記録）を非文学として否定するような芸術至上主義者たちとは、まったく、別な見解を持っている。文学という物の幅はきわめて広いのだから、こうした文学も、ぐんぐん成長してもらいたいと私は考えている。そして、そうした文学も発展していく過程の中で、やがて、それぞれのところを得てゆくと、私は考えているからである。私の言う社会的現実主義としての（リアリズム）の主張は、むろん、この写実主義をも抱合するのである。

ところで、観念という用語を使いながら、私は、また、ここで、別の角度から〈芸術的意識〉の形成について書いてみたいと思うが、たとえば、ひとつの例として、浮世絵師の歌麿呂が、湯屋の三助になって、女体の研究をしたことなども、現実と（あるいは、現実的材料）と観念造形との関係を表して面白いと思うのである。ここには、現実の課題が、いかにして、画家の現実的女体観念を造形していっているかのいい範例もあるのであって、つまり、イメージ形成の素朴な型さえ存在しているのである。つまり、日本においては、その風習上あるいは風土の関係上、裸婦像という絵画の形態は存在しなかった訳だから、モデルの有る筈もなく、女体を研究するということになると、銭湯しかなかったからだろうが、歌麿呂は湯屋の三助にまでなって、女体の背中を流しながら、その研究をやったということである。浮世絵だからといってばかにすることはできない。手が空くと歌麿呂は、すぐ、奥の室にかけこんで、そのとき〈意識〉がつかんだ女体の印象の線を（あるいは、この場合、感覚の曲線と言ってもいいだろうが）和紙の上に筆写して、その描線を形成したということである。

今日の油絵では、ヌードの写生ということがあって、女の形像は直接的に写実することもできる。しかし、歌麿呂の場合においては、その意味の写実ではなかった。時代の必然をともないながら、銭湯が仮のアトリエになり、意識の残像が描線になったのである。〈最も、東洋画の伝統は、洋画のような写生的写実主義はないと言った方がよく、現実的風景に接して写生帖に写し取ったような場合でも、それを改めて屏風や軸物などに拡大した構想で寫しとるときには、その大意の追及をするなかで本質的抽出もおこなわれているのである。〉歌麿呂の場合においても、これほど、現物的素材に近接してそれを獲得してゆきながらも、当然、いわゆる浮世絵的感覚主義の写実であったことは否定できない。あるいは、これを日本的印象主義という人もあるが、歌麿呂は、いったん、その女体像を眼で受け取りながら、自己の想念のなかにもちこんで、（つまり、観念化すると同時に）自分の好みに応じた手法として表現した訳である。外界の存在としての（人物）が、人間の意識のなかに吸収されながら、同時に、という〈主観〉のなかで濾過されて、一つのモデイファイを受けてから外界に再出現していった訳である。毛沢東の政治論も〈リアリズム〉であって、そのなか（現実の調査無くして発言権なし。）という言葉まであるが、歌麿呂も、きわめて現実的に、いわば女体を調査しているのであって、その絵がいわゆる歌麿呂風になっているところに、現実の歌麿呂的観念化があるのである。そしてそこに、観念化されながら、新しい形としての現実が、じつに生々しい現実感をもって存在しているのである。

つまり、歌麿呂は、狩野派のような官学派が、現実をみないで写本などによって技術を獲得していたのと違って（そこにこそ、本当の観念主義があるのだが）それと違って（物）と対決して、そこから新しい（物）としての観念を（あるいは想念を）形成している訳であり、今庶民階級のやり方が、当時として新しかったというのも、そこに新しい（現実）があったからである。（私は、こんな形で、ここで、観念と現実という用語を対比させながら使ってみたが、どんなものであっても、芸術作品は、それは人間の手でつくられたものであるかぎり、そして（物）との対決があるかぎり、同時に、それが、人間の意識を通過してゆくかぎり、観念とも思想とも美意識とも関連しているのであり、また、（物）とも関連しているのである。）いかなる画家も、もし、それが、本質的な（物）の追及者であるかぎり、こうして、スケッチをかさねながら、（物）と対決し、（物）と対決しながらその本質を抽出し（つまり、芸術の場合には、科学そのものと違って、作者の好みのような主観が強く関連してくることが多いのであるが、——言葉をかえると、人間は、写真機のように、誰が撮っても同一であるような客観をつくりだすことはできないのであって、そこに、芸術の個性的面白さが出てくるものなのだが。）

とにかく、それにしても本質を抽出して、これを絵画として再構成したり再形成したりしてつくるのである。そして絵画について言えば、私も、むろん、写真そのもののようなものより、その本質の追及のなかで、主観の躍動が加わって、表現化されたものの方によろこびを持ちやすいのは、死物よりも生物に興味をもつという人間の通有性が、私にもあるからだろうと、私は思っている。つまり、迫力とか、迫真力とか、新鮮さだとか、豊富性だとか、柔軟性とか、あるいは、潤沢性であるとか、重厚性であるとか、そうした動きのあるものは、楽しいものだからである。

（しかし、客体描写の方に余計に比重をかけた絵の方がいいものか、主体的構造性のある表現の方がいいかどうかということになると、ここでは、簡略には言えないことである。）

文学の場合について言えば、もともと、文学というものが、仮になまなましい体験を基礎にしたものだとしても、それらはいったん、意識のなかに記憶として内蔵されて、それから構成を考えたり、方法や配置を考えたりしてゆくだけに、ある意味からいって、いっそう、観念的な芸術だということもできる。文学は、意識の芸術だといえると同時に、それと同じような意味で、観念の芸術であるとも言えるのである。（私は、こんな形で、観念という言葉をつかっているのだが、これは、唯物論と、少しも背反していることではない。）――唯物論というのは、いわば、人間観念が、伝統的観念や、固定観念や、潜入や俗念や、世間的通念や常識や、現実の（場）における現実的（物）との関連性なしにつくられてゆくことを、観念の本質として否定しているだけのことであって、いわば、観念の発生と、観念の起因、観念の形成等に関して、いわゆる観念論（独断的観念論、あるいは、観念は信仰から生まれていると考えたり、観念は、観念のなかに原因があると考えたり思考派的観念論）などと、対立して、真の観念は、（物自体）との対決からだけ生まれると主張しているだけのことである。

すでに、マルクス理論そのものが、ひとつの思想という観念的形態として、まず、我々によって、学びとられてゆくのであって、そのマルキシズム理論にしても、もし、（現実）との対決のなかで、つまり、体験のなかで、現実として、現実的に、（再構造）され（再形成）されて、現実化されないかぎり、それは、じつに単純に（マルクス的観念学）となり（観念的理論）となってしまうようなところに、今日、じつに平凡でありながら重大な課題があるようなものである。門前の小僧でも、よく、習わぬ経文は読むのである。それは、記憶現象であり、知識現象であって、経文の実在的であり実質的意義はすこしも解っていないのに、あたかも、経文についてその悉くを知っているように、自分自身で誤解しているということである。それは、実在、つまり現実（あるいは、現実中の物）との対決性を少しももっていない観念学だということである。そして現実の（物）との対決の中で（つまり経験、あるいは、体験のなかで）そのマルクス的理論という観念哲学も、はじめて、リアールに唯物論化してゆくのである。

それは、たとえば、一つの卑近な例としてあげた歌麿呂を追及しながら、つまり、写生しながらその訓練のなかで、観念的観念でなく、実在物と密接に関連している新しい実在的観念を形成してゆくようなものである。だから、唯物論を知ったということだけで、唯物論が、把握されたということはできないのであって、かえって、唯物論を知ったために、新しい観念論に入ってゆくことの方が普通なのである。そして、観念的に固定化された唯物論こそ、教条主義となり、原則主義となり、機械主義を生んでゆくことは、すでに、私たちの経験済みのことである。そういう意味で、唯物論

だからと言って観念論ではないとはいえない訳であり、問題は、それが（現実）とい

かに結びついており、いかに、それが現実的に動いているかということによって、唯

物論も唯物論となるのであり、観念的唯物論と差別されるのである。

私の知っている文学青年と文学少女たちが、きわめて多読であって、よく、ドスト

エフスキーを語り、ショーロフについて語るのだが、しかし、いっこうに（書くこと

が）成長しないのは、要するに、ショーロフやドストエフスキーのために完全に観念

化しているためであって、文学的観念を固定化し規定化し規格化しているからである。

自我の現実の人間生活、その日常の社会的視察（自我的社会観察）がお留守になって、

じつは、自我喪失を起こしているからである。そして、そういう文学的固定観念だけ

で、新しい文学をつくろうという、きわめて虫のいいことを考えているのである。

しかし、新しい文学的観念は、あくまでも現実にあるのであって、基本的に言えば、

作家の社会的現実との闘争の意識のなかで、すべての課題と闘争してゆくことに尽き

るのである。それは、社会的課題、人間的課題の追及であって、そして、その表現が

文学なのである。私は（観念）という言葉さえ、今日、貴重に扱ってもらいたいもの

だと考えている。新しい観念こそ、現実との闘争と訓練とのなかでできてゆくだけで

なく、そうして統一された意識なしには、今日、極端な観念分裂が起こってくるから

である。

この評論「観念という言葉について―リアリズム論の一部として―」は、山岸外史の未完に終わった「リアリズム論」の神髄を知るうえで重要な遺稿となった。池内規行氏の「評伝・山岸外史」（万有企画社刊）で「第七節、戦争前後―リアリズムへの転化」において、山岸外史のリアリズム文学論への変化発展の一節のなかで、この「新世代創刊号『観念という言葉について』から山岸のリアリズム文学論の基本理念として、次のように引用している。

文学が、芸術として尊重されるのは、そして、芸術作品として尊重されるのは、こうした社会的現実のなかにおいて、そうした諸人物が交錯しながら対決したり矛盾しあったりしているこの（社会の実相）をヒューマンな眼で見ている作家精神が表現していくからである。（私の言うリアリズム文学は、こういう観点に立って、作家自らがヒューマンな意識をもって、人間的事象や社会的事象をあくまでも現実として定着し表現していくことである）

抜き書きで紹介している。昭和三十二（一九五七）年当時、私と池内氏とは「評伝・山岸外史」の取材で、何度かお会いしたが、この「新世代創刊号」も私が提供したものである。この短い文章の中で、山岸外史は「リアリズム文学」の真髄を訴えたと言っても好い。

何度読み直しても、五十八年前のこの生原稿は、私のリアリズム文学論の教科書である。先生の論文は教条主義を徹底して諫めているので、先生の論文を教条的に受け取ることを先生が拒絶している。先生の教科書は、リアリズム文学を固定化せず、時代と共に、その時代の作家が自己のヒューマンな意識をもって、創造的に、豊かに進化させ、発展させることを激励するリアリズム文学論である。

九十二、小林勇「シャモニーの角笛」

昭和四十七（一九七二）年、私は「新日本医師協会」の環境衛生関係の理事をやっていた時、協会の企画で「ヨーロッパの医療視察」に参加した。デンマーク、フランス、イタリア、スイス、ソビエトロシアを二週間見て歩いた。その時報告書「時差百年の旅」（ハト印刷）を書いている。イタリアのエミリアローマニア州のボローニア県の県都ボローニアの世界最古のボローニア大学の世界最古の解剖室を見学、ボローニア病院、「人民の家」など、市長はじめ市会議員の多くにボローニア大学教授が占めており、その市会議員が州県郡行政の部局長を占めているのに、大きなカルチャーショックを受けたものである。その前に、私たちはスイスのレマン湖のジュネーブから、モンブランをエレーベーターのような登山電車で登り、ふもとのシャモニーに寄り、子供の土産などを買ったあと、スイスからイタリアのミラノ経由でボローニアに入ったわけだが、その前後を題材に「シャモニーの角笛」という旅行記を、熱田五郎主宰の第二次「京浜文学」の生き残りだった私中心に、若い書き手が集まって始めた第三次「京浜文学」第三号に寄稿した作品である。その第四号にも掲載された山岸外史の、「『シャモニーの角笛』評」が掲載されたので、続けて紹介する。

小林勇「シャモニーの角笛」（昭和四十九（一九七四）年第三次「京浜文学」三号）

私は毎朝十四、五分程、体重30㎏もある大きなコリー犬「ベルク」を連れて、軽く駆け足をし、柔軟体操をすることを欠かさない。生まれてまもなくの「ベルク」を貰って一年になるので、もう同じくらい続けていることになる。そのためか、地方公務員生活二十二年、四十代半ばを迎えようとしているが、走力・腕力の衰えはない。「ベルク」の方も、私が朝起きてこないと、催促の鳴き声をやめない。見えない私が布団を飛び出すと、鳴き声がぴたりとやむから、すっかり呼吸を心得たものである。

今朝も、日課の散歩を終わり、あたたまったからだを家のなかに入れると、ちょうど窓から差し込んだ朝日のなかに、小さな角笛が艶のある白と黒に反射して輝いていた。無造作に床柱の釘に、赤い紐で吊るされた角笛は、長さ20㎝ほどの小さなものである。太さ5㎝ぐらいの楕円形の切り口の琥珀色から先端に向かって、琥珀から白、そして黒へと細く尖っている。角笛の横っ腹には〝Chamonix,Mt.BLanc〟（シャモニー・モンブラン）と書かれている。昨年九月、モンブランのふもとの街シャモニーで私が一人息子の力（チカラ）に買ってきたものである。

この角笛を五歳の力が吹かなくなってから、もう三、四ヶ月が経とうとしている。

昨年（昭和四十七《一九七二》年）九月十二日、私は、十五人の「ヨーロッパ先進自治体保健医療視察団」の一行とともに、夜十時羽田を飛び立って、最初の訪問地デンマークのコペンハーゲンで、まる〳〵二日間、医療施設・社会福祉施設の視察を終わり、十五日スイスのジュネーブへ向かった。コペンハーゲンからジュネーブへは、ジェット機で、たった一時間五十分である。

ジュネーブの滞在は、視察はなく、もっぱらモン・ブランを満喫するためである。

翌十六日朝、レマン湖からロン河へ水がそそぐ河のほとりにある我々のアンバサダーホテルを出て、小さい五角形のジャンジャック・ルソーの島を右に左にレマン湖を見ながら専用バスで渡る。ジュネーブの街を出ると、すぐスイスとフランスの国境である。まもなく河と谷と緑と山の中へバスは進み、幾つかのコミューン（自治体）を通りながら、だんだん山深く入っていった。どのコミューンにもフランス革命の「自由・平等・博愛」の様々なモニュメントが必ず建っており、さすが民主主義の先進国だけあって、それだけでも民主主義の歴史の深さをしみじみと感じる。そのことを今日のガイド兼通訳のアメリカ娘キャサリン嬢がガイドする。

ヘミングウェイの「武器よさらば」の舞台は、スペインの人民戦線救援のために参加したヘミングウェイ達が国際義勇軍へ参加するために、イタリアからスイスのジュネーブを通ってスペインへ行く通過点で、義勇兵と共に行動するヒロインの従軍看護婦もキャサリン嬢であった。

とてつもなく広大な草原には、はるか遠く、ときおり、羊の大群がアリの群れのように見える。それは十九世紀の印象派の原風景を見ているようでもあり、もっと古くミレーの風景画を見ているようでもあり、もっともっと、古くキリストより前の羊飼いの少年が、そのままそこにいるようでもある。キャサリン嬢のガイドによれば、この地方では、珍客を歓待するために、娘がナイフで羊を殺し、その肉を御馳走する野性的生活の一面を持っているそうであった。

シャモニーの街が近づくと右側にボッソン大氷河がバスの上にかぶさるように迫っている。すでにバスの中にいる我々の標高が一〇〇〇mを超えている。日本の山のような裾野はなく、いきなり平地から切り立った崖になっている。そして、そのまま四八〇七mのモンブランの頂上まで切り立っている。

シャモニーの空中ケーブルカーの駅は、標高一〇三〇m、駅全体を黄色く塗りつぶしている。そこに、真っ赤なケーブルカーが降りてくる。途中乗換駅二三〇八mのブランデ・セギュイユ駅でさらに上のケーブルカーに乗り換える。ケーブルカーというより、傾斜が垂直なエレベーターと言った方がよい。気温がどんどん下がり、雲の中にケーブルカーは入ってゆく。この中継駅の外へ出ると、もうここには雪が積もっていた。ここからエギュイユ・ドウ・ミディの頂上駅三八四二m、日本の富士山より四、五〇mも高いところまで、ケーブルカーで登ったわけである。ここは曇っている下界と違って、底抜けに明るい紺青の空が輝いている。駅から山の岩盤をくりぬいたトンネルを抜けていくと、大きな寒暖計は零下10度を示している。足の下から染み入るような寒気が全身に広がっていく。

外へ出ると雪の白さと空の底抜けに透明な蒼さで眼が痛い。人工をすべて排除した自然の原型の透明度を示しているのだろうか。あまりに人工化した都会の中で生きているためか、現実感を持つことが困難なほどである。多摩川が人工化した都会の家庭から排出した洗濯排水の泡で汚濁しきっている姿、都市河川多摩川が泡で蔽われ自然が破壊しつくされた現実こそ、私の中の実在でありすぎるからであろう。

目の前に真白く雲の上に大きくそびえているのが、おそらく四八〇七mのモンブランなのだろう。

「あれが、モン・ブランですね」

いかにも間の抜けた質問を私は、原爆詩人峠三吉の実兄にあたる、民医連副議長の峠先生に向ける。

「そうですよ。日本の最高峰より一〇〇〇mも高いモン・ブランですよ。我々の立っているこの標高も日本の最高峰富士山より高いんですよ！　これだけでも、スイスへ来た最大の収穫ですよ！」

興奮気味に喋り捲る。山好きらしく、とても詳しい。我々の立っている地点とモン・

ブランと逆の山の頂上の間に空中ケーブルが張ってあり、真っ白い雄大な氷河の上を赤いケーブルカーがゆっくり走っている。その頂上を指しながら、

「あれが、グロス・ログノン、その向こうがバレ・ブランシェでヨーロッパ最大の氷河ですよ。そしてケーブルカーはエル・ブロネール、ずっと向こうの白い頭を出しているやつ、あそこまで、あの尖っているのがグラシアル・ドゥ・トゥール」

峠先生の周りには、我々一行の若い保健師・看護師たちが自然に集まって、白い峰々を指しながら、質問を浴びせている。

しかし、この辺から、私は、だんだんと呼吸が苦しくなってきた。頭も重く痛い。深呼吸しても苦しくなるばかり。低気圧と低酸素による「高山病」である。

十六歳陸軍予科士官学校当時の航空適性検査では「適正」だったが、高山病のテストはなかった。今、モン・ブランの頂上で、初めて低気圧と低酸素には私は適さないことを知った。予科士官学校の卒業試験で化学教官から『化学試験抜群』と評価され、「貴様は操縦希望だが『燃料専攻』に推薦した」と言われたことを思い出した。当時は操縦から外されたことを「操縦不適」にされたと思っていたが、高山病に弱い自分をモン・ブランで気がついた今、「やっぱり俺は『燃料専攻』だったのか」と敗戦後約三十年経って自覚し納得した。

ケーブルカーで数分間もかけずに三〇〇〇mも一気に上昇したために、私はその気圧変化と低酸素化に順応できずに高山病になってしまった。しかし同行の人々は誰も

高山病にはなっていない。やはり俺は順応できない数少ない人間らしい。時間が経っても、苦しくなるばかりであった。川崎の汚染しきった空気のなかで平気でいられるのに、モン・ブランの澄み切った空気の中が苦しいのだからおかしなものである。

しかし、この大自然のなかで貪欲にへばりついて、呼吸困難をこらえ、カメラと8㎜のムービーを撮り続けていた。8㎜には、白い岸壁を鳶が這うように舞っている姿がよく撮られていた。ヨーロッパ旅行中で8㎜がよく撮れたのは残念ながら、このモン・ブランだけで、他の視察の部分は全く撮れていなかった。皮肉なものである。

息苦しさと頭の重さに耐えかねて、私はトンネルに戻りバーに入った。バーには日本の観光地と変わらぬお土産品が無造作に並んでいた。まだEUに連合する前だったから、EUドルはなく、ジュネーブではスイスフランか円かドル、シャモニーはフランス領なので、当然フランが正貨である。しかし、ドルは勿論、円でも十分扱ってくれる。もう日本の円は何処でも通貨として威力を発揮していた。パリでも、「ポルノ」グラフを路上販売していて「農協？」と聞かれたほど、日本の農家農協は金回りがよかったようであった。当時日本人に向かって言われた「エコノミック・アニマル」の現実は「農協？」ではないかと思ったくらいであった。

苦しい呼吸と重い頭をなんとかしたいと思い、私は赤葡萄酒を一本買った。一合ぐらいの小瓶である。ラッパ飲みに一気に飲み干したが、息苦しさも頭の痛さも収まらない。むしろ増加したようである。しかし、多少は体が温かくなったようであった。

アルコールの強いウイスキーがよかったかなと思ったが、何を飲んでも好くなるはずはない。高山病なのだから。

川崎から同行したがん健診センターのO氏が、

「これ本物だろうなあ。日本だと、なんでもプラスチックのまがい物が多いから……」

大きな牛の角笛を取り上げ、ブーとこれまた野性的な響きで吹き鳴らしていた。O氏も酒は強い。旅行中同室になっていたので、次の日程が移動日で朝は視察がない日の前夜は、二人でジョニーウォーカーのレッドの壜を開けると、あっという間に空にしてしまうほどだった。しかし、それは十八日間の内の二晩でしかなかった。

O氏は、このモンブランでスキーで滑ることを期待していたが、残念ながらできなかった。彼は旅行が終わるまで残念がっていた。私は呼吸がますます苦しく、早くケーブルカーで下山したかった。バーは、ケーブルカーの到着を待つアメリカ人、イタリア人、それに我々日本人でごった返していた。シャモニーの駅で出会った陽気なイタリア人グループもいる。そのイタリア人グループといろいろ工夫して会話をしたが、我々の片言の英語とドイツ語がなかなか通じない。勿論、彼らの話すイタリア語は全く分からない。「メヂカル・グループ」が通じないで、やっと英語の「ファーマシスト」が解ったようであった。イタリア語で「ファルマチスタ」と言ってうなずいた。薬剤師である。若い娘たちが明るく陽気で、また美人ぞろいである。このイタリア娘に我々一行のカメラのシャッターがしきりに押された。

そのイタリア人が三八〇〇ｍの上ではしゃいでいる。しかし、私は呼吸が苦しい。やっと、到着したケーブルカーに乗り、降りはじめると、いつの間にか呼吸は平常に戻っていた。


シャモニーの街の昼食は、午後二時になっていた。予定されたレストランの食事は、今度のヨーロッパ旅行中、評判の良かったものの一つである。恐ろしく長い米粒が炒めごはんで出された。サフランの色か、ドライカレーのように黄色くて、さらっとしていておいしかった。二つのテーブルともお代わりをした。そして、生野菜がたっぷり出た。新鮮な薄緑色のレタスの山は、あっという間に空になって、これもお代わり。食後は、ヨーロッパでは何処でもアイスクリームが多かったが、ここでは果物が出た。とてもうまいオレンジだった。勿論、ここでも私はワインを飲むことを忘れることはなかった。

シャモニーの街は、街中お土産品の店といった感じであったが、人が混み合っていないためか、なんとなくひっそりとしていた。昨日の、ジュネーブの時計屋での高価なローレックスやロンジンに、目の色を変えていた人間とは同じ人だろうかと疑うほど静かであった。金のない私は初めから、安物しか目的はなかったが、雄大なモン・ブランの大自然を目の前にし、大氷河を見、大草原の羊の群を見、人工的公害都会で荒れ果てた心の傷が癒されたのかも知れなかった。感情が素直になっている自分を、山頂の呼吸の苦しさを通り抜けたあとで味わっていた。

独りでお土産物を気楽にのぞき、モン・ブランらしいお土産があったら買っても良い。それは誰でもなく、誰にでもよい。私は濃いブルーと緑の三角帽子に雉の羽のついたチロリアンハットを子供用に二個買い、山頂で見かけた小型の角笛を二個買った。倅の力といとこにと思ってである。

その角笛が、柱に下げられている角笛である。

シャモニーからジュネーブまでの、キャサリン嬢の度の強い眼鏡に映る外の草原を見ながら、彼女のリードでコーラスが始まった。

　おお、ブレネリ、
あなたのおうちはどこ
あなたのおうちはスイッツランドよ
　きれいな湖水のほとりなのよ

最初に出た歌であった。医師、保健師、看護師、薬剤師、鍼灸師、病院管理部門10人の小さな視察団にとって、スイス滞在だけが観光の一日であった。私は、チロリアンハットと角笛を気に入っていた。

ヨーロッパ旅行から帰って半年が過ぎようとしていた。息子の力がチロリアンハットをかぶり、赤い紐を肩にかけて角笛を吹く姿も、とっくに見られなくなっていた。

息子の力が角笛を吹くと「ベルク」が吠える。それが面白くて、さらに高く吹く。ベルクの鳴き声も高くなる。

「ベルク」という名前は血統が「B」系だから、Bを頭文字にして命名してと言われ、生まれて間もなく貰い受けたコリー犬につけた名前である。「beru（べる）鈴」では平凡で、大きなコリーの雄犬にはふさわしくないと思い、昔ドイツ語の教科書で覚えたカール・ブッセの「山のあなたの空遠く」から「Ueber denn Bergen（イーバーデン　ベルゲン）」「山の彼方の空遠く」の中から、「Bergen」（山）をとり「Berg」（ベルク）と名付けたわけである。ベルクは力より三ヶ月兄貴である。薄茶と白の長い毛におおわれ、体重は息子の倍近く30kg以上あった。

濃いブルーのチロリアンハットをかぶった力が、赤い紐を肩にかけて、黒、白、琥珀色のまだらな角笛を「ブー」と吹き鳴らす。むっくと起き上がったベルクが通常とは異なる喉の奥から絞り出すような鳴き声で吠える。また、力が角笛を吹く、さらに喉の奥から絞り上げて鳴き声をベルクが一段と高く叫ぶ。ベルクの吠える声が平常と違うことに私は気が付いた。

「よしなさいよ。力ちゃん。ベルクが可哀相だから」

妻も、私と同じように、ベルクの鳴き声が違うことに気が付いた。力にも妻がとめた「ベルクが可哀相だから」が、解るようであった。

「ベルクがかわいそうだから、角笛吹くのをよそうね」と力は角笛を離した。妻はそのベルクの悲しそうな鳴き声を聞くとベルクが哀れでたまらないという。

「コリーなんて、牧羊の番犬でしょう。牧童の吹く角笛に、本能的に、遠くどこかの先祖が恋しく思い出されるのよ。そうでなければ、あの悲しそうな声は出ないわよ」

私も同じような思いで、哀しく長く尾を引く、喉をかきむしるような鳴き声をじっと聞いた。ミロの絵のように深層のおのれの原始を探り出す、それに似ていた。

ベルクは本能的に、彼の祖先の何かに角笛の音の記憶と遠く共鳴する何かを感じているに違いない。それは私が見たアルプスの大草原と羊の群れ、モン・ブランの大氷河とそれに連なる白銀の世界、ベルクは角笛の音のなかに、本能的にその光景を見たのかも知れない。この深いベルクの悲しみは、ベルクの先祖のスイスの草原の記憶と羊なのかもしれない。

それから、ポツリ庭につながれているベルクの、気の遠くなるような、深い孤独が私の胸を強く締め付けた。力にもよく分かったのであろう。それ以来、角笛を吹かなくなった。

シャモニーの角笛は、床柱に吊るされて、ベルクと同じ孤独に耐えているのだろうか。


私はこの「シャモニーの角笛」を掲載した第三次「京浜文学」第三号を山岸先生に贈呈した。あまり日を経たずして、山岸先生からの読後感の手紙を頂いた。

九十三、「へえー」「シャモニーの角笛」山岸外史評

「シャモニーの角笛」を読んで

山岸外史

小林 勇君の「シャモニーの角笛」を読んで、私は先ず「へえー」と思った。この「へえー」という感歎的感動は、先ず小林君の文学的体質が、まことに急激に変化したその変化への感歎であった。驚嘆と書いてもよかったかも知れない。滑るようにすらすらと書かれている文章も、私の意表をつくものであった。ヨーロッパ旅行に主体をおいて、飼い犬のベルクや一人っ子の力君なども顔をだして来る小説。小説というより生活記録的な「リアリズム」だと思ったが、読んでいる間に私は安心感をおぼえるようになった。その安心感というのは私と小林君との交友はじつに長く、日本文学学校以来もう二十年近くなるからである。つまり小林君がその学校の学生であって以来の後輩と言うか友人というか。

（私は俗にいう先生ぶることの出来ない人間で、常に人間は年齢や職業など差別無しに対等であると考えているような「自然児」だから、じつに裏も表も無くつき合ってきているからである。酒もずいぶん一緒に飲んだ。しかもその支払いはつねに律儀な小林君の方であったというような仲なのである。しかも「先生」であった私の方がいつまでも目を出さないで「政治と文学」の地下室生活者であるのに、薬剤師である小

林君の方は多摩川の水質分析などで有名人となり、たとえばこの小説のように、ヨーロッパめぐりまでするようになっているというような、妙な変化も出てきているというような状況まで昨今はあるわけであった。その文学上のいわば「師匠」がこの作品を読んで「へえー」となったわけだが、こうそのままを書けば「へえー」という感嘆詞の意味内容も、多少は明確になってくるかも知れないと思っている。それに私は平生、小林君にむかって、「森鴎外は文学博士にして医学博士という二面をもっていたのだし、今日、科学精神は近代的に文学へのよき刺激剤ともなっている『時代』だから、君よ。その辺は安心して英知を養おうじゃないか」などと言っていたから、――要するに小林君の生活は全面肯定しているわけである。最も私は文学教育家ではなくまたそれがきわめて嫌いな「文芸評論家」なのだが、――しかもぼつぼつ創作の方に変動をおこしはじめている「人間」なのだが、――とにかくそんな人間がこの「シャモニーの角笛」を読んで「へえー」となり、小林君もだいぶ変わって瀟洒になってきたなと思ったりしたから、作品を読みついでにいったわけである)

材料がヨーロッパめぐりのせいもあるとは思ったが、たしかにこの作品には軽妙なところもあり、次第に不安も消えていった。不安というのは、そこに師匠的な厭なところがあるせいかも知れないのだが、小林君に下手な作品を発表されたのでは私も困るからである。

聞くところによると、作家小林君も公害講演で繁忙をきわめている由、口下手な小林君がそんな影響で軽妙になっても困るなという老婆心もあったのだが、この作品の軽妙さにはその害悪の方は感じなかったので、それに安心したところもあった。そして「ふむ、ふむ」と頷きながら私は読み終えたわけである。悪い作品ではなく、これはこれで「好い作品」だと私は思い、そういう判決を下した。

むろん大作というでも野心作というのでもなく、随筆調、生活記録調の作品だが、作家の作品集のなかにこういう作品があってもすこしも差し支えないどころか、作家の生活の半面が伝えられるわけだから、それを否定するようでは文学観の狭さを語ることに過ぎなくなると思う。

そのうえ「角笛」を使って犬のベルクの動静を語りながら、はるかなる山々の雪渓にむかって角笛を吹いているような小林君の詩情もよく出ている。

〈昭和四十九（一九七四）年九月〉

私の「シャモニーの角笛」を読んで、思わず先生が言われた「へえー」という感嘆詞はじつに見事に、私の当時の心境を言い当てている。見抜かれたと驚嘆している。この作品を見ても、私が、「政治・文学・自然科学の三位一体」を活動の姿勢とすると、先生に公言していたが、先生からは「君のリアリズムは政治活動にとられて自然科学も文学もできていないではないか」と見抜かれていた。しかし、「シャモニーの角笛」では、私の活動の主体が「自然科学者としての洗剤汚染との闘い」に落ち着いており、その姿勢と安定感

が出ていたし、環境との闘いも政治活動であると、矛盾を感じていなかった。

真実、私に要求されている政治活動とは、革命的政治活動であり、その支持者を拡大することであった。それ以外はきわめて個人的趣味的活動であって、組織的に政治活動とは認められなかった。その矛盾は決して解消されたわけではなかったが「洗剤汚染」との闘いは、自然科学者としての私の専門科学者としても、社会的にも重要な化学物質の自然環境への排出による自然破壊が、強いては、人間の生命破壊に通ずる重要な　闘いと信じていた。

「小林は、マスコミで知名度を上げるために、政治活動を放棄している」

むしろ妬みが大きくなっていた。

九十四、「政治と文学XⅢ」『言葉は道具などとはとんでもない。文学にとって、言葉は生命《いのち》なのである』話――

少し年代が前後するが、山岸先生が文学新聞の公の場で発言した次の年の論説は、「政治と文学」の先生の主張が、レーニン批判、スターリン批判に及んでいた。しかし、言い切れないうちに、最後の先生の文章になったのは　残念であったが紹介する。

「『言葉という問題』―言葉は果たして道具か―」

―永井潔、北条元一対談―

山岸外史

「民主文学」三月号、「現代芸術とリアリズム」対談を読んでいて、永井潔氏の詞に引っかかったので、それについて短文を書いてみることにした。（じつはこの対談の最後の一小部分。たしかに氏の言葉の片鱗にすぎないのだが、しかし言葉ということになると実に重要な問題を含んでいるので、敢て反論することにしたわけである）

その永井さんの言葉によると「たしかにスターリンが言うように、言葉という道具だけれど」そして云々となっていてその説明が続いているのだが、この道具というスターリンの言葉、これを信用してはいけないのである。スターリンの「弁証法的唯物論」などなかなかの論説で、僕も唯物論の新しい開発があることを読んで感心したこともあるのだが、「言葉がはたして道具であるのかどうか」これはむずかしい。

―スターリンの名言でも―

一見するとスターリンの言い方も名言だし、成る程と頷かせるところはあるのだが、文人・文学者・創作人の方から考えると、これは全く不当な言葉なのである。「言葉は明らかに道具ではない」からである。たしかに一般人・世俗人にとっては、言葉はしばしば概念であり、既成の常識であり道具である。商人などにとっては完全に実利の道具である。政治専門人にとってもしばしば宣伝の「道具」だと思う。のみならずスターリンにとって「言葉はしばしば金槌か、鉄槌ぐらいになったこともある」と私は思っている。しかし政治専門人の文学論などに引っかかると、そうとうヒドイ目にあうことを僕はながが年にわたって体験している。たとえばレーニンの「党文学と党派性の問題」（一九〇五年）これなども所詮は政治専門人の文学説なのであって、その大意にはむろん同感できるのだが、肝心の細部（デテール）になると飛躍と断絶とがあって、やはりレーニンは作家ではなかったことが丸出しになっているのである。

それでは小説は書けない

この論文などいつも政治専門人に引用されて、固定観念化され権威化されているのだが、これでは小説など書けるものではない。レーニンくらい文学の好きな政治専門人は珍しいのだから、僕も大いに敬意を表してはいるのだが（そして革命家レーニンには、僕もきわめて深い敬意を持っているのだが）結局、政治専門人には文学はなかなかわからないと思っている。その点僕はじつにじつに確信を持っている。だいいち文学がわかれば「政治専門人」になるはずがない。文学の方がはるかに何倍も面白いからである。この僕などにしても原稿用紙に向かってものを書いているときにだけ、生きていることが解るし、それがないと完全に自我喪失になっていることをしばしば体験している。

自己を発見するよろこび

文章で自我を発見する愉悦。こたえられないことである。だから半世紀もやってきたのである。しかし絵かきから絵筆とカンパスや絵具を取り上げたら零《ゼロ》になるだろう。彫刻家から粘土や木材や鑿をとりあげたらやはり零《ゼロ》になるだろう。マイナスにさえなる。どうにも躰の処置がつかなくなるはずである。おなじように文人・文士にとっても「言葉は生命《いのち》なのである」道具などとはとんでもない話なのである。それを純粋感情、純粋感覚・感動など表現上の実意なのであって、「道具」ではない。（すでに言葉《ロゴス》のむずかしさがここにもあるのだが）たとえば古代の日本語の「言霊《ことだま》」というような言葉は、言い得て妙だと僕は考えている。

今日「魂」などと書くと時代外れだと思う近代科学主義者がウヨウヨいるようだが、これは好《い》い言葉なのである。「魂」のない人は「蛻《もぬけ》の殻《から》」で実利・実用主義者にすぎないからである。その魂を「道具」扱いにされたのでは文士・文人・詩人はたまらない。お巫山戯《ふざけ》でないと言いたくなる。（この巫山戯《ふざけ》るという言葉も問題だが、この言葉は巫山《ふざん》の夢と同じであり、男女閨中の戯れのことである。巫山《ふざん》という中国の山は雲雨が深く面白かったことから起きたという）それどころか東洋には真言秘密あるいは不立文字《ふりゅうもじ》などという言葉まであって、言葉はきわめて貴重で純粋で大切な実存良心的な奥底の魂《たましい》そのものである。

世乱れるときは言葉も……

しかも「世乱るるときは言葉も乱れる」等が、誠《まこと》を喪失し良心を喪失し、真情を失い魂を喪失すると、文学も乱れて虚構《フィクション》専門になるのである。その真実のない文学は享楽用の虚無であって、文学ではない。そして時流と大勢に妥協し順応した技術主義におちいるわけである。時代は資本主義生産の時代、用心が肝要である。

（やまぎし・がいし＝評論家）

昭和四十九（一九七四）年四月十八日、民主主義文学同盟「文学新聞」59号

この論説で、先生は、スターリンとレーニンの言葉と文学に関する文献を引用して、「結局、政治専門人には文学はなかなかわからないと思っている。その点僕はじつにじつに確信を持っている。だいいち文学がわかれば『政治専門人』になるはずがない。文学の方がはるかに何倍も面白いからである」と。乱暴に言えば、政治と文学について、文学優位論を喝破していたからである。これを言わずに悶々とされていた先生を思うと、この公けの論説で「文学優位論」を言い切って残されたことに、少しく飛躍があると思う私との違いと、それだけに文学専門家の先生の政治優先論に対する「恨みつらみ」の深さを感じるものがある。

私と先生では比較することもおこがましいが、私は、政治優先―政治権力奪取が基本的

解決で、その他は権力奪取に従属する—をその通り真面目に受け止めて「政治と文学と自然科学活動の三位一体」に真面目に取り組んでいた。論理的にはこの三位一体は物理的量的活動量の配分であって、「政治と文学」「政治と自然科学」の基本的優位差の問題解決ではなかった。

先生は「政治優先文学」に、この論説で「言葉」の問題として切り込んだのだと思っている。この論文で喝破した背景が『私のリアリズム文学論』序説」である。

九十五、〝Fuer unsere neue Freundshafut!〟（ドイツ語、我々の新たな友情のために！）

封書第十二号

川崎市生田月見台二〇〇四ノ一
小林　勇様
東京都世田谷区梅丘一ノ四十ノ八
山岸外史
消印　昭和四十九（一九七四）年七月十七日

〝Fuer unsere neue Freundshafut！〟

拝啓

あの夜はあなた方に長時間を強いて、我ながら失敗しましたが、どうやら文字が書けるようになったので書きます。

あなたへの攻撃文ですけれど。二重の誤解も我が「眼」に見えるので、その解決という一面もあるのです。

その前にまずあなたの豪華と書きたいほどのお見舞いの品々に深謝いたします。じつは沢山すぎて少々呆れかえったのですが、ことによるとあなたが多少見舞いの遅延を気にしたのかとも思ったりしながら頂戴しました。しかしむろん僕の方ではそのことは、なんら気にかけてはいなかったのです。当たり前のことでしょう。とにかくヒドイ苦痛の病気でその点、僕の方にしたところで完全な意思表示をしたわけでもなかったのですから。気力喪失も酷かったことだし。それにそんなことは僕の問題。大したことでもありませんからね。（しかし問題は次の点にあるのです）

あまりに遅れすぎていることなので少々気のひけるところもあるのですが、近頃、新姿勢に入ることにして、入ってきてみると、これはやはり「文句」を言っておく必要があると考えるようになったので書くのです。ヒューマニズムからエゴ？ イズムへ。（このエゴは利己か自我かプライドか見識か。なかなかムズカシイところ）というのは去年の四月頃のことだったと思うのですが、あなたが新宿？ かどこかの会合で疲れ切っているのに、そのうえだいぶご酩酊で訪ねてきたときのことです。「これは相当な肉体の疲れだな」とその刹那僕は直知しました。あなたの方は激務と言っていいので、僕も平生心配していたからです。「まだ前途はながい！」そしてその夜我々は風呂屋の二階「ルルベル」に行ったのですが、たしかにあなたの疲れと酩酊の両方をそこでも感じました。

ところがそこを出て階段を降りてきた路上で、あなたは僕の私製ステッキをとると、そのとき僕が素振りの話をしたせいでしょうか。

「士官学校時代には素振りを毎日のようにこうやって振るのです」と言うや否や、僕のそのステッキをとると、いきなり僕の頭上めがけて打ち下ろしはじめたのです。素振りを演じその型をみせるならば、君よ。それは街路上の他の方向をめがけてやるべきなのが、君、人間の礼であり、常識ではないですか。しかし、君は酔ってはいたのですが、酔いを匿してもいたのか。ともあろうに僕の頭上めがけて打ちおろしはじめたものです。これは極端なヒドサでした。むろん頭には当たらなかったけれど、エイッとばかり。黙って路上に立ってあなたを直視している僕の頭上に六回。10㎝のところで確かに止めるやり方でしたが、最後の七回目の一回は、たしかに僕の頭髪に触りました。沈黙して立っていた不動の僕は、内心、もの凄く激怒しました。その怒りは白い光を発したくらいです。君よ。これ以上の無礼が世の中にあるだろうかと、すぐ僕は思いました。いやしくも「先生」なんて僕を呼んでいる男のしうちなのかと。陸軍士官学校の正体を僕は確かにみた。しかし「ヒューマニスト」の僕は、これは酔っているからだろうということにもして、俗にいう寛大な解釈と同時に以前にあなたの家でやった「柔道」のことや、あれこれの僕の過去を刹那に反省して、怒りのなかで、沈黙して路上に立っていました。そしてやがて僕は「とにかく歩こう」と言いました。たしかに君の歩調、その歩き方は酒でふらついてもいたのですが、「いや大丈夫です」ということで、さらにスタンドバーに一軒寄りました。男の「大丈夫」という言葉に僕は、どういうことか馬鹿正直に価値をおく癖があったからでもあるのでしょうか、そこのバーで君は卓上に突っ伏して嘔吐しました。「やはり失敗だった」と僕はすぐそう思い、同行の家人を促してともに三人ですぐその店を出て、豪徳寺駅に戻ってきました。そして酔いを心配した僕は、無人の改札口を通過して下り線のプラットホームで家人と一緒に階段を上ってゆきました。その階段上の外壁の窓に向かって、そこでも君は嘔吐しました。君が僕にわからんような恰好をして吐いていましたから、見て見ぬ振り。とにかく電車にどんな姿勢で乗るか見とどけたく、「大丈夫か」「大丈夫です」で、夫婦で見送ったわけです。人間の儚さ。それから先までの心配はできない。「各自に自我を確立せよ」人間の肉体はたった一個なのですから。——当時の僕は無限ヒューマニスト。「あわれあわれあわれ旅人は、いつかは心安らわん」でした。あわれな大愚和尚だったのです。

(しかし今や僕もここ二年勉強をし直しその点、断酒後はぐんぐん自覚し認識し成長している！　わけですが)あの素振りのときの白光の憤怒こそまさしく正しかったと、他の夾雑物を正当に排除するようになりました。君、ヒューマニストよ。偽善に類したことはやめたいものです。〈君の生活は僕より複雑。しかし、精神原点はあるべきか〉そして、僕は男らしく改めて君に謝罪を要求します。

君もって如何となす。

七月十七日　　　山岸外史

小林　勇様

良心の処置法はじつにムズカシイものです。しかしこの言葉に陥穽がないとはいえない。のこされたものは「仕事」のみ。そしてヘラクライトス「万物は流転す」（パンタ　レイ）「戦いはすべての母」二千五百年前の人にして、すでにこの名言があるのです。噛みしめたいもの。

私が、酔って、先生の杖を使って、先生の頭めがけて素振りの稽古を路上でやったということなのですが、現在では全く記憶にありませんが、「先生」をめがけて、打ち下ろした素振りに対して、その先生の怒りは見過ごすことが出来ないほどだったことが、この手紙でよく解ります。そして、そのことに謝罪しろという手紙です。次の手紙はその催促ともいうべきものでした。

九十六、「二万枚の未完作の誇り」　はがき第七十四号

川崎市生田月見台二〇〇四ノ一
　小林　勇様
東京都世田谷区梅丘一ノ四十ノ八
　山岸外史
消印　昭和四十九（一九七四）年七月二十一日

拝啓
　どうもあれやこれやが行き違って、突然大枚のお見舞金など頂戴するので、僕も一時は途方に暮れた感じ。それはそれとして心から深謝し感動する始末。いささか感情複雑にもなりましたが、あの手紙は僕のギリギリの新姿勢。要するに仕事の完成のないのが僕の現在の第一欠陥だが（それにしたって二万枚の・未完作をつくって勉強しているという誇りはあります）その欠陥に負ければ、そこでも自己否定だけになる。ほかの連中世間人なら僕も一向に構わないが、君となるとそうはゆかない。一朝一夕の間ではないからです。それにイエス・キリストでも万年平均・全般ヒューマニズムなどもってはいない。それを知っていながら日本人的論語倫理学まであったような気もします。まさしく一髪触発。僕の髪の毛に触ったステッキは、なんとしても強力な印象を残しているのだから仕方がない。男性且つ文人として堂々とした返事を下さい。とにかく返事を待ちます。有効革命です。

――◎これは毒矢ではありませんよ。

この葉書に依ると「大枚のお見舞金」で、私がお見舞いをしたようである。先生が実感している「大枚」も、私の生活実態の「大枚」も、我々の生活から見ればの「大枚」であって、私が出せる金額などは大した額ではないはずであった。「僕も一時は途方に暮れた感じ」と受け取られて、私の方が恐縮したはずである。それほど、先生の生活のリアリズムが推量《はか》られる葉書であったと言ってよい。この頃から腎盂炎で都立大久保病院に入院された初めのころだったと考える。しかし、後半は、

「まさしく一髪触発。僕の髪の毛に触ったステッキは、なんとしても強力な印象を残しているのだから仕方がない。男性且つ文人として堂々とした返事を下さい。とにかく返事を待ちます。有効革命です。

◎これは毒矢ではありませんよ」

文学の道の弟子に対する、「政治優先」に屈している文学徒・自然科学者の姿勢にこだわる愚鈍な私の真意に迫る怒りを表した文面であった。事実私は恐怖すら感じていた。と同時に「三位一体」という体裁から、抜け出て、思想的にも、赤裸々に、本心から、政治か、文学か、自然科学か自らの道を決める決着をしなければならないと思った。

「仕事の完成のないのが僕の現在の第一欠陥だが（それにしたって二万枚の・未完作をつくって勉強しているという誇りはあります）その欠陥に負ければ、そこでも自己

否定だけになる」

仕事が完成してない欠陥と共に、「二万枚の・未完作をつくって勉強しているという誇りはあります」「二万枚の未完作」と言って、私は、先生が反故と言わない誇りを持っている「文人魂」を強く感じ、衝撃と感動を受けたものであった。

私を文人にしたい先生と「政治・文学・自然科学の三位一体」とどれもこれも突きつめずに政治に引き摺られている私の姿勢が、先生には歯がゆかったのだと思う。病状悪化を前に、問いつめる先生の葉書の文面に鬼気迫るものを感じていた。

事実、ここからは入退院が続き、先生の病状も悪化を辿って行ったのであった。

九十七、「非常識・反俗精神」 はがき第七十五号

川崎市生田月見台二〇〇四ノ一 小林　勇様 東京都世田谷区梅丘一ノ四十ノ八 山岸外史 消印　昭和四十九（一九七四）年八月二十六日

――拝復

おおいに安心しました。しかし君にああまで謝られると、こちらも冷や汗もの。とにかく非常識・反俗精神では僕も人後におちないこと。君も先刻御承知の筈でしょう。しかも「政治とは正義のこととみつけたり」とあの「四季」という詩人雑誌に書いたのが三年ほど前のこと。マルクス・レーニズムもこれで日本化され、簡単化されたと思ったものです。つまり科学的真実に加えた正義感という行為だと。驚くなかれ、それが僕六十七歳のとき。僕の大愚鈍さもわかるじゃありませんか。僕の性格にはたしかに古いところでソクラテス的なのです。近世的にいうとデカルト的な思考癖があって、どうしても根堀葉掘り。

私が、前便の先生の叱責にどう答えたのか、もう解らなくなっているが、この先生の葉書では、少なくとも叱責を「安心」させた答えを送ったことになっている。先生晩年に先生を安心させたことを知って、私はよかったと思っている。三十年近く政治活動に振り回され、少なくとも、自分が政治活動には適さないことを、馬鹿正直で愚鈍ではあっても、認識し始めた頃でもあった。その時期の私のリアリズムであった。自然科学者として化学汚染から水源を守る戦いに真剣に専念しつつあった時期でもあったので、その事実を率直に答えたことの真意が先生に通じたものと思っている。それが私の答えのなかに「私の真実」があって、先生を「安心」させたのかも知れなかった。

九十八、「真実・良心とは」（二）　はがき第七十六号

川崎市生田月見台二〇〇四ノ一
　小林　勇様
東京都世田谷区梅丘一ノ四十ノ八
　山岸外史
消印　昭和四十九（一九七四）年八月二十六日

（二）になるのです。「真実」を掌中に握りしめないと安心できない性格なのでした。そこへ実存哲学が付着したからたまらない。これも確かに使い方で役に立ちますが、なんだこれではカソリックの『原罪論』になるじゃないかと、昨今気づいたところもあります。「良心」というこの厄介な言葉。観念論的擬似コレラ的良心と、唯物論的良心とがやっぱりあるのでした。国際連盟の連中さえもそれを全く知らずに「我々は良心に従って」などと綱領に書いています。こんな時代なんですねえ。（どうも長くなっていけません。やはり病中疲れるので簡略化します）――このハガキ三日がかりで気にしながら返事遅れたのです。――しかしこれで相互に青天白日（台湾の国旗ではありません）現場にいる君よ。その姿勢、最上等じゃないですか。人生古来一騎当千、当十万の者稀なりですから。

このハガキは、前便のつづきであった。私に対する安心感を、さらに「確認」した葉書であった。先生の病状は改善せず、悪化を辿る一方であった。恭子夫人からはお見舞いは遠慮してくれと再三言われ、遠慮していたが、長女の昌さんから、「ぜひ、小林さんにはお見舞いに行ってほしい」と電話がありその電話に、危篤と勘違いするほどの衝撃を受け（前述「秋桜」に詳細）、夜遅く、大久保病院に駆けつけ、先生は喜んで下さったが、病状が悪化している先生の話を聞き漏らさず無我夢中で聴いていた。

この二通の葉書「真実」という姿勢は、それこそ「青天白日」「純粋無垢」「玄関出れば七人の敵」四囲に敵の多い我々には心を開いて語れる友も少ない。親しい友にも、心開ける真実と、開くことが出来ない真実を常に選択し、警戒している。先生が言った「青天白日」の言葉は重い。先生の病状はさらに重く、残された「二万枚の未完作」はさらに重い。やはりやっと、しかし、まだ腹を割った師弟と言えるのだろうか。先生が私に対して「安心感」を持ったということは、腹の中の「政治」を出したのかも知れない。

九十九、「君くらい多忙な人はまず居ない」はがき第七十七号

川崎市生田月見台二〇〇四ノ一
小林　勇様

東京都世田谷区梅丘一ノ四十ノ八
山岸外史
消印　昭和五十一（一九七六）年五月二十二日

拝復

第一に健康を大切に願います。君くらい多忙の人はまずいませんから。「忙中閑」でも追いつかないでしょうが寸刻をも盗んで、例の公害原理論を仕上げられないものですか。（まるで小林多喜二が、ベンチの膝の上で、小説を書いたようなもんでしょうが）モッタイナイからです。それからテープレコーダーを使って、講演をとることです。大衆用のものを作ること。医博森　鴎外も朝出勤前に小説を筆録させています。科学以前の公害論は金利追及のキャピタリズムであることを巧く入れると傑作になるでしょう。僕も寸暇を惜しむ形で原稿ですが、さすがに「年齢」糞ッと思って、体操に素振りそして散歩です。コンチクショウの二十五年の星霜ですが、損の裏には必ず得ありとみて、その面を拡大しつつあります。

読売会館での顔ぶれ。さすがと思いましたが，二日前では少々ヒドイ。とてもまに合いませんね。その代り「シャモニーの角笛」読んで、評文を書きましょう。送って下さい。「政界往来」誌の件。僕が自信を持てる人二人だけ紹介したのです。しかしとにかく人類史上これほど烈しい時代はありません。お互い最も正高なる人顔道を歩き続けたいものです。
我もまた日々これ新たなり喝ッ

このハガキの文面を読み返すと、先生に私が「政治・文学自然科学の三位一体」（実は政治優先）を生活信条にすると弁解しながら、実は三位一体のなかに政治優先姿勢を崩せなかった。しかし私の真情を虹色の靄のなかに包み込んで、はぐらかしていたものがあったのも事実であった。しかし、この時期になると、毎週何回か、「合成洗剤による水汚染問題」で私がテレビに登場するようになると、先生には、私の突出した自然科学者の顔が前面に出ていて、政治や文学は私の生活のなかに入り込む余地がないように見え、そう判断されても無理がないような時期であった。

読売ホールでの講演会も、真っ暗な会場に、洗濯用合成洗剤の蛍光増白剤を紫外線を照射して講壇が蛍光で輝く私の演出は、日本中から講演依頼が殺到するほどの時代であった。先生が、この講演会に出られなかったことは、私の素人騙しのマジックのような、先生や私のような「リアリズム」派には似合わないもので、先生に見られなくて好かったと思っている。この頃になると、講演会主催者が、講演実況をビデオ撮りして、そのコピーを私に送ってくれるようになっていた。先生が「公害原論」を書き上げろと言っておられたが、この仕事はほとんどが社会科学者の仕事でもう名前も思い出せないが、何人かの方がお書きになっているが、私はそのような大風呂敷を広げることは好まない性格で、それこそ糞リアリズムで自分で手掛けた調査実験で、自分で実証した範囲を出ることを好まなかった。

当時関わりの多かった消費者団体にまつわりつく、科学評論家という、人の褌でマスコミと消費者団体の太鼓持ち的「評論家」を多く知っていたためかもしれない。我々のように、自らの足で現地へ行き、川を見、検査する川の水をとり、実験室で徹夜徹夜で自ら検査して実証したデータで、水質を評価する実証リアリストからすると、そのデータだけを見て口先三寸で「見てきたような嘘を言う」評論家とは気が合わない。実験して実証していく「自然科学リアリスト」は実証のないものの推論では、軽々に発言しないし出来ないものである。

先生が「医博（医学博士）森 鴎外」と書かれて、医博という権威を尊重している表現に、先生の非常識・反俗精神からも私は違和感を持った。もう既に、二十歳代の終わりには「医学博士」の論文提出を細菌学の恩師から、再三促されていたが、「出世主義」「権威主義」が「政治・文学自然科学の三位一体」の我が信条に反する意味からも、恩師からの好意を避けてきたからである。私が医学博士を取る気になったのは、俗流世間に身を馴染ませて生きる世俗に妥協することにしたからである。私が持っていた論文は、博士論文二十人分以上はあった。

一〇〇、「ぼくの病状どうも思わしくなく」　はがき第七十八号

川崎市多摩区生田二〇〇四ノ一
　小林　勇様
東京都世田谷区梅丘一ノ三七ノ二〇五
　山岸外史
消印　昭和五十一（一九七六）年七月十七日

葉書で先生の住所が変わったのは、居住されていた梅ヶ丘の都営住宅が老朽化したため建て替えされ、その新しい都営住所になった、その最初の葉書ということになる。

拝啓
　本日お中元というか、いつもご厚情ありがたく拝受。心から感謝いたします。ところでぼくの病状どうも思わしくなく、誠に腐心苦心の日常。さすがに疲れた感もあるのですが、ひたすら強情を張っているというところ。
　仕事もすすまず、それが最大の苦悩ですね。

「ぼくの病状どうも思わしくなく」と先生の葉書文面に初めて現れた言葉で、病状悪化「誠に腐心苦心の日常。さすがに疲れた感」と苦痛も訴えられていた。
「仕事もすすまず、それが最大の苦悩ですね。」と病状より苦悩による仕事が進まないこと、亡くなる十ヶ月前の葉書である。この時期の私は、先生から「一番弟子」とまで言われながら、何ら文学的業績で答えられず、まことに不肖の弟子であった。この時期、政治活動優先から抜け切れず、合成洗剤など化学物質の水源汚染破壊を防ぐ自然科学者の専門的活動に全エネルギーをとられ、文学活動が最も犠牲になっていた時代であった。

まして「リアリズム文学論」を表現発展させた創造活動に貢献する余裕がなかった。振り返ると胸が痛む苦痛と後悔ばかりである。先生亡きあと、取り返しもつかなくなっている。

一〇一、「『表現』にのみ生きてゆきたい」「最終時間の最終時刻」(絶筆)
はがき第七十九号

川崎市多摩区生田二〇〇四ノ一
小林　勇様
東京都世田谷区梅丘一ノ三七ノ二〇五
山岸外史
消印　昭和五十一(一九七六)年十月十九日

拝啓
わざわざお見舞い有難う。ご厚情感謝いたします。

ところで、今日の青年たちの話。職場の話。やはり面白く参考になりますね。プラグチズムの話。これも好かった。ところでテレビに出てくる長髪族。刹那主義的ニヒリストに個人主義者。そして技術主義者（テクノクラート）たち。僕など完全に断絶を感じ、無言で凝視、たちさってゆくのみですね。

しかしそれにしても政治と宗教と文学。この三次元の近代問題に気を取られ過ぎた感じです。改めてただ「表現」にのみ生きてゆきたいとおもっています。

最終時間の最終時刻。

当時は、前便から三ヶ月経っての葉書である。先生の病状が悪化を辿り、面会謝絶、腎盂炎と言われていたが、最後は「前立腺がん」であった。

このハガキが私宛の最後の葉書になってしまった。私は、このハガキによるとこの寸前にお見舞いに行っていることになっている。そして、夜遅く大久保病院に行き、病状には悪いと解っていながら、二人で熱っぽく語り合ったことを覚えている。文面にも、

今日の青年たちの話。職場の話。やはり面白く参考になりますね。プラグチズムの話。これも好かった。ところでテレビに出てくる長髪族。刹那主義的ニヒリストに個人主義者。そして技術主義者（テクノクラート）たち。僕など完全に断絶を感じ、無言で凝視、たちさってゆくのみですね。

私の話から、現代の現実の認識を深めようとしている意欲が旺盛である。

しかしそれにしても政治と宗教と文学。この三次元の近代問題に気を取られ過ぎた感じです。

「改めてただ『表現』にのみ生きてゆきたい」

「最終時間の最終時刻」

先生の最後の言葉は「表現」であった。文学芸術は「表現に始まって、表現に終わる」である。文学は政治や経済と異なる芸術であって「表現」が命であった。先生が到達した地点の「文学は表現」に尽きることにたどり着いた。先生にとっては、

「改めてただ『表現』にのみ生きてゆきたい」

「最終時間の最終時刻」

これが、私に残した、恩師山岸外史のリアリズム文学の最後の言葉であった。

死を間近にした「最終時間の最終時刻」に山岸先生から私に「改めてただ『表現』にのみ生きてゆきたい」と遺言のような、最後の葉書で残した言葉は特に重い。リアリズム文学にとっても重い。文芸評論家である先生の作品のなかで、評論対象である、小説・詩・短歌・俳句の各ジャンル文芸の「表現」は、作家の全人格を賭けた文学生命であり、個性である。先生の大きなテーマであった「政治と文学」も、絵画、彫刻と共に芸術ジャンルと政治との基本的違いは、芸術ジャンルの命が「表現」であることであり、表現には、作

家個人の全人格と個性の命がかかわっていることである。「政治と文学」を理論的に分析解明する役割は評論のジャンルである。小説家は思想・政治・哲学以前に作家である。作家の思想・政治・哲学は作家の全人格個性の基本姿勢にあって、それを背景に作家の表現はある。逆に言えば、作家のその全人格・個性から表現される文学作品である。文学作品は「山岸リアリズム文学」である。

前述の「観念という言葉について」から次のように抜粋したとおり、

> 文学が、芸術として尊重されるのは、そして、芸術作品として尊重されるのは、こうした社会的現実のなかにおいて、そうした諸人物が交錯しながら対決したり矛盾しあったりしあっているこの（社会の実相）をヒューマンな眼で見ている作家精神が表現していくからである。（私の言うリアリズム文学は、こういう観点に立って、作家自らがヒューマンな意識をもって、人間的事象や社会的事象をあくまでも現実として定着し表現していくことである。

一〇二、「微笑する死に顔」『人間太宰治』より、山岸リアリズム文学の表現

山岸外史の作品で、山岸リアリズム文学を具体的作品として「表現」された代表作は、『人間キリスト記』もあるが、戦後の晩年に近くの印象的な作品は、『人間太宰治』（筑摩書

房昭和三十七年初版）の中の「微笑する死に顔」を選びたいと思う。

「その日は、じつにひどい雨だったことを思い出す。」から始まる一章である。（三一七―三四七頁）四百字詰原稿用紙七十九枚のリアリズムである。

太宰と山崎富栄さんが昭和二十三（一九四八）年六月十二日、玉川上水の近く、太宰が原稿書きの書斎代わりに使っていた料亭「千種《ちくさ》」を出、二人は、互いに腰ひもでからだを結び付け、玉川上水に入水心中した。死後、捜索から七日目、玉川下流で二人の溺死体が浮かび上がった。この中から印象的な部分を抜粋しようとしても、どの部分も重要になるので、全文を掲げたい衝動もあるが、長すぎるので、私の独断で、三二〇頁の太宰と富栄が入り浸っていた「千種」の女将と若主人から、二人の死の前後の生活を聞きだす死の前の太宰。三三二頁からの屍体が発見された直後に、独り屍体を見る山岸外史。三四〇頁からの山崎富栄の父親に会って、葬儀の話になるところから、遺体の検死を表現した部分を抜粋紹介したいと思う。


「微笑する死に顔」『人間太宰治』（筑摩書房昭和三十七年初版）より

（前略）じつは、この三、四日のあいだに、ぼくは暇をみては、何回となくこの千種にでかけていって、太宰の死の前後について年若の主人やこの女将から、おおくのことを聞きだしていた。むろん、詮索好きでやったのではないが、なにか太宰の生活や死の前後については、気になるものがあったのである。そのすべてを入念に聞きだしておきたい気持ちがあった。山で死んだ男の死の前後を、調査しないではいられない身内のもつ気持ちのようなものであったかも知れない。もっと強い欲望であった。不思議に気になることであった。触れない方がいいと思ってもいたのだが、なぜか追及したかったのである。太宰ということになると、残酷なくらい追及心の湧く自分が不思議であったが、僕は太宰の心境やその死因までつかんでおきたいと考えていたように思う。まるで鑑識課の人間でもあるように、ぼくのこころの眼は光るのである。闇のなかをみすかしてゆく野獣のような〈眼〉を自分に感じたくらいであった。卑しい、という反省さえあった。そして、言葉だけは丁寧で静かなのだが、気持ちは執拗にぽつりぽつりと女将たちに質問した。どういう意味なのだろう。ぼくは自嘲さえ感じたものである。

ぼくは、若主人と女将とがならべてみせてくれた瓶ふたつと、皿の匂いまで嗅いでみた。それは盆の上にのって、水辺の堤防の上に残されていたものであった。ひとつの瓶は薬局などで含嗽用につかう青い透明な三百ccの瓶であった。女将の説明によると、この瓶の方は、平生、太宰がウイスキーを入れる習慣のある瓶だったという。その頃太宰は、「あれは飲みすぎるから」ということで、サントリーの角瓶から小一合ほどを、その青い瓶の方に移しかえていたのだという。（そのとき女将は人差し指で、その瓶の底から五糎くらい上のところを指し示してみせたが）仕事のあとで二階からおりてくると、太宰はチビリチビリとそれを嗜んでいたようである。酒の強かった太宰だが、酒量がおちているような気がした。太宰はこの最後の頃は、刺身は鯛でなければいけないようなことをいったそうである。若い主人は、魚河岸まで仕出しで「苦労しました」とすこしほど大仰にいったが、太宰としては珍しく、食いものにまでかなり贅沢をしたようである。この頃の太宰の収入はそうとうにあったときいているが、最後の生活のなかで、太宰は、そんな贅沢な生活をしたようである。かえって涙ぐましく、ぼくはそれを聞いた。太宰に荒みさえ感じたものである。そして、最後の頃の太宰を髣髴として思い浮かべることができた。その青いウイスキー用の瓶が、上水道の堤のうえの雑草の傍に残っていたそうである。太宰はそこで最後のウイスキーを飲んだのである。感傷が僕の胸に湧いてくるようであった。

もう一つの瓶は空であったが、その匂いを嗅いでみると、よく病院などで使うクレゾールのような、透明で刺激的な匂いがしていた。しかし、クレゾールではなかったのに違いない。これでは、苦しむとぼくも聞いている。百ccぐらいの茶色の瓶で、たしか、なにか急激に効く別の劇薬ではなかったのだろうか。ぼくはそう思った。それ以上鑑別する能力はぼくにはないが、太宰の周到な性格から推して、なにかの薬品を使ったように思われた。これは後で、太宰の死顔をみたときそれを確信したのだが、太宰は水中に入ったときは、すでにほとんど意識をもっていなかった、のではないかと思うのである。ある薬剤師にきいてみると、催眠薬をウイスキーで飲むと、そうとう早く利くということだったから、催眠薬だったのかも知れないが、今日でもこの茶色の瓶の解決はつかないのである。しかし、太宰が何か薬品を飲んだことはあきらかなことである。また、五回目の死の遂行であったのだから、太宰は、今度こそ蘇生することのない方法をとったように思われた。そして、富栄さんの方は、おそらく薬品は使わなかったのではないだろうかと、ぼくは推察している。これもあとで富栄さんの死骸をみたとき、それと断定できたのである。

そのふたつの瓶と皿とが、盆のうえにのったまま、太宰と富栄さんが並んで腰からずり落ちた堤のうえに残されていたのである。その土堤のところにぼくもいってみたが、千種から歩いて二、三分ぐらいのところであった。おそらく、この堤防の上で太宰はウイスキーを飲み、なにかの薬品を飲んで、富栄さんの要求に気軽に応じ、富栄さんの赤い腰紐で腰のところを結びあって入水したのである。そして富栄さんは、そんな古風な仕草を愛している女性のようであった。

その土堤は、眼下の速い水面まで、直角に三mくらいの高さがあった。二人が飛び込んだのではなく、相擁して腰からずりおちた証拠に、その形に雑草が薙ぎ伏されていた。重いものがずり落ちていったのである。そういう痕跡が歴然として残っていた。

女将の話によると、この最後の太宰は、肉体的にもひどく疲れきっていたようである。千種の二階の室で仕事を了えると、子供が匍うようにして、後向きになって階段を降りてきたという。その階下の室には長火鉢があって、太宰はそこでウイスキーなどやりながらひと息いれたものらしかった。そんなとき太宰は「女将、文学とか小説とかいっても、けっして楽な仕事じゃないんだぜ。死ぬ思いさ」といったそうである。その階段を小さな子供みたいに、背なかをむけて、一段ずつ匍うようにしておりてくる太宰先生をみていると、小説書きというものもたいへん労力の要る仕事なのだと、女将は心からそう思ったそうである。僕は、太宰は全力をつくして生きていたと思う。最後の頃の太宰は、その程度まで疲れはてていたようである。むしろ太宰は、そこまでゆきついたと書いてもいいように、ぼくは考えている。太宰の最後の小説「グッドバイ」を読むと、この作品の文章生理とその声音が、ひどくしわがれているのをみても、それがよくわかる。「声」が嗄れている。太宰ははげしい膂力だけで、この作品を仕上げていると思う。〈当時太宰は喀血もしたらしい〉

そんな太宰が二階から降りて来て、階下の長火鉢のところに横になると、それを待って編物などしていた階下の富栄さんが、すぐ太宰のところに近づいて、煙草に火をつけたり、けなげに太宰の足や腰を揉んだり、甲斐がいしくつくしたという話であった。富栄さんはそういう女だったようである。

——その富栄さんをつれて、太宰が三回ほど豊島与志雄氏の家にいったときも、富栄さんはほとんど忠実（まめ）まめしく太宰を労わり、みている豊島さんをひどく感動させたそうである。これは豊島さんから、ぼくが後日、聞いた話である。

その富栄さんの室は、千種のすぐまえの小さな運送店の二階にあった。そこに間借りをしていた。太宰との相談の結果だったと思う。せまい道路を隔てて、太宰の二階の書斎のガラス窓とは、ものの四、五mとははなれていない真正面に住んでいたのである。その窓さえあければ、いつでも声をかけられるような位置にいた。

（そして、お美知さんはその日までなにひとつ知らないで、毎日、太宰をこの借り書斎に送り出していたものらしい。その書斎の存在も、まったく知らなかったのではないかと思われる。こういう異例な事件にぶつかってみると、人間というものが、ほんとうになにも知らずに、相互に不思議な時間をすごしていることが、よくわかるのである）

千種の女将からいろいろ聞いている間に、ぼくは太宰の肉体が、すでに限界まで来ていたことが次第によくわかってくるような気がした。むしろ太宰は奉仕者であった富栄さんの愛情を感ずるまえに、哀憐の感情を持っていたのではなかろうかと、そんな気さえした。

太宰はおそらく当時、すでにひび割れていた茶碗である自分という肉体を、富栄さんの愛情のまえに投げだしたようにも考えたりした。そんな形で、奉仕してくれる富栄さんに哀憐の情をもっていたのではなかろうかと、ぼくは思ったものである。むろん、富栄さんの愛情の殊勝《けなげ》さに対して、富栄さんを愛でるという気持ちはあったと思うが、愛情というものを厳格に考えると、太宰が富栄さんに純粋に、そして真実の愛

情をもったものかどうか疑わしくなったりしたものである。（太宰は富栄さんについては、何の文章も残していない）
　こういう理屈はなかなかむずかしいところだが、逆にいうと、太宰は、終生、「女」というものを知らなかった作家のように、ぼくは考えているところもある。当時は、ことにそんな考え方があって、この情死の事件を純粋にパッショネートなものだと思うことができなかった。解釈など、どうにもなるものだが、ぼくはそんな風に考えたものである。すでに肉体的に疲れはてて、ひびの入った茶碗である。ことを十二分に意識していた太宰は、あくまで愛着し、当然、将来に対してゆきづまりも感じていたはずの富栄さんに、つまり、寛大さを振舞ったのではなかろうかということである。
　太宰は、ひどく不精になっていたのではなかろうか。それでなくても、太宰が「腰紐の情死」などするとは、とうてい考えられないことである。しかも、自分の家から五分とはかからないところで入水している。上水での水死の死体があがらないということは、太宰の大きな魅力であり、その計算があったのにちがいないが、かえって「不精な情死」と名づけた方が、真実に近いように思われるのである。
　太宰はその頃、催眠剤など日常的に服用していたようだが、一方、胸部疾患もかなり進んでいたように考えられるし、肉体の限界を自覚するようになっていたのも、大きな要素となったのではなかろうか。仕事の果てしなさもあった。曾って、太宰が願望したような著名作家の位置も獲得していたのである。のみならず、未来の新しい社会的時代に対すると、太宰は、いっそう希望を持つことができなかったのではないかと思う。太宰は、おそらく、当時の共産党員同様に、早期革命説など考えていて、そこに早計な誤断もあったように思われる。「人間失格」にいたる彼の最終期の一連の作品がそれを十分に証明していると思う。ぼくは、未完成の新聞小説「グッドバイ」など、あきらかに彼の蛇足だと考えている。この作品を読んでいると、新聞に小説を連載するということが、いかに儚く、あわれなものかという自覚のあることまで、目に見えるように読みとれるようである。

「すべてはすぎてゆく」太宰は「人間失格」のなかでアクセントをたかめながらそう書いているが、いわば、いかなる人間も途中にして死ぬものだというこの想念も、哲理のように太宰の心に響いていたと思う。この言葉には、たしかにアクセントがある。すでに「グッドバイ」には、そういう意味で、太宰の荒みさえみえるように、ぼくには考えられるのである。おそらく、太宰はある日、人知れず号泣したことさえあったのではなかろうかと、ぼくはそんなことまで推察している。彼の文学への純粋な期待と、はてしないロマンチシズムからみれば、人生のことはすでに羽をむしりとられて、裸となっている鶏の絶望の世界と、おなじものがあったのではなかろうかと、ぼくは、そんな風にさえ考えている。彼は一輪の小花をもって、荒寥とした死の世界に入っていったのではなかろうか。

むしろ、太宰の意識は、悠々として、それらの時間をさえ計算していたはずである。

その明快な計算の結果の自殺だとぼくは断定している。太宰らしいそんな割り切り方を、ぼくは感ずるのである。その意味で、太宰は、じつに聡明な計算者だったと思う。「時間は、まさしく来ている。自分の手でこれにピタリとした限界をあたえるッことが聡明というものだ」「すべては流れてゆく」のである。太宰はいっさいの責任を放棄して絶望をさえ快楽としたと思う。富栄さんの死への誘導さえ可愛かったのではないだろうか。

そして、かつて、自殺は処世術であると断じていた太宰は、おそらく、自殺する者の意志を、人間の権利であるともう一度考えたのにちがいない。「人間失格」そして、「グッドバイ」この二つの題名からだけでも、じつに明快にそれらのことがわかるのである。ぼくは、太宰の自殺くらい意識的な計算のもとに、しかも、旅情的でも抒情的でもなく、きわめて散文的におこなわれた自殺はないと考えている。この点、芥川龍之介の自殺が「ぼんやりとした不安である」と断定していたのとは大変ちがっていると思う。そして、その意味からいえば山崎富栄さんの女としての奉仕は、ひとつの飾りつけにすぎなかったのである。これは富栄さんには気の毒なようだが、そう書きたいと思う。錦上にさらに一枝を添えたことだと書いても、この言葉が皮肉に生きてくるようにさえ思う。富栄さんは、それほど献身的だったのである。むしろそんな理由で、太宰は、ひとしおの憐憫を富栄さんに持ったことだろうと思う。そして、富栄さんは、太宰のそうした告白に対して、(作家のもつその冷酷な意識の計算力に対して)

同意したのだろうと思う。

（中略）

「死後の世間をおそれていたら、情死はできんからね」

みな、太宰弁護の言葉であった。途中、ふたつほど堰があった。奔流は泡立つ滝となって、一段と低い水面に流れおちて、大きな渦をつくっていた。ああいうところを、太宰と富栄さんはいったん浮かび上がって、ひっかかりながら流れおちたのであろうと思った。悲惨な気がした。

「しかし、太宰さんたちは、よく揚がったものですね」

「それは、ほんとに不思議な気のすることだ。太宰はたしかになにかの運命をもち続けていたという気がするな」

浮きつ沈みつ流れゆく死骸がみえるような気がしたのである。

井の頭公園の裏手のコンクリートの橋のところにやってきた。この辺も太宰と何十回歩いてまわったかわからないところであった。その橋を渡ると、またすぐ流れに沿って歩いていった。この辺から流れは、次第に低く深くなっていた。熊笹の茂っている傾斜面の下方で、渓谷の相貌をおびた上水は、かなり低いところをみえかくれするように流れていた。左手には松林がつづいていて、井の頭公園の裏手の森もみえてきた。

「ぼくもよほどの律儀者だとみえて、いちばん上等の着物に袴までもってきたんだがネ。このヒドイ雨つづきで、それも昨夜すっかり泥まみれになってしまった。毎日、よごれて歩いている」

なにか、つまらんことをいいながら、ぼくたちは歩いていた。戦後、不自由な時代だったが、金のなかったぼくは売るつもりでとっておいた新しい靴もはいてきたのである。惜しい気持ちはなかったが、一日で泥まみれになった。

「君にあってはなにもかにも台無しだ。それで、気がすんだろう」ぼくは、太宰に話しかけたりした。

霧か煙りのようにみえる白い雨の遠い彼方に、深い渓谷にかかっている鉄の橋がみえてきた。こんなところが、この辺にあったのかと思った。山の中の景色にみえた。腕時計は六時半を示していた。その橋の上には、すでに見物人らしいくろい何人かの人影が、傘をさして右往左往しながら、下の流れをみているようだった。現場は、あの橋の下流なのだ、とすぐわかった。なにか緊張のようなものが起こってきて、劇のなかに入ってゆくような気がした。しかし、人の死を見物する気になっている群衆には、好感がもてなかった。なぜ、人は、情死者を気にするのだろうかと思った。その橋の袂まで辿りつくと、その傘の群れの背後をとおりぬけて橋を渡った。その橋の上からかなり下流の小さな崖下の水辺に、二、三の黒い人影の動いているのがみえた。

あそこだと思った。橋を渡りきるとその崖の上にそっている小道を、その方向に向かって歩いていった。そこは野道のようになっていた。その崖のうえから下をのぞいてみると、雨に濡れきっている傾斜面の雑草のさらに下の方に三、四mの石垣のあることがわかった。そこにわずかほどの低い赤土の台地があった。流れはそこで急に幅がせまく深くなって、白濁した青い水はひたひたとその台地の縁を洗っていたのである。上水もここではせまい流れになるのだと思った。その台地に三人の若い男たちが、雨に濡れながら立っていたのである。

死体はどこにあるのか！　ぼくはその三人の近くを眺めまわした。蓆をかけたひとつの大きな塊りが、その台地の水辺、男たちの近くにあったのである。それは雨にぬれて茶褐色に変色していた。あれだッと思うと、ぼくは本能的になった。洋傘をさして下駄で、S君をそのまま堤上に残すと、傾斜地の濡れた雑草につかまりながら危ないところをおりていった。手が冷たかった。石垣の凸凹に足をかけながら、さらにその低い水辺の台地まで跳びおりた。見ると、水流はそこではいっそう速い流れになって、二mくらいしか幅のない台地すれすれに走っていたのである。こんなところに、よく死体を揚げることができたと思った。水流ははげしく泡だっていた。その蓆をかけた大きな塊りこそ、遺体にちがいなかったのである。雨にうたれてびしょびしょに、色が変わっていた。無慙であった。太宰もこうなったかと、ぼくもいつか緊張してゆく自分を感じていた。

ぼくは暫らく無言で、その蓆の塊りをみていた。その傍らに立っていた青年たちは、新潮社のN君と展望社のK君と、筑摩書房のN君であった。みな傘もなく服のまま雨にうたれ、頭髪もすっかり濡れきって立っていた。土の人の頬にも雨が滴となってながれ、緊張した眼つきをしていた。悲壮な蒼い顔で眼を光らせていた。

「ご苦労さんです」

ぼくはそういったが、どういう訳か、その六つの眼の光りには敵意があったように感じられ、それが、ぼくの胸をついた。緊張した眼の光りにちがいなかったのだが、まさか「売名者」が崖をおりてきたからではないのだろうなとぼくは思った。しかし、不敵な微笑が、僕の顔に浮かんでゆくようでもあった。

「今朝方、四時半頃に通行人が発見して、すぐ交番に連絡してくれたのです。そこから本部に連絡があって、それですぐ駆けつけて、引き揚げたんです」

新潮社のN君がそういった。

「ひき揚げたとき、太宰先生と富栄さんの腰に、赤い腰紐が結ばれていたのですが、その紐はナイフでぼくが切りました。山岸さん。このことは誰にもいわないでおいて下さい」

展望社のK君が、早口にそういった。

「ことに新聞社には、ぜったい秘密にしておいてください。お願いします」

N君も展望社のK君も、口をそろえてそういった。

「わかりました」

ぼくは答えた。太宰の腰にそんな紐のあったことは意外であったが、誰にも教えたくない気持ちは、僕にもよくわかった。なによりも、太宰を大切に扱っている三人の青年たちの気持がぼくにも敏感にわかって、嬉しいようにも思われた。

さすがに、若い編集者たちにとって、赤い腰紐の情死ということでは、世間体を憚る苦痛があるのだと思った。ぼくたちは雨にうたれながら、ひと言ふた言、話しあっていた。そのうちに、ぼくは、太宰の死顔をひと眼みたいという衝動がおさえがたくなっていったのである。なぜなのか自分にもまったくわからないことであった。しかし、どうしてもひと眼みたいと思った。

「太宰の死顔を見てはいけないかな」

ぼくはそういった。誰もが、当然、手伝ってみせてくれるものだろうと期待していたのである。ぼくはそれを信じきってさえいた。死顔をみること、それが今度の上京の真の目的であったことが、次第に自覚されてゆくような気さえしてきた。

ところが、意外なことに、三人が口をそろえて、答えたのである。それはほんとに異口同音であった。

「見ないで下さい」

まるで所有権が自分にあるような言い方を僕は感じた。むしろ、秘蔵しているものを他人にはぜったい触れさせまいとしている気持ちがあるように、ぼくには感じられた。なぜなのか、ぼくは、あまりに意外な言葉に驚いた。

「なぜですか」

ぼくは静かにいった。

「とにかく、見ないで欲しいのです」

「見せたくないのです」

しかし、聞いている間にその言葉はぼくにとっては強烈な謝絶と侮辱のように、感じられはじめてきた。醜いものを見せたくないのだと受けとれかねなかった。ぼくはそれほど局外者として扱われているのだろうか。なぜ、太宰の死顔を見ては悪いのか。ぼくは、はるばる上京してきたのである。ぼくも疲労のなかで多少にしろ興奮していたのかも知れなかったが、水辺に立ったまま、僕はその刹那に激怒したのである。それは自分にとっても意外なくらい激しい燃えあがる憤怒であった。ぼくの頬は紅潮したかも知れなかった。ぼくはそのとき、大きな声をあげて怒鳴りつけたのである。

「山岸が、太宰の死顔を見ることが、なぜ、いけないのか！」

ぼくはこの三人の若者たちを相手にして、この水辺で格闘してもいいと思った。この怒号のなかで〈おれは、確かに太宰に愛情を持っている〉と改めて、もう一度、意識するように感じた。むしろ、その怒りのなかでぼくは、ほんとに親しかった友人の死顔は、どうしても見たいものだという人間の衝動を、じつに明確に理解したのである。〈先生の醜い死顔を見せたくない〉そんな感情が、三人の若い人たちにはあったのかも知れないのだが、それさえ、ぼくにとっては侮辱のようにしか聞こえなかったのである。それとも、売名者には触らせたくないとでもいうのだろうか。しかし「見たい」というぼくの感情にはなんら理屈もなかった。それは「ただ、見たい」の一語につきた。

そして、三人の青年たちがそれさえ拒否したら、ぼくはまちがいなく格闘したにちがいなかった。三人とも水のなかに投げこむかもしれないと、敏捷に考えていた。むろん、ぼくの方が三人がかりで、水のなかに突きとばされるかも知れないとも思ったが、「それもよしッ」そんな思いが敏捷にぼくの意識のなかを流れ去っていった。ぼくはその刹那に割りきっていったようである。そしてぼくはそれほど、ぼくの心のなかのなにものかを大切にしていたようである。それは最後のプライドだったのだろうか。愛とは、そういうものだったのだろうか。それとも、それは疲れきっていたこの日の精神の過激な興奮にすぎなかったのだろうか。遠い沖を、氷山がきらめきながらすぎたのである。ぼくは、六つの激しく光っている眼と数秒、対峙した。

その刹那、ぼくの気勢に押されたというよりも、なにかピカッとしたものを三人とも直感したにちがいなかった。新潮社のN君も筑摩のN君も展望社のK君も、三人とも申し合せたように、くるりと上流の方をむいて、背中をみせたのである。一列に並んだままであった。その動作でよくわかった。ぼくが太宰の(たぶん、醜い)情死体を蓆をあけて覗くのを、彼ら自身が見ていたくなかったのである。それほど醜い塊りを彼らも感じとっていたのである。この人たちも、太宰を愛しているのだとぼくは思った。太宰の醜態? はいっさいみせたくないのだということが、そのとき、ぼくにもじつによくわかってきたのである。ぼくの憤怒は急速に退いていった。こんなときには、誰もが興奮しているのである。

　ぼくにはこの三人の青年たちが、まるで太宰の遺骸をまもっている三人のけなげな兵士のようにさえみえた。〈兵士という言葉は失礼かも知れないが、そう実感した〉ぼくはそれとわかるとひどく嬉しいような気がした。なんのことはなかった。おなじ人間同士なのだと思った。ぼくは、多少、手持無沙汰になったような気がしたが、なんのことはなかったのだ。しずかに一、二歩、蓆の方に近寄っていった。気づいてみると異臭が漂っているのである。死屍のひどい匂いであった。悲惨だと、もう一度ぼくは思った。その蓆をすこしほどはねあげて、その暗い奥を覗いてみた。興奮したあとだっただけに、やはり少しはうしろめたいものを感じないわけではなかった。人間は優しいものなのだ。自分の行動が、なにか故意《わざ》とらしくなるような気がして残念であった。濡れて汚れて腐ったように色の変わっている蓆に、無慙なものをもう一度感じた。たしかに逡巡《ためら》うような心がどこかにあるようだった。しかし、ぼくは見たかった。なぜか、見なければならないと思っていた。

　暗い蓆の下に最初に見えたものは、泥にまみれて、ひどく膨れあがっている臀部であった。半ズボンが濡れて、泥に汚れていた。腐敗臭がまた、鼻をついた。太宰なのか山崎富栄さんなのかよくわからなかった。言葉は悪いが、豚のように肥え太って、濡れたままで、腰をまげて寄りそっていた。そのすぐ奥にも、ひとつ死体があったのである。二つの遺体は、抱擁するように密着していたが、すぐにはどちらともわからなかった。頭部は葦の奥の方にあって、やや暗かったのである。二人とも腰をくの字にまげていた。ひとつは少しばかり仰のけになっていた。刹那にはその判定が付かなかったのである。水中に五日あったから葦を挙げるのにつれて、いっそう死臭を放った。匂いは鼻孔に迫った。さらに、すこし葦を挙げてみたのだが、逡巡《ためらい》があった。死者への敬意なのだろうか。

かなりよく見えてきた。そのひとつの横顔には濡れている髪がべったりとからみついていたが、まだ男女の差別はよくわからなかった。

すでにその手足は二人とも死後硬直を起こして、異様なカタチに肘をまげ、躰はぐったりしていたのである。なかばひらいている指の形も、固く動かなかった。二人ともポロ襯衣《しゃつ》を着ていることがわかった。半ズボンであった。濡れ汚れて張りきっているようにみえた。その腰のところに、たしかに赤い腰紐がみえ、切断された部分が脇の下にだらりと下がっていた。僕は念のためと思って、いっそう葦を挙げてみた。落ちつけ、おちつけ、と自分を励ました。はじめ臀部のあたりからみた半ズボンの死体より、すこし奥になって抱かれるように寄りそわれている屍体こそ、まぎれもなく太宰だったのである。雨の日の光線の具合か、ひどく茶色の頰に見えた。髪はその頰にもべったりからみついていた。その黒い乱れた髪で、はじめは女の顔のようにも見えたのである。ふたつともひどく似た重い物体の印象だった。情死とは、こういう悲惨なものかとあわただしく思った。葦のむこうの明るくなっている端に青くひかる水流がみえる。やや奥の太宰のなかばひらかれて、固くなっている左手の指が、すこしほどその水に濡れて、洗われているようだった。腰にはやはり赤い細紐があった。ぼくはもっとよく見たい衝動もあったが、これ以上はやめるべきだと思った。なにか要慎ぶかくなっているような気がした。ぼくの背後で向こうをむいている、三人の人々への気がねのようでもあった。

「よし。ここで中止しなければいけない」、好奇心ではいけないと思った。ぼくは、さらに見つめたいぼくの衝動をおさえながら、蓆をおろした。二、三歩水流のところに近よって、その低い流れで手先を洗った。まるで患者を診たあとの医者のような自分を感じた。水流の幅は、ここでは二mくらいしかなかった。ひどく深いだろうと思ったが。

ぼくはそれから元のところに戻ると、まだ背をむけていた三人に「怒鳴ってすみませんでした」と言った。その言葉を聞くと三人とも、また、くるりとこちらに向きをかえた。暫く四人で黙ったまま、ひどい雨に濡れながら、放心したように蓆の傍に立っていた。ぼくの躰に、なにか、どっと疲労がおしよせるような気がした。足もとのせまい赤土の台地が、滑りやすいことにも、はじめて気がついたのである。

（中略）

ぼくは写真屋たちを綱の向こうに追い払ったあとで、ふたたび崖を降りて行く気にもならなかった。大声を出したあとだからと思うが、妙に手持無沙汰であった。雨のなかを老人の方に近づいていった。わりと品のいい半白の老人であった。短い銀色の不精ひげを頬に生やして憔悴していた。

「ぼくは太宰の友人なのですが、このたびは、ほんとにとんでもないことでした」

老人は、意外だという顔をして目をみはった。敵のなかにいると思っていた人間が、味方もいたと驚くような表情だった。

「娘も、とんだことをしでかして、お詫びいたします。大切な方と、ばかなことをいたしました。はい」

老人は萎縮しているようだった。

「ほんとにご迷惑をおかけいたしまして」

しかし、こんな場合、話術のないぼくには、もう言う言葉がなかった。世間的な話も雨の話も、する気にはならなかった。いったいなにをこの老人に言いたかったのだろうかと思った。ぼくはそこに立ったまま、対岸の雑草の傾斜地などみていた。その地帯は雨に濡れて、じつに鮮やかなみどり色をしていた。翠緑というのか、サップグリーンの色もあるな、ぼくはたわいなくそんなことを考えていた。

「しかし、お父さん」

ぼくはこの老人を労わっていたのかも知れない。そんないい方になった。

「は、はい」

老人は吃りながら答えた。ぼくは、葬儀のことについて言っておくこともあると、急に思いついたのである。それが老人に嫌なことでも、言っておいた方がいいと思った。

「葬儀その他のことについては、どうあっても別々にして戴きたいのです。……家族のこともありますから」

「は、はい。それはよくわかっております。はい」

　老人はひどく謙虚であった。なにもかも諦めきっている人の感じであった。ぼくは、むしろ唐突にそんなことも老人に言ったものである。妙な調子だった。誰にも計らず少し独断的だと思ったが、ヒドイ疲れのなかでは、かえってひとつの感情だけが、言葉になって出ていくようであった。僕はお美知さんの立場を考えていた。お美知さんを中心にして葬儀をすすめていく以外に方法がないと断定していたのである。そしてぼくは、これでよしッと思った。葬儀についての道筋だけはたてておきたいと、ひとりよがりに考えていたのである。しかし、この雨の日のこの老人の悄然としている姿は、なにか深い印象をぼくに残したものである。

　事実、この夜、葬儀の方針について、主だった人々の間で討論になったりした。こんなときは、誰も雰囲気に酔うものだと思ったが、葬儀委員長の豊島（与志雄）さんさえも、はじめは比翼塚（相思相愛の男女を葬る墓）にすべきだと主張したくらいであった。富栄さんの甲斐々々しさを認めていた、豊島さんは、そんな説まで主張したものである。――あとから分かったことだが、太宰は、豊島さん方に富栄さんを同行して三回も行ったことがあり、そのうち二回は、豊島さんのお宅に泊まったりしていた。富栄さんは豊島さんとも馴染みがあるようになっていたのである。あとで、ぼくが豊島さんのお宅を訪ねたときに「山岸君、富栄さんは立派な女でしたよ」と言われたことがある。「太宰には誠心誠意つくしたと思うネ」

豊島さんはそんな言い方までした。その豊島さんのお宅は、むかし、千駄木町時代のぼくの家からきわめて近かったから、敬意を表そうということで、その頃、太宰と連れだって行ったことがある。これが、太宰が豊島さんとお会いした最初だったのではないかと思う。そして、死の一年くらい前から、太宰と先輩の豊島さんとの交友はかなりに深くなっていたのである――。

しかし、ぼくは、この討議の夜、豊島さんの比翼塚説にかなり強く反対した。ぼくは、はるかにお美知さんの方に馴染みが深かったのである。人間はそんなものだと思う。いつとはなく、馴染みのある方の味方になるものだ。

戦前、よく酩酊しては、しばしば太宰方に泊って、お美知さんに迷惑をかけたことの多いぼくにしてみると、自然、お美知さんの立場に立つようなことになったのである。それは上京のときの決意の延長でもあった。その夜は酔っていたから、「先輩はロマンチックすぎると思うのだけど」そんな失礼なことまで豊島さんに言ったような覚えがある。〈神は死せるものの神に非ず。生けるものの神なり〉そんな聖書の句まであげて反対したようである。正妻として、三人の子供まであるお美知さんを立てるべきだという平凡な倫理観もあったようである。結局、お美知さんの弟の石原君の強力な主張があって、比翼塚は解消したのである。そんな論議もその夜出たのである。

その死体引き上げの日、ぼくは、それから近くの知人の家にいって、濡れた装束を乾かした。やがて堤の上に寝棺と霊柩車が到着した頃は、また現場にいたのである。その頃は雨も小止みになっていたが、人夫たちが寝棺をはるかに低い石垣の下までおろし、丸太を組んだレールを石垣に匐わせて、綱で提上に引き上げるところなど見ていた。たいへん手数だった。落下させては大変だから、きわめて注意ぶかく、二つの寝棺の引揚げがおこなわれた。

たしか午後の三時頃になって、ふたつの遺骸を、ようやく「千種」に運びこむことができたように覚えている。富栄さんの遺体を太宰家に運び込むことは、太宰家から拒否されたのではなかったかと思う。自殺者には法律があって、二人とも検視を受けなければならなかった。そのために、警察から派遣された医師の検視があったのである。それには「千種」以外に場所がなかった。そのうえ、もし毒物を飲んでいる形跡があった場合には、屍体解剖によって、その原因まで追求されねばならない筈であった。しかし、たぶん、検死係りの好意によって、外見上は毒物の形跡もみえないせいもあったのだと思うが、太宰も富栄さんも解剖までには至らないで済んだのである。

雨天で厚い雲があったせいだと思うが、ほとんど夕刻を思わせるくらい四辺は暗かった。二つの遺体が薄暗い「千種」の土間に運びこまれてきたその土間がせまかったから、寝棺をひとつずつしか運び込むことができなかった。こうして、検死がはじまったのである。友人たちはその立会人ということで、一段高い畳の間に一列となって並んでいた。天井の電燈が、百燭光のあかるい球につけ替えられたが、新しい緊張でもう一度、張りつめていたようである。ぼくは一番前の位置に屈みこんで、検視される遺骸をつくづく見ていた。土間に運びこまれてきた遺骸を穴のあくほど凝視《みつ》めたのである。

ぼくの背後には長身の豊島さんが立っていた。それから井伏さん、亀井君、伊馬春部君、今官一君などがつづいて一列に立っていたことを覚えている。ぼくは、まるで熱中した人間のようだった。首実検のあの態度だったと書いても誇張にはならないと思う。顔をそむける人も背後にいた。死臭は一段と強まっていたのである。広い野外にあって雨にうたれたときと違って、土間が狭かったせいだと思う。五日間も水中にあったうえ、すでに引き揚げてから十時間以上も経っていたから、腐敗の度合いもすすんでいたのである。文字どおりに、腐臭が室いっぱいになって、鼻をついた。

はじめに運ばれてきたのは富栄さんであった。検視の若い美男の医師が棺の蓋をとると、仰むいて棺のなかにいた富栄さんは、朝、莚の下で瞥見したときよりも、いっそうはっきりと、ほんとに無慙に肥った豚のように水膨れしていることがわかった。寝棺がせますぎるかと思われたくらい、膨れあがっていたのである。医師は手早く、胸もとを押さえてみたり、半ズボンを脱ぎ取ってみたりした。富栄さんも、たぶん、死後の要慎をしたのだと思うが、スカートを避けたことが、このときぼくにハッキリ解った。その半ズボンが文字どおり、はちきれんばかりになって、腰の膨らみを見せていた。医師は無慙だとおもうくらい、力をこめてそのズボンを脱がすと、泥まみれになったパンツがあらわれ、その下縁が股に深く食いこむくらい太腿も膨脹していることがわかった。ブラウスはボタンをはずしてすこし広げてみただけだったが、胸もとも驚くほど膨満していた。両腕は死後硬直で固くなり、怪しい手つきで開かれていた。その指さきは、奇妙に曲がっていて、完全に奇怪な形を呈していた。ぼくは疲れていたからだと思うが、その時むらむらと、富栄さんを憎悪する感情が湧き上がってくることを感じたことを覚えている。太宰を殺した女。そんな憎悪だったようである。(むろん、こういう感情は、時間が経つにつれてみな消え去ったのだが、この瞬間はきわだってそうであった)それだけぼくは、遺体の富栄さんを穴のあくほど観察した。

医師が、懐中電灯をつかって顔面や瞳孔を調べた。その丸い輪になった白い光線が、いっそう富栄さんの顔をあかるくした。みると、その膨らみきった顔は、両眼をかっとみひらいて、宙を睨んでいた。黒眼の周囲はすっかり白眼になっていて、瞳が大きく開かれていた。懐中電灯の光でそれがよく解った。叫ぶように口を開いていたが、その唇のなかには、青紫色になった舌が、鸚鵡の舌のように固くなって躍っていた。はげしく恐怖しているおそろしい相貌だった。富栄さんは水中に落ちたとき、おそらく、はてしなくごぼごぼと水を飲んだに違いなかった。苦しくなった呼吸に驚愕し恐怖し、さらに苦しくなってむせびながら水を飲みぬいていった富栄さんの死の瞬間が、見えるような気がした。水中で死ぬまで苦しんでいった人間の、これ以上ない驚愕と恐怖とを、あますことなく見せていた。可哀相な気さえしたくらいである。それは富栄さんの最初にして最後の体験だったのである。バッブにしていたまだ濡れている髪の毛が、乱れた形で、額ぎわにへばりついていた。ほんとに悲惨で恐ろしい死の形相であった。それを、地獄の表情といっても言い足りないほどである。こんなに烈しい恐怖の表情をぼくは考えることもできなかったが、富栄さんの顔は、そんな表情のまま固まっていたのである。ことによると富栄さんは、迫ってくる死の暗黒の瞬間のなかで、恐怖すべき幻影でもみたのかも知れないと、ぼくが思ったほどである。その手の指さきの曲がり具合さえ異様に感じられた。それは虚空をつかんでいる指の形であった。

若くて美男の検視の医官も、さすがに顔をそむけて、すこし息をぬいたほどである。それでも役目上、さらになんらかの形で、手を触れながら検視をつづけなければならなかったのだと思う。そんな体裁を躰で示しながら、改めて形式的に死骸にさわっていった。もう一度、膨満している胃袋のところを押してみたり、太股を押してみたりした。それがなんの意味なのか、ぼくたちにはまるで解らなかった。それから足元の方にまわると、丸太のように固くなった足首を持ち上げて、まるで足袋でも脱がせるように、白い皮を、足首のところから、裏返しにして剥ぎとったのである。ぼくは、はじめ、白足袋を脱がせているのかと思ったが、それは足の甲と足の裏の皮だった。すぐ解ったことだが、足首の踝のやや出ばっているところが、水中でごろごろしている間に、岩石や木の根にあたって、擦り切れたのに相違なかった。そこが亀裂したように皮が裂けて、剥がれかかったのである。そこからみずが滲透して、白くふやけたのである。白足袋ではなかったのだ。さすがに医官がその白い皮を、足袋を脱がせるように、くるりと剥いでみせたときには、室内に立っていた人々の喉から、嘆声のように呻く声が出た。驚嘆する恐怖の声だったのである。医官はどういうわけか、その裏返った皮の匂いを嗅いでみせたりした。その皮の匂いだけで、なにかが解るというような、そんな嗅ぎ方であった。しかし、医官はその一片の皮を投げ入れるように、もとの棺のなかに入れた。これで富栄さんの屍体の検視は終ったのである。その棺が屋外に待たせてあった霊柩車に戻されると、やがて入れ違いに、太宰の棺が運び込まれてきた。立会っていたみなの間に動揺めきのおこるのがわかった。やはり太宰の死体ということになると、一種の期待と感動とがあったのである。

その死体に対すると、医官はいっそう、寛大だったようである。同じように傷ついている足首に対しても、その白い皮を剥ぐようなことはしなかった。死臭は、やはり強く迫ってきたが、医官はひどく形式的に、そして手早く、死体の各部分を見てまわった。敏捷で機敏な足どりさえ見えた。しかも、富栄さんが、あれほど死への恐怖と驚愕とを示していたのに、太宰の死顔は驚いていいくらい平静なものであった。贔屓目ではなく、ほんとに端正という言葉を使っていいほど、じつに穏やかでなごやかなものであった。「ミゴトにやった」ぼくは心の奥底でそう呟いた。濡れた髪が、やはり、ぺったりと額にへばりついていたが、じつにおちついている死顔であった。

ぼくは、屈み直して、心を落ち着けながらその顔を凝視したが、この死顔に、ぼくはどういうわけかひどく安心していったものである。「よし、よし、上出来だ」そんな呟きが心の奥から出てくるのである。夏の半袖シャツが泥に汚れて、黒ずんでいたのに、太宰はとり澄ましているといっていいくらい、端正な死顔をしていた。

「しかし、君は、富栄さんの死顔までは知らないのだ」

ぼくは、すこし皮肉に微笑したくなったことを覚えている。唇は軽くむすばれていた。眼もしずかに、閉ざされていた。たしかに、富栄さんほど水にふやけて肥えてもいなかった。太宰がほとんど水を飲んでいないことも解った。死に至る時間が計算されていたのである。薬品の使用法が巧かったのだ。

太宰も半ズボンをはいており、腰には使い古した革のバンドを締めていた。その革は、水に滲んで黒くみえていたが、茶色の廉いバンドであった。平生の散歩姿に違いなかった。太宰はなにげない散歩姿で死んでいたのである。

気づいてみると、たしかに太宰の唇の影には、ほのかな微笑さえ浮かんでいたのである。それはじつに仄かな、解るかわからないかほど幽かな微笑だったが、それが口辺から頬あたりに浮かんでいた。アーケイック・スマイルより、もっと幽かなわずかな微笑だった。

覚悟のよさを示していたというよりも、計算の練達を示していると言いたかった。絶望のはてに、気楽になったものの微笑のようにさえみえた。もし、次の世界があるとしたら、太宰はたしかに、次のいい世界へ入って行ったとぼくは思った。それは名優のこのうえない死の演技でもあるように見えたのである。

苦悶のかげはどこにもなかった。明朗な死と言っては言いすぎに違いなかったが、澄ましたまったく憂いのない顔であった。ぼくはなにかに、ひどく満足した。

五回まで自殺を企てたことのある彼の心境は、おそらくその経験を持っていた点で、富栄さんとは雲泥の差を見せていたのである。それだけ、ぼくはこの情死行に新しい悲劇を感じたものだが、ふたつの死顔にはあまりにも大きな距離があったのである。そして、「人間の意識」の意味をぼくは、改めて、考えさせられたものであった。ここでぼくは、これ以上深く書くことを人間の死への冒涜と思ってペンをつつしみたいが、いわば、富栄さんは「死」に対するほんとの素人であり、それだけ無邪気だったといっていいと思う。それだけ死に恐怖し驚愕したのである。ぼくは、そんな印象を深めたものである。ひとは生きている顔を、各人の責任においてつくるのであるというが、死顔さえも、おそらく各人の責任においてつくるのである。太宰の仄かな微笑が、それを示していた。その眉のあたりにさえ、すこしの苦悩も憂愁も漂ってはいなかった。太宰は死をミゴトに割りきっていたと思う。

この一日の印象は、さすがにぼくにとっても、なかなか深いものであった。ぼくはこの日の光景を今日でも、ありありと眼底にのこしているのである。そして、太宰の意識の聡明さを、もう一度考えるのである。彼は計算力の達人だったと思う。そして、太宰の死顔は、たしかに端正のなかに幽かな微笑を含んでいたのである。

(はるかにあとになってからだが、あるとき、偶然、新宿のある小料亭で、曾て太宰の仏文時代の先生である中島健三氏に会ったことがある。その時、話題がふと、太宰の死顔の話になったが、ぼくがかなり十分に観察したその平安な死顔の話をすると、中島氏はとたんに悲憤慷慨するような口調になって、「そうか、山岸君。太宰の死顔は、ほのかに微笑していたのかネ」と、かなり大きな声を出したものである。それからさらに、「バッド・ニュース。バッド・ニュース」といっそう大きな声を出した。さすがに中島氏は、太宰の〈意識の計算力〉の巧みさについて、〈いわば演技力の卓抜さについて〉かねがね考えているものがあったに違いなかった。ぼくは、すぐ、中島氏の意味するものが、そのアクセントでよく解った。しかも、その死顔には仄かな微笑があったことまでは、さすがの中島氏も計算に入れなかったのだと思う。この繰り返された、「バッド・ニュース」という叫びの言葉で、中島氏は、そのすべてを表現していたのである。おそらく、あの意識家で聡明な太宰 治が、せめて、その死のときくらい渋面で死んでもらいたかったという思想を、中島氏は持っていたのではないかと思う。「それでは、考え方をかえなくちゃならん」中島氏はそういう言い方までしたものである。しかし、ぼくは、バッド・ニュースという言い方は、ひどく気にいった。むしろここにも太宰の知己がいたように感じたものである。

（筑摩書房　昭和三十七年初版、引用終わり）

「改めてただ『表現』にのみ生きてゆきたい」「最終時間の最終時刻。」

最後のはがきの最後の言葉　山岸外史

私に残した、恩師山岸外史の遺言ともいうべき、最後の葉書の最後の言葉であった。死を間近にした「最終時間の最終時刻」に山岸先生から私に「改めてただ『表現』にのみ生きてゆきたい」遺言になった最後の葉書で残した言葉は特に重い。リアリズム文学にとっても重い。文芸評論家である先生の作品のなかで、評論対象である、小説・詩・短歌・俳句の各文学ジャンルの「表現」は、作家の全人格を賭けた文学生命であり、全個性である。また、先生の大きなテーマであった「政治と文学」も、絵画、彫刻と共に芸術ジャンルと政治との基本的違いは、芸術ジャンルの生命が「表現」であることであり、表現には、作家個人の全人格と全個性の全生命がかかわっていることである。「政治と文学」を理論的に分析解明する役割は評論のジャンルである。小説家は思想・政治・哲学以前に作家である。作家の思想・政治・哲学は作家の全人格個性の基本にあって、それを背景に作家の表現はある。逆に言えば、作家のその全人格・個性から「表現」される文学作品である。文学作品はその表現こそ生命であり「山岸リアリズム文学のすべて」である。

前述の「観念という言葉について」から次のように抜粋したとおり、

文学が、芸術として尊重されるのは、そして、芸術作品として尊重されるのは、こうした社会的現実のなかにおいて、そうした諸人物が交錯しながら対決したり矛盾しあったりしているこの（社会の実相）をヒューマンな眼で見ている作家精神が表現していくからである。（私の言うリアリズム文学は、こういう観点に立って、作家自らがヒューマンな意識をもって、人間的事象や社会的事象をあくまでも現実として定着し表現していくことである。

山岸外史

山岸リアリズム文学の表現を代表する作品は、ここに掲げた『人間太宰治』であったと考え、少々長くなったが、引用する。

そして翌、昭和五十二（一九七七）年五月七日午後十時五十五分、雷鳴の轟く中、山岸外史先生は永眠された。享年七十二歳であった。

もう三十九年経ってしまった。平成二十八（二〇一六）年である。

私と先生は同じ辰年で一回り（十二年）違い。今私も八十八歳になった。偶然、先生の葉書の束が発見されなければ、若し先生から私への手紙と先生の未完遺稿を私が発見しなかったら「山岸リアリズム文学論」の片鱗さえ、継ぐ者も伝える者もいないことを悟り、本業の公衆衛生学の自然科学者より、はるかに未熟者の文学的弟子であったが、「山岸リアリズム文学研究会」の生き残りとして、不完全ではあっても、このことを書き、「山岸リアリズム文学論」の山岸外史の直筆はがきと未完遺稿を通じ生きた「山岸リアリズム文学論」を不充分ながら書き上げたつもりである。特に『人間太宰治』は太宰 治とともに同時代文学を築いた山岸外史として文学史的に重要であると思う。

この上、私が、付け足せば、雑音が増えるだけになりそうである。

それより、山岸外史のはがきと手紙八十余通と未発表遺稿を紹介して、「山岸リアリズム文学論」を直接伝えることこそが、不肖の弟子の本心であり、良心と考える。

（完）

引用文献
・「夏目漱石」　山岸外史
　　昭和 15（1940）年 12 月初版　（出版社不明）
　　昭和 33（1958）年 9 月　弘文堂刊
・「ロダン論」　山岸外史
　　昭和 19（1944）年 1 月　育英書院
・「観念という言葉について」　山岸外史
　　昭和 35（1960）年　新世代創刊号
・「人間キリスト記」　山岸外史　第 3 回北村透谷賞
　　初版　　昭和 14（1939）年 11 月　第一書房
　　第二版　昭和 16（1941）年 2 月　朱雀書房
　　第三版　昭和 24（1949）年 2 月　書肆ユリイカ
　　第五版　昭和 54（1979）年 4 月　木耳社
・『人間太宰治』　山岸外史
　　昭和 37（1962）年 10 月初版　筑摩書房
・「太宰治おぼえがき」　山岸外史
　　昭和 38（1963）年 10 月初版　審美社
・「秋桜」第三次京浜文学第 7 号
　　昭和 52（1977）年 12 月
・「俺は信心したんだ」（上）DELTA10 号
　　昭和 32（1957）年
・「なければなくても別にかまいません」　小林 勇　短編集
　　初版平成 4 年 5 月　緑書房
・「シャモニーの角笛」第三次京浜文学第 3 号
　　昭和 49（1974）年。
・「評伝山岸外史」　池内規行
　　昭和 60〈1985〉2 月　万有企画発行

小林　勇（こばやし いさむ）

昭和３年（1928）生まれ。医学博士（公衆衛生学）。神奈川県立平塚工業学校応用化学科卒。陸軍士官学校 61 期甲生徒より復員。星薬学専門学校（現星薬科大学）卒。国立公衆衛生院を経て、川崎市衛生研究所勤務。元日本公衆衛生学会評議員。日本社会医学会名誉会員。元ユーコープ商品検査所長。平成 20（2008）年八十歳引退。

【文学歴】山岸外史日本リアリズム文学研究会会員。かわさき文学賞受賞。かわさき文学賞予備選考委員。元かわさき文学賞の会代表。元川崎文芸懇話会予備選考委員。

【著書】（専門書）「時差百年の旅」（欧州医療視察報告）、「よくわかる洗剤の話」、「恐るべき水汚染」、「非イオン合成洗剤」、「20 年後の水」その他共著多数。

（文学）小説「向日葵が咲いていた」（陸軍予科士官学校生とＮＨＫ川口放送所占拠事件）、短篇集「なければなくても別にかまいません」、短篇集「浮かび上がりたくない」、「東海道五十三次八十四歳一人歩き」、「二分間一話百話集」、「奥の細道八十六歳独り歩き」。

著者連絡先：神奈川県中郡大磯町高麗２-３-９
TEL：0463-61-1093

山岸外史から小林 勇への手紙
山岸リアリズムと「リアリズム文学研究会」

平成 28 年 7 月 15 日発行
著者 / 小林 勇
発行者 / 今井恒雄
発行 / 北辰堂出版株式会社
発売 / 株式会社展望社
〒112-0002 東京都文京区小石川 3-1-7 エコービルⅡ202
TEL:03-3814-1997 FAX:03-3814-3063
http://tembo-books.jp
印刷製本 / 新日本印刷株式会社

ISBN 978-4-86427-216-2　定価はカバーに表記

好評発売中

「暮しの手帖」花森安治と「平凡」岩堀喜之助

昭和を駆けぬけた二人の出版人

新井恵美子

ISBN 978-4-86427-215-5

いま話題のNHK朝ドラ「とと姉ちゃん」のモデル大橋鎮子のパートナーで『暮しの手帖』で一世を風靡したカリスマ編集者花森安治と『平凡』を100万部の雑誌に育て上げた岩堀喜之助。ふたりの友情と成功の軌跡を岩堀の長女である著者が綴る思い出の記。

四六並製　定価：1600円＋税

北辰堂出版

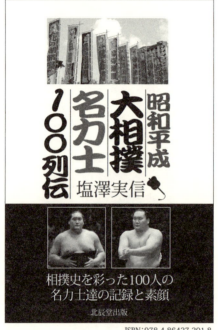

好評発売中

歌舞伎大向 細見

中條嘉昭

ISBN 978-4-86427-211-7

大向うとは歌舞伎で観客が客席から役者に送る声援のこと。江戸時代から三百二十年近い大向うの歴史をそのルーツから平成に至る変遷を解説した労作！二十九の歌舞伎屋号や四十一の見得も収録。

四六並製　定価：1600円＋税

北辰堂出版

好評発売中

死刑囚の命を救った歌

渡辺はま子「あゝモンテンルパの夜は更けて」

新井恵美子

ISBN 978-4-86427-191-2

70年前、フィリピン・モンテンルパで、風化させてはならないドラマがあった!!刑務所に収容された死刑囚を含むＢＣ級戦犯たち100余名。彼らの命を救ったのは「気骨の歌姫」渡辺はま子のたった一曲の歌だった。全員、無事日本に帰国するまでの苦難を描く感動の物語!!

四六版 並製　定価:1800円+税

北辰堂出版